SVENJA

FREIRAUM

ROMAN

Für Meret.

Auf dem Bahnsteig im Ort sind Vela und Maren die einzigen Menschen. Der Himmel über ihnen leuchtet stahlblau. Sie gehen durch die Unterführung, über eine Straße und dann bergauf. Da lang, erklärt Maren, geht's rein in den Ort. Da gibt's alles, was man so braucht. Sie kennt sich aus. Maren ist hier schon öfter gewesen. Sie greift nach Velas Hand, Vela, die ein paar Schritte hinter ihr geht.

Das Haus steht auf einem Hügel. Von der Straße aus ist es nicht gleich zu sehen. Es ist verdeckt von Bäumen und Sträuchern. Davor eine überwucherte niedrige Mauer aus Stein und ein Tor, das quietscht beim Öffnen. Dahinter ein Weg aus quadratischen Platten, zu den Seiten Gras, platt gedrücktes Grün, das sich noch vom Winter erholt. Vorbei an Büschen und Bäumchen geht es, an Mülltonnen und ein paar Rädern, und dann wird der Blick frei auf ein Gebäude.

Die Tür sieht aus wie die einer Terrasse. Ein dunkler Holzrahmen fasst Glas, und die Hand an der schmalen Klinke hat ein Mann. Er trägt Bart, er trägt einen blauen Rollkragenpullover, und er sagt: Hey! Er sagt: Hallo. Und grinst dabei. Das Grinsen wird ein Lächeln, ganz warm, und er hebt die Hand, breitet dann beide Arme aus und legt sie um Marens Körper. Als sie sich aus der Umarmung zu lösen beginnt, sagt sie: Wie absurd, dass ihr euch noch nicht kennt! Das ist Vela.

Wie schön, ruft der Mann, er ruft es ernsthaft begeistert. Und umarmt dann auch Vela, ganz herzlich, als würde es gar nicht stimmen, was Maren da gerade gesagt hat, und er riecht auch irgendwie vertraut, denkt Vela. Nicht wie eine fremde Person. Er ist ihr auf Anhieb sympathisch. Er sagt: Ich bin Theo. Kommt rein!

Und sie gehen rein, alle drei, sie gehen ins Haus, und die Tür, Glas in Holz gefasst, fällt zu.

Es ist ein Beschnuppern, eine Art Casting. Kann man das so nennen? Ein Kennenlernen. Das Haus ist ein Projekt, ein Hausprojekt, in dem Marens Schwester wohnt, zusammen mit Freund und mit Kind. Und von Jo, der Schwester, kam auch der Vorschlag, sie sagte: Es ist jemand ausgezogen bei uns, es ist was frei im Haus, ihr solltet euch das anschauen. Deswegen sind sie nun hier, in der Küche, zusammen mit Theo in einem riesigen Raum. Über den Schränken fällt Sonne durch Oberlichter, insgesamt ist es hier drin sehr hell. Es riecht nach Holz und nach Kaffee. Vela erhascht Blicke. Auf einem langen Tisch stehen Teller bereit, daneben ein Korb mit Brötchen. Geschnittenes Gemüse und Obst. Theo angelt Tassen aus einem Schrank, stellt sie auf die Kücheninsel in der Mitte, eine Platte aus Stein. Wollt ihr Kaffee, fragt er, aber jede mögliche Antwort wird übertönt von euphorischem Kreischen, weil soeben Jo den Raum betreten hat und auf Maren zufliegt. Sie fallen sich in die Arme, und im Anschluss hebt Maren ein skeptisch schauendes Kind vom Boden hoch, liebkost es, sie küsst es auf Wangen und Stirn, küsst nussbraune Löckchen, die das kleine

Gesicht umrahmen. Jo begrüßt Vela, drückt sie fest an sich. Ihre Wangen berühren sich. Jo hat die gleiche weiche Haut wie ihre Schwester. Ein Duft von Lavendel und Sandelholz umgibt sie. Sie ist groß, größer als Maren. Dickes Haar in Dunkelblond reicht ihr bis knapp unters Kinn.

Wie schön, dass ihr da seid!, sagt sie.

Und Eli, Jos Kind, quietscht vergnügt auf Marens Arm.

Es wohnen mehrere Leute im Haus. Der Tisch ist eine lange Tafel, und daran ist Platz für sie alle. Für Karsten, Jos Freund, der sein Kind auf den Schoß nimmt. Für Ellen, die neben ihm sitzt und Kräutertee trinkt. Für Nat, die sich streckt, im Sitzen ihre Arme nach oben ausbreitet, und für Darek, der als Letzter dazukommt. Alle freuen sich über Vela und Maren, alle betonen, wie schön es ist, sie zu sehen, hierzuhaben an diesem Tag. Theo nähert sich mit einer Pfanne, er ruft: Achtung, das ist heiß!, dann steht eine große Menge Rührei auf dem Tisch bereit zum Verzehr.

Wir waren heut früh schon im Hofladen. Da kaufen wir immer die Eier, sagt Jo.

So, wer möchte?, fragt Theo, haben wir überhaupt genug Gabeln?

Ein paar Momente des chaotischen Organisierens, in denen Jo noch einmal aufsteht, es fehlt eine Gabel, und sie bringt auch noch eine Karaffe mit Wasser. Und will noch wer Kaffee? Es ist noch was da. Ellen ergänzt, dass es auch Kräutertee gibt, sie schaut Vela auffordernd an, die leicht den Kopf schüttelt, Danke, alles gut. Und Saft, ruft Nat, die zum Kühlschrank geht, es fehlen auch noch Gläser. Dann aber, zum Glück dampft das Ei noch auf ihren Tellern, geht's los. Guten Appetit, lasst's euch schmecken. Nat, Jo und Darek heben ehrfürchtig ihre Saftgläser. Kommt schon, sagt Nat. Wir stoßen an mit Multivitaminen! Dann halten sie alle, sie kauen zum Teil schon, ihre Gläser in die Höhe, außer Theo, der bloß zögernd seinen Emaillebecher hebt. Sie prosten einander zu.

Als vor ihnen bloß noch Krümel liegen auf bunten Tellern, in der Pfanne ein winziger Rühreirest längst kalt geworden ist, da tauscht Theo seinen Becher gegen ein Glas. Da entschließt er sich, einen Schluck Saft zu nehmen, und dann schlägt er die Beine übereinander. Er hält das Glas in der linken Hand, er räuspert sich und sagt dann: So, wir sind ja schließlich nicht zum Spaß hier. Er grinst. Er zwinkert Vela zu. Er sagt: Also, die Idee hier ist, tatsächlich eine Alternative zu schaffen. Freiraum. Einen Ort, an dem es um mehr geht als um so ein Nebeneinanderher. Das heißt sich umeinander zu kümmern, sich zu unterstützen. Und in erster Linie auch ein Ort, an dem man überhaupt wohnen kann.

Ellen unterbricht ihn: Vielleicht erzählst du, wie das alles hier angefangen hat? Das erklärt ja schon das meiste.

Ja, wollte ich gleich, sagt Theo. Danke, Ellen. Er fährt fort: Woanders, jedenfalls, ist das ja nicht mehr möglich. Ihr kennt das ja, in der Stadt. Wie lange sucht ihr jetzt nach einer Wohnung?

Puh, vielleicht anderthalb Jahre?, sagt Maren, sie

sieht Vela an, und Vela nickt, sie fügt noch hinzu: Schon ein bisschen länger.

Theo nickt langsam. Bestätigend. Das ist alles kaputt, sagt er. Wohnen darf ja wohl keine Glückssache sein. Ist es aber inzwischen geworden. Man zahlt einen Arsch voll Miete, und am Ende wird man trotzdem rausgeworfen. Oder es wird immer teurer.

Ja, bei uns nämlich, sagt Maren.

Schon wieder?, fragt Jo.

Nicht so furchtbar viel, sagt Maren, vierzig Euro. Aber es ist jetzt das vierte Mal in drei Jahren.

Gott, wir haben einfach ein Riesenglück mit diesem Haus, sagt Ellen.

Wem gehört denn das Haus?, fragt Vela. Habt ihr das gekauft?

Das gehört zunächst mal denen, die es bewohnen, sagt Theo. Es gehört uns allen zusammen. Also, streng genommen hab ich es geerbt, aber wir haben zusammen renoviert. Wir haben Geld reingesteckt. Dieses ganze Materielle, dieses Gesülze von Besitz, und was ist jetzt mein Haus, dein Haus – das bringt uns ja einfach nicht weiter.

Darek breitet die Arme aus: Das ist hier nämlich eine Oase inmitten vom Kapitalismus, sagt er theatralisch. Theo schmunzelt, er lächelt matt: Natürlich nicht ganz. Ich meine, die meisten von uns haben Lohnarbeit. Karsten ist Lehrer. Nat ist Tischlerin, Ellen ist jetzt in dieser Gemeinschaftspraxis –

Ich bin Therapeutin, fügt Ellen hinzu.

Jo und ich sind selbstständig, sagt Theo. Jo macht jetzt bald diese Kurse, im Gemeindehaus unten im Ort.

Achtsamkeitskurse sind das, sagt Jo.

Und Darek arbeitet am Theater, in der Stadt.

Na ja, ich jobbe, sagt Darek.

Es spielt auf jeden Fall keine Rolle, wer jetzt wie viel verdient, sagt Jo. Das nimmt ganz schön den Druck. Deswegen hab ich mich überhaupt erst selbstständig gemacht.

Man weiß eben immer, die anderen sind auch noch da. Als Backup. Nat lehnt sich zurück, sie streicht sich über ihre kurzen Haare, sie lächelt. Sie lächelt Vela an.

Und, fährt Theo fort, er hebt einen Zeigefinger: Alle arbeiten ja auch hier. Im Haus. Im Haushalt. Kochen, einkaufen, putzen und so was. Wir kümmern uns alle auch mal um Eli.

Und das ist noch so ein springender Punkt, sagt Jo, mit Nachdruck, und als wäre es geplant, beginnt Eli ein Brabbeln, Eli wirft ein paar Silben, wirft Halbworte in den Raum.

Jo nimmt Eli auf den Arm. Ihr wollt doch auch Kinder, oder nicht?

Jetzt räuspert sich, Theo gegenüber, Karsten. Er richtet sich auf und trinkt rasch einen Schluck, um dann auch endlich etwas zu sagen: Für Kinder ist das perfekt. Ich bin so froh, dass Eli hier aufwächst und nicht in der Stadt.

Und die Sache mit der Betreuung, wirft Jo ein. So ist das viel einfacher. Hier ist ja immer irgendwer da.

Und dann natürlich die Langfristigkeit, sagt Karsten. Ich glaub – Theo, lass mich kurz ausreden, ich glaub, das ist ziemlich wichtig, dass schon so ein gewisses Commitment dabei ist.

Theo nickt, er nickt nachdenklich, und dann fragt er: Habt ihr da einen konkreten Plan?

Vela wird heiß im Gesicht, sie spürt das. Einen wellenartigen Anstieg der Temperatur. Marens Hand liegt auf ihrem Oberschenkel, und sie greift danach. Maren zögert einen kurzen Moment, aber sie ist keine, die herumdruckst, sie sagt dann: Also, tatsächlich ja.

Theos Lippen kräuseln sich zu einer Art Grinsen, und er sieht Maren an, Vela denkt sich: Weil er Maren schon kennt, und er fragt: Wie wollt ihr das machen?

Nat atmet gut hörbar aus in dem Moment, und Darek greift nach der Karaffe. Er gießt sich Wasser ins Glas. Vela schluckt und weiß kurz nicht, wie sie das einordnen soll, diese Frage, aber es fragt ja immerhin nicht irgendwer. Es fragt jemand, den sie erst eine Stunde lang kennt, aber trotzdem ist das was anderes.

Da ist eine Ärztin, die uns hilft, sagt Maren. Glück gehabt.

Und du willst es kriegen?, fragt Theo, noch immer fixiert er Maren dabei.

Genau.

Und woher kommt's dann? Das Sperma?

Das bestellen wir in Dänemark, sagt Vela, sie sagt es eilig, schnell, bevor Maren antworten kann.

Schon witzig, oder?, sagt Maren, sie grinst: Wir bestellen uns Sperma in Dänemark, und vielleicht noch einen Couchtisch dazu.

Die anderen lachen, Theo lacht in Ansätzen, er schüttelt den Kopf dabei. Na, gut, sagt er. Gut, dass es so was wie Dänemark gibt. Als Möglichkeit. Für euch.

Sie nicken. Maren pflichtet bei: Ja! Total.

Dann bewegt sich Theo, er steht auf und sagt: Kommt, ich zeig euch mal den Rest.

Sie gehen durch Räume. Theo öffnet Türen und führt sie treppauf und treppab. Ein bisschen ist es so, wie Vela es manchmal imaginiert hat: Eine Besichtigung von lichtdurchflutetem Wohnraum, großflächig. Zimmer, bei denen es nicht allzu viel Vorstellungskraft braucht, um sie sich mit ihren Möbeln bestückt und bewohnt auszumalen. Bei denen sie sich nicht gleich eingeengt fühlt. Ein Umschauen, ein Anblick, bei dem es leicht zu kribbeln beginnt im Inneren. Das Haus ist riesig und verwinkelt. Es gibt einen Anbau und einen alten Teil, der steht bereits seit Jahrzehnten. Direkt aus der Küche, aus dem Gemeinschaftsraum führt eine Wendeltreppe hinauf in Theos Reich: sein Schlafzimmer unterm Dach. Von einem kleinen Balkon aus, mit großer Geste lädt Theo Maren und Vela ein, ihn zu betreten, blickt man auf den Garten und weiter ins Tal hinein. Mit einer sagenhaften Aussicht wachsen hier in wärmeren Monaten Chilischoten. Theo fasst vorsichtig in Blumenkästen, in denen es jetzt noch winterlich aussieht, karg. Sie schauen in den Garten, Bäume stehen da, zwei schmale Birken sehen sie von hier aus, eine Eiche, noch treibt nichts Knospen, noch grünt es nicht. In ein paar Wochen sieht's schon ganz anders aus, sagt Theo. Maren, du kennst das ja.

Er lehnt sich über das Geländer und deutet auf Sträucher: Stachelbeere, Johannisbeere, Brombeere.

Baut ihr auch Gemüse an?, fragt Vela, die sich, zugegeben, bisher noch nicht sonderlich für Gemüseanbau und Gärtnerei interessiert hat. Die keinerlei Gewächs vom anderen unterscheiden könnte. Aber vielleicht kommt ein solches Wissen, kommt ein grundlegendes Interesse daran mit der Möglichkeit.

Klar, sagt Theo und freut sich über die Frage, freut sich darüber, noch mehr zeigen, preisgeben zu können.

Sie gehen zurück, die Treppe hinunter. Durch den Flur, an einem Badezimmer vorbei. Vorbei an Nats Zimmer, an Dareks, an Rumpelkammern. Da muss noch was getan werden, im Sommer, spätestens im Herbst. Im Anbau befindet sich ein Wohnzimmer, ein Zimmer für Eli, eins für Karsten und Jo. Das Obergeschoss im Anbau ist ganz Arbeitsraum, ist ein Studio. Ein riesiger Schreibtisch, zwei Meter breit. Hier arbeitet Theo. Plant Landschaft. Plant Gärten und Bepflanzung am Computer. Theo ist Landschaftsarchitekt. Die Auftragslage ist gerade ganz gut, sagt er. Er deutet auf stapelweise Papier.

Das Zimmer, das frei ist, hat zwei große Fenster. Knapp dreißig Quadratmeter fasst der Raum, und hinter der Tür steht ein Kleiderschrank, aus, wie Theo weiß, den Sechzigern, von seinen Großeltern. Die Holzdielen, Lärche, sind etwas staubig. Theos Knie knacken, als er sich hinunterbeugt, mit zwei Fingern über das helle Holz fährt, zur Probe. Abgeschliffen, sagt er, haben wir den erst letztes Jahr, da haben wir den ganzen Raum renoviert. Maren nickt und strahlt und geht zum Fenster, öffnet es. Die Fensterbänke sind breit und tief genug, um darauf zu sitzen.

Ganz am Anfang haben Ellen und ich hier geschlafen, sagt Theo. Dann wollten später Nat und Micha rein, aber tja! Theo richtet sich auf, er klatscht in die Hände, reibt sie aneinander, ehe er fortfährt: Jetzt hat uns Micha verlassen.

Wo ist er denn eigentlich hin?, fragt Maren.

Theo zuckt leicht mit den Schultern. Ist in Italien. Er arbeitet da für eine NGO. Das ging alles ziemlich schnell, aber: euer Glück! Theo lächelt. Sie lächeln zurück.

*

Das ist nichts, worüber man sich lange den Kopf zerbrechen muss. Das ist etwas, das gleich auf der Hand liegt. Eine leicht zu treffende Entscheidung. Es braucht kein Abwägen, wozu? Vela und Maren wollen umziehen, schon ewig. Sie wollen so lange schon aus der Bruchbude raus. Weg von der vierspurigen Straße davor, weg von Sirenen, die gleich neben dem Kopfkissen schrillen, gefühlt. Überlegt's euch, sagte Theo zum Abschied, überlegt's euch in Ruhe und gebt dann Bescheid.

Und sie sind alle toll, oder nicht?, fragt Maren. Ihre Gesichtsfarbe hat sich verändert, die Veränderung scheint von Dauer zu sein: Ganz ungewöhnlich rot sind ihre Wangen. Die ganze Heimfahrt über, in der Bahn, im Treppenhaus und auch jetzt, in der Wohnung, am Tisch, im Flur, sind sie noch rot. Sie sitzen da, Vela und Maren, und trinken ein Bier, das sie sich am S-Bahnhof gekauft haben. Marens Füße auf Velas Schoß. Blicke werfen sie sich zu, ganz lang schauen sie sich an, bis Maren dann schließlich die Augenbrauen hochzieht und fragt: Also? Was meinst du?

Was ich meine?, fragt Vela. Sie legt sich den Zeigefinger ans Kinn. Tut so, als müsse sie drehen und wenden. Ihr Mund verzieht sich zu einem Grinsen, zu einem Lächeln, von selbst. Hm, ich weiß auch nicht, ich kann's dir nicht sagen. Schau dich doch mal um hier. Haben wir's nicht schön?

Maren lacht und trinkt einen Schluck Bier. Dann sagt sie: Natürlich wäre das krass. Wir wären nicht mehr in der Stadt.

Vela schiebt Marens Füße vom Schoß, richtet sich auf, macht den Rücken ganz grade und denkt nun tatsächlich nach. Dreht und wendet. Und gestikuliert schon, bevor sie zu sprechen beginnt: Dann ist das vielleicht einfach der Preis!

Maren: Und wir kämen ja in die Stadt, um zu arbeiten.

Vela: Und was genau nützt uns die Stadt, jetzt? Sie nützt uns nichts. Alles ist anstrengend hier. Und es ist ja auch nicht so, als würden wir vereinsamen, dort. Genau das Gegenteil.

Mich musst du nicht überzeugen, sagt Maren, die Fingerspitzen auf ihrer Brust. Ich hab immer am liebsten in WGs gewohnt.

Hey, protestiert Vela, woraufhin Maren sich schnell zu ihr hinüberbeugt, ihr die Hand auf die Wange legt: Und mit dir! Mit dir in einer WG, das wäre perfekt! Und mit einem Kind. Auch mit einem Kind. Immerhin ist da schon Eli. Und die anderen, wenn irgendwas ist, sind die anderen da.

Vela atmet aus und lehnt sich zurück. Es wäre wirklich perfekt. Das denkt sie: Dass es wirklich perfekt wäre.

Vela und Maren leeren die Flaschen, sie schlüpfen in Schuhe und Jacken und gehen noch mal raus, eine schnelle Runde, um überschüssige Energie loszuwerden. Um die Aufregung abzuschütteln. Um noch ein

Bier zu kaufen, es im Gehen zu trinken, in großen Schlucken. Sie halten sich an den Händen, umarmen sich, haken sich unter, sie schauen sich an und stolpern, aber das macht nichts, sie sind sich ganz nah.

Später liegen und schlafen sie, und sie wachen auf im Wissen darum, eine Entscheidung getroffen zu haben, längst. Am Vormittag machen sie Frühstück. Mit Handtüchern über den Köpfen sitzen sie am Tisch und trinken Kaffee, essen Obstsalat mit Zimt, beißen in Brotscheiben mit aufgeschnittenen Tomaten darauf. Überschlagen sich fast in ihren Ideen, es sprudelt nur so aus ihnen heraus. Lass uns gleich anrufen, nach dem Frühstück, sagt Vela, und Maren schüttelt heftig den Kopf: Lass uns jetzt anrufen. Sie leckt ihre Finger ab, sie kaut noch und greift nach ihrem Telefon, das unter abgepacktem Maasdamer liegt. Sie hält es sich ans Ohr, Vela trommelt mit den Fingern auf die Tischplatte. Und dann ist da am anderen Ende Jo.

Wir ziehen ein, ruft Maren sofort, sie schreit es fast, es ist wirklich nicht übertrieben, das mit dem Überschlagen. Von Jo ein Lachen, sie scheint etwas überrumpelt, vor allen Dingen aber freut sie sich, sie sagt: Oh Gott, wie schön! Ich dachte schon, ihr überlegt es euch anders. Ich sag gleich allen Bescheid!

Frag wann, frag, wann wir einziehen können, drängt Vela, sie hängt beinah selbst schon an Marens Telefon, sie sitzt halb auf Marens Schoß.

Psst, macht Maren, sie hört zu, konzentriert sich auf das, was ihre Schwester verkündet, dann wiederholt sie es für Vela, ganz feierlich: Ab sofort, wann immer wir wollen. Wir müssen nur aus dieser Bude hier raus.

Sie umarmen einander, sie drücken fest zu mit klebrigen Fingern, geben hohe Laute von sich vor Freude, bis Jos Stimme blechern aus dem Telefon fragt, ob alles in Ordnung ist.

Darauf Vela und Maren, synchron: Ja! Ja, es ist alles gut.

*

Da ist eine Kneipe. In einer der Ausgehstraßen der Stadt. Im Sommer beschweren sich Anwohnende über Lärm, über Flaschen und Scherben am Boden. In den Erdgeschossen treffen sich Leute, in der Kneipe ist jeden Abend was los. Sie ist meistens zum Bersten gefüllt. Es ist Samstag. In diesem Laden wird heute ein Geburtstag gefeiert. Eine Gruppe von gut dreißig Personen sitzt im vorderen Raum. An mehreren Tischen, darauf Gläser und Aschenbecher verteilt. Es ist noch nicht spät, kurz vor zehn, es gibt die zweite Runde Schnaps für alle. Da sitzen auch Maren und Vela, aber sie kennen sich noch nicht.

Eigentlich grenzt es an ein Wunder, dass Vela überhaupt dort ist. Vela wollte nicht kommen, denn sie ist gerade im Stress: Sie schließt jetzt in Kürze ihr Studium ab. Es sind noch Klausuren zu schreiben, Abgaben zu machen. Darauf ist sie gerade fokussiert. Das muss sein, wenn sie durchkommen will. So verbringt sie die Tage in der Bibliothek. An den Abenden sitzt sie am Schreibtisch, in ihrem kleinen Ein-Zimmer-Apartment, ihre Nächte sind kurz. Sie ist erschöpft, ausgelaugt, aber sie weiß auch, das ist jetzt der Endspurt. Sie weiß, bald wird sich ausgezahlt und gelohnt haben, was ihr in den vergangenen Jahren so viel abverlangt hat, was sie so oft die Nerven gekostet hat, die Unbeschwertheit und außerdem Geld.

Geburtstag feiert ihre Kommilitonin Elif. Sie hat am Abend, in dieser Kneipe, Glitzer im ganzen Gesicht. Elif, die zuvor darauf bestand: Vela, wenn du nicht kommst, hol ich dich persönlich zu Hause ab. Eine Einladung mit Nachdruck. Du musst, Vela, auch einfach mal abschalten. Mal was anderes erleben zwischendurch.

Und Vela, die eigentlich nie gerne ausgeht, ließ sich überreden. Schob das auf ihre angeschlagenen Nerven und sagte sich, vielleicht hat sie ja recht. Elif. Damit, dass sie mal rausmuss, abschalten und all so etwas.

Also stand sie früh auf, um sechs, an diesem Samstag, um wenigstens die Zeit vorher zu nutzen, möglichst viel herauszuholen aus dem Tag. Und deswegen ist ihr ganz schwummrig, als sie nach Stunden erstmals das Haus verlässt. Auf Menschen trifft. Nach einem ganzen Tag drinnen im Sitzen, am Schreibtisch, vorm Laptop, vor Büchern, vor Zetteln, Karteikarten, schlägt ihr plötzlich Wind ins Gesicht. Sitzt sie plötzlich in einer überfüllten U-Bahn. Sie fühlt sich wie hinter Milchglas, seltsam abgeschirmt von allen anderen, und irgendwas daran mag sie. Der Zustand hält ihr die Welt auf Distanz. Es ist Abend, gegen neun, und Vela hat noch mit niemandem gesprochen. Sie ist sich nicht sicher, ob sie heute überhaupt schon ein Wort gesagt hat. Mitten im Lärm, im U-Bahnhof, unten, dort, wo die Luft steht, wo sich Menschen drängeln und aneinander vorbeischieben, räuspert sich Vela. Sie sagt probehalber: Sorry, als sie auf der Rolltreppe jemanden überholt. Ihre Stimme beschlagen, noch nicht ganz da.

Es ist Herbst, Ende September, tagsüber letzte Anflüge von Spätsommer. Nach Sonnenuntergang ist es schon kühl. In der Kneipe staut sich eine Hitze. Dort sitzen Menschen, alle Plätze belegt, es läuft Musik aus den Achtzigern. Sie dröhnt über lauten Gesprächen, Stimmengewirr. Gerade läuft: Slave to love. Vela wird schnell zu heiß in ihrer Jeansjacke, sie zieht sie auf dem Weg zur Bar aus. Klemmt sie unter den Arm und räuspert sich erneut, bevor sie ein Bier bestellt. Sagt sich selbst dabei, in Gedanken: Maximal zwei, und dann geh ich früh nach Hause, ein, zwei Stunden, nicht länger, nur kurz. Die Geburtstagsrunde fast unüberschaubar, so viele Menschen, die Vela nicht kennt. Ein paar Gesichter aus der Uni, ansonsten weiß sie, dass Elif auch tanzt. Theater spielt? So etwas macht sie, daher kennt sie diese Leute. Ein paar von ihnen sind aufwendig geschminkt. Sie klimpern mit künstlichen Wimpern, und ihnen rieselt Glitzer übers Gesicht.

Vela hört mehrere Sprachen, sie balanciert sich an Körpern vorbei, bis zu Elif, um ihr zu gratulieren. Sie fallen sich in die Arme, Elif, aufgekratzt, große Augen, küsst Vela auf beide Wangen. Hier ist noch was frei, sagt Elif, hier ist noch Platz, wir rücken alle noch was zusammen. Vela setzt sich, sie hat einen Sitzplatz, eng zwischen anderen, die reden. Die grölen. Sie trinkt von ihrem Bier, das ihr gleich in den Magen sinkt, sie hat heute kaum was gegessen. Dieses Gefühl von Milchglas ist immer noch vorhanden, sogar mit größerer Intensität, und Vela schließt kurz die Augen. Als sie sie wieder öffnet, möchte jemand anstoßen mit ihr. Auffordernd ist da eine Flasche, jemand hält sie in der Hand, hebt sie höher und sagt dann: Hey, ich bin Maren, wie heißt du?

Ab dem Moment ist Vela gebannt. Maren, sie hat langes, dunkelblondes Haar. Das fließt ihr so über die Schultern. Und genauso fließt auch jede Bewegung: Wenn sie den Arm beugt, und trinkt. Sie streicht sich das Haar aus dem Nacken, sie redet dabei vielleicht etwas zu schnell. Aber ihre Stimme klingt fest, klingt hellwach dabei. Beim Zuhören stützt sie ihren Kopf mit der Hand. Den Ellbogen auf dem Tisch vor ihr. Sie gestikuliert im Gespräch, fällt ins Wort und lacht auf, ohne dass es ihr unangenehm zu sein scheint. Sie sitzt da, in der Kneipe, und sie ist eins mit ihrer Umgebung. Sie ist mal hier und mal da. Sie springt auf, geht aufs Klo, mit einer Leichtigkeit bahnt sie sich Wege. Sie bringt Salzstangen mit von der Bar.

Und zwischendurch schaut sie rüber zu Vela. Dann haften die Augen auf ihr – dunkel. Marens Augen sind dunkel, und sie schauen aus so einem Gesicht. Den Blick kann Vela schwer deuten, aber dringlich, durchdringend ist er. Und dann sieht sie schon wieder weg.

Vela trinkt Bier und ist dankbar für ihren Zustand: Er dämpft ihre Nervosität. Das gesteht sie sich irgendwann ein, dass es sie nervös macht, sie spürt das. Diverse Gefühle. Im Bauch, der sich so zusammenzieht, nicht auf unangenehme Art. Vela sitzt und fühlt sich irgendwie schief, aber es macht ihr nicht allzu viel aus, das liegt an der Müdigkeit, liegt am Bier. Es fällt ihr bloß schwer, Sätze zu formulieren. Ihr fallen die Worte nicht ein. Vela räuspert sich oft und ist dankbar für jede Frage, dir ihr gestellt wird, für jedes kleine Gespräch mit Elif oder mit anderen. Und während sie unsicher spricht, spürt sie die Anwesenheit von Maren, unweit von ihr, auf der anderen Seite des Tischs. Sie spürt, wie sie aufsteht und sich bewegt. Sie beugt sich zu jemandem runter, der sitzt. Spricht, und stützt sich dabei am Stuhl ab. Ihre Hand an der Lehne, und Haar fällt ihr ins Gesicht. Vela kaut eine Salzstange, als Maren sie dann wieder ansieht. Ein paar Sekunden, und dann schaut sie weg. Vela stockt. Schluckt, und spürt. Ein Kribbeln. Sie flirten. Maren flirtet mit ihr, und das wird ihr plötzlich bewusst. Ihr wird heiß, und sie fährt sich mit rascher Bewegung durchs Haar. Sie steht auf und bestellt noch ein Bier.

Es dauert, bis sie sich nähern. Bis Maren neben Vela sitzt, irgendwann. Dann streicht sie ihr über den Arm, mit weichen Fingerkuppen, weicher Hand. Sie ist nicht darum bemüht, dass es unauffällig wirkt, sie tut es einfach, als wäre es normal. Sie fragt, ob Vela noch tanzen gehen will. Nachher, später. Mit ihr und den anderen. Es gibt einen Plan. Vela spürt, wie sie schwitzt, wie es ihr hier drin zunehmend an Sauerstoff fehlt. Sie stolpert über die Silben. Verspürt den Drang, sich zu erklären. Sie sagt: Ich hab heut den ganzen Tag gelernt. Ich bin nicht so ganz auf der Höhe. Sie lacht in Ansätzen, schüttelt den Kopf.

Was sie will, das ist eigentlich: Zeit zu verbringen mit Maren. Ihre Nähe elektrisiert. Sie versucht, unauffällig zu schauen, sie kriegt nicht genug von Marens

Gesicht. Ihre Schultern, die Arme, und wie das alles im Fluss ist, ihre Stimme, die dann plötzlich sagt: Ich bin eigentlich auch viel zu müde. Hey, ich kann das verstehen. Grüppchen verschwinden Richtung Toiletten, Elif kündigt schon einmal an, dass jetzt weitergezogen wird. Tanzen. Gleich brechen sie auf in einen Club. Jemand fragt Vela, ob sie mitkommen möchte. Nicht in den Club, sondern erst mal aufs Klo: Do you want some, fragt jemand, grinsend, mit Glitzer im Bart. Und kurz darauf hängt Elif an ihr dran, sie versucht ein Überreden, sie bettelt und sagt: Du musst mitkommen, Vela, wirklich, du musst mal richtig rauskommen, heute. Aber Velas ganzer Körper ist schwammig, sie ist müde und inzwischen betrunken. Maren sitzt bald wieder neben ihr, ganz nah, die Augen groß, Pupillen geweitet, sie sagt: Du kommst nicht mehr mit? Vela will, sie würde so gern, aber sie fühlt sich erschlagen. Sie ist schon zu lange wach, zu erledigt von all den Tagen zuvor, ihr sitzt so ein Schwindelgefühl im Kopf. Sie sagt: Ich glaub, ich muss wirklich schlafen. Maren nickt. In Marens Gesicht liegt Verständnis. Sie fragt dann nach ihrem Telefon und tippt etwas ein, gibt es Vela zurück, und um sie herum herrscht ein Aufbruch. Es werden Stühle gerückt und geschoben, die Geburtstagsrunde erhebt sich, und schon wieder hängt Elif an Vela: Bitte, bitte, du musst doch noch mit! Da legt Maren einen Arm um Velas Schulter, sie sagt: Elif, lass sie doch, wenn sie nicht will. Und leise zu Vela: Komm, ich bring dich hier raus. Und sie schieben sich durch die Kneipe, durch einen Raum voller Menschen schlagen sie eine Schneise. Marens Hände an Velas Schultern, sie bringt Vela zur Tür, mit ernstem Blick. Ein Bodyguardblick ist das, den sie draußen, vor der Tür, dann schnell auflöst, sie lächelt und sagt: Ich hab dich gerettet!

Ja, sagt Vela. Ja, hast du. Danke.

Sie fassen sich an den Händen. Ein paar Leute stolpern hinter ihnen aus der Tür. Maren zieht Vela zu sich heran, und dann küsst Maren Vela knapp auf den Mund. Vela denkt in diesem Moment: dass es noch als betrunkene Umarmung durchgehen könnte. Im Zweifel, wenn man das will. Dann flüstert Maren: Bring dich in Sicherheit! Bis zuletzt halten sie sich an den Händen, dann dreht Vela sich um. Sie geht die Straße entlang. Bleibt verwirrt an der Ecke stehen. In welche Richtung? Sie ist müde und jetzt wieder wach. Ist betrunken, voll Adrenalin. Dann findet sie den richtigen Weg, die richtige U-Bahn in die richtige Richtung. Bald darauf schließt sie ihre Wohnungstür auf mit zittrigen Händen. Dieselben Hände, die vorhin noch diese anderen Hände gehalten haben, diese sehr weichen Hände von Maren. Vela putzt sich die Zähne vor lauter Aufregung bloß ein paar Sekunden. Nachlässig befeuchtet sie ihr Gesicht. Sie trocknet sich die Hände, diese Hände, die vorhin noch – sie trocknet die Hände bloß an ihrer Kleidung, die sie dann noch im Bad auszieht, die nach Rauch riecht und nach Kneipe und Schweiß. In Unterhose fällt sie ins Bett und zieht die Decke über ihren Körper, rückt das Kissen unterm Kopf zurecht. Der Kühlschrank surrt. Dazu so ein Pfeifen in ihrem Ohr, vor lauter Gesprächen, vor lauter Musik. In ihr kämpft Adrenalin gegen bleierne Müdigkeit. Und verliert.

Vela schläft ein, sie schläft über Stunden, sie schläft tief und ihren Rausch aus. Das Erste, was ihre Hand satte neun Stunden später dann tut, ist nach dem Telefon zu greifen. Es liegt auf dem Boden neben dem Bett. Die noch verschlafene Vela hält sich das Telefon nah vors Gesicht, kneift ein Auge zu, um besser zu sehen auf die geringe Distanz, dann sucht sie und findet sie, sie wollte nur sichergehen und kann sich nun sicher sein: Da ist die Nummer, da ist der Name. Maren und eine Kombination von Zahlen in Velas Telefon.

*

Vela geht nach dem Frühstück raus in den Garten. Ein paar Schritte über die schmale Terrasse, auf die Wiese, den Pfad entlang, der gesäumt ist von Tontöpfen. Überreste von Kräutern darin. Gestrüpp. Abschüssig führt der Pfad bis zur Feuerstelle, dahinter der Gemüsegarten. Beete. Am Rand das Gewächshaus und alles umringt von Bäumen, Sträuchern. Ihr fröstelt, es ist noch frisch, aber da kommt schon die Sonne heraus. Drängt sich vorbei an ein paar zerrupften Wolken. Diese Sonne: Gefühlt acht Monate war sie nicht da. Hat Vela sie nicht gesehen. Der vergangene Winter in der Stadt war besonders düster. Besonders lang. Besonders wenig Sonnenstunden, immer wieder wurde das an verschiedenen Stellen betont. Und dazu war es nicht einmal sonderlich winterlich. Nicht so, wie man sich das vorstellt. Es hatte wenige Male geschneit, nasse Flocken, die auf den Straßen zu schnell zu Matsch wurden. Dunkelgrau. Bis auf ein paar Wochen unterm Gefrierpunkt war es nasskalt. Diese Art von Kälte, die sich unter die Kleidung frisst, die dicht an die Haut dringt. Und bleibt. Dazu war es andauernd windig, nein, stürmisch war es. Jetzt ist April, und Vela steht in einem Garten. Steht dort und reckt das Gesicht in die Sonne, die Augen geschlossen.

Das hier ist gut, denkt sie, und sie meint: den Garten, das Haus. Ihren Umzug. Vela fühlt, dass es die richtige Entscheidung gewesen ist. Sie öffnet die Augen, sieht sich um mit einer Vorsicht im Blick, ganz behutsam lässt sie ihn schweifen. Sie hatte noch nie einen Garten, ihre Gärten sind öffentliche Parks gewesen bisher. In Häusern wohnte sie nur zur Miete. Ihr brummt ein Gefühl durch den Körper, es breitet sich aus und wird warm. Vela, im Garten, vorm Haus. Sie wohnt hier. Ist das zu fassen? Sie wohnt hier, tatsächlich, mit Maren. Sie atmet tief ein: Das ist Landluft. Sie ist frischer und klarer als in der Stadt. Sie lauscht: Geräusche macht hier der Wind. Er raschelt durch das Geäst. Und dann, kurz ist sie irritiert, riecht sie etwas anderes, das sich mit Landluft vermengt: Zigarettenrauch. Das ist Zigarettenrauch, sicher. Sie dreht sich um.

Hey, na, sagt Darek. Er schlendert auf sie zu. Und raucht.

Hey, sagt Vela.

Willst du gleich mit mir zum Einkaufen kommen?

Willst du mir zeigen, wie das geht? Vela schmunzelt.

Darek zieht an der Zigarette. Er legt den Kopf schief: Ja! Genau so hab ich mir das gedacht. Pass auf, erstens, wir zahlen hier für unsere Einkäufe. Mit Geld.

Was du nicht sagst!

Tja, du hast wahrscheinlich gedacht, es wird getauscht – aber nichts da.

Vor Dareks Gesicht bilden sich Schwaden aus Rauch. Er kneift die Augen zusammen, und über ihnen zwitschert ein Vogel.

Ich komm gern mit, sagt Vela.

Das Auto ist ein Kastenwagen. Es ist ein Fiat Fiorino Panorama. In die Jahre gekommen, wie auch die Farbe: Ein Weiß, das wie Eierschale aussieht. Darek öffnet Vela mit großer Geste die Beifahrertür: Die Dame!, ruft er. Und Vela schüttelt den Kopf, sie lacht. Sie fragt sich aber auch: Was ist dieser Darek für einer, weshalb spielt er sich so auf? Und mit Aufspielen meint sie vor allem, dass er sich gibt, als würden sie sich schon viel länger kennen. Als wären sie alter Freund und alte Freundin. Es ist nicht so, dass er ihr unsympathisch wäre, dass sie unangenehm fände, wie er sich verhält. Ihr gegenüber. Sie fragt sich bloß, einfach so, trotzdem, Vela fragt sich oft. Darek schnallt sich an und hält ihr mit der freien Hand ein Päckchen Kaugummi hin. Möchtest du?

Nein. Vela lehnt ab. Darek zuckt mit den Schultern. Sie fahren die Straße hinunter.

Das Auto, erklärt er. Das Auto haben Theo und Karsten gebraucht gekauft vor ein paar Jahren. Läuft aber noch ganz gut.

Und das gehört also auch allen?, fragt Vela.

Ja, herzlichen Glückwunsch, sagt Darek. Er grinst Vela an: Du kannst dich jetzt Autobesitzerin nennen.

Wow, davon wusste ich gar nichts!

Das hast du quasi mit der Kaution gekauft.

Vela muss lachen. Die ist noch nicht überwiesen. Die kratzen wir grade noch zusammen.

Vor dem Kreisverkehr schaltet Darek runter und bremst. Von der Seite sieht Vela die Bewegungen seines Kiefers, er kaut. Sie nehmen die zweite Ausfahrt, nicht in den Ort hinein, sie folgen dem Schild, das alle Richtungen ausweist.

In Velas Kopf ist der Hofladen ein kleiner Stand.

Wie die Stände für Erdbeeren, im Sommer. Die am Straßenrand stehen. Ein paar Bretter, ein Tisch, eine Überdachung wegen Wetter und Wind, und darauf drapiert dann die Äpfel, saisonales Gemüse, die Eier in unbedruckten Kartons, so hat sie sich das vorgestellt. Tatsächlich ist der Hofladen vielmehr ein ganzer Hof, die Verkaufsfläche ist eine komplette geräumige Scheune. Gänge, wie im Supermarkt. Mit einer riesigen Auswahl: Obst und Gemüse in großen Mengen. Kartoffeln, Spinat, Porree, es gibt schon Spargel, es gibt schon Rhabarber. Die Käsetheke ist riesig. Es wird allerhand zum Probieren angeboten, verschiedene Sorten Joghurt und Milch. Während Vela sich umsieht, studiert Darek einen Zettel, auf dem er die Schrift zu entziffern versucht. Vela? Sag mal, was soll das heißen? Kannst du das lesen?

Es ist bloß Gekrakel, wirre Striche, die sich kreuzen. Vela sagt: Hat das Eli geschrieben?

Darek grinst. Sie beide haben, das steht fest, denselben Humor. Sie präsentieren ihn nicht in der Bestform, das ist gar nicht nötig, sie witzeln bloß so herum. Nichts ist schlimmer, als zu merken, dass jemand einen Scherz nicht versteht. Auf einen Wortwitz nicht reagiert, überhaupt nicht. Vela und Darek erkennen ihre winzigen Scherze gegenseitig an. Werfen sich kurz einen Blick zu. Sie kaufen Kartoffeln, Champignons und Salat. Honig, Käse und Milch. Joghurt und Eier. Verstauen alles in Kisten im Kofferraum des Autos.

Übrigens kann ich dich auch mit in die Stadt nehmen, sagt Darek, als er sich gerade anschnallt. Zum

Arbeiten. Ich fahr meistens mit dem Auto. Er dreht den Kopf zu Vela, sieht sie an: Du arbeitest doch auch abends, oder?

Und Vela: Ja, genau. Danke. Das ist nett.

Ich strenge mich an!

Was genau machst du denn eigentlich, am Theater?

An der Bar arbeite ich. So viel zu meiner Theaterkarriere. Er grinst. Aber klingt doch gut, oder? Zu sagen: Ich arbeite am Theater.

Das klingt super, sagt Vela. Du könntest auch der Intendant sein.

Fast!, sagt Darek, und dann: Ich hab Schauspiel studiert. Allerdings nicht zu Ende. Nicht fertig. Nur das Grundstudium. Und dann Zirkus. Auch nicht fertig.

Zirkus?, fragt Vela erstaunt.

Ja, zeitgenössischer Zirkus, Artistik, ach, weißt du, das ist alles so eine Welt für sich. Dafür musst du gemacht sein, hundertprozentig.

Das ergibt ein rundes Bild, so einer ist Darek nämlich: Vela hätte ihn genauso gut kennenlernen können an einem Abend, in einer Nacht mit Maren und ihren Tanzleuten. So wie sie alle bewegt er sich fast katzenartig, so weich, jede Bewegung fällt ihm leicht. Sein Körper ist diese Mischung aus trainiert und schlaksig, zerbrechlich beinah. Aber stark, wenn es drauf ankommt. Er ist so jemand, bei dem es nicht überraschen würde, wenn er plötzlich einen Handstand machen würde, einfach so. Weil es Spaß macht. Zum Training. Um es auszuprobieren. Was auch immer. Zirkus passt, denkt Vela, und es passt auch, dass er Schauspieler ist. Sie kann ihn sich sehr gut vorstellen in schwarzen, zerschlissenen Jeans, in schwarzem Shirt, barfuß. In abgedunkelten Räumen, hinter Vorhängen, auf Studiobühnen. Sie kann sich sehr gut vorstellen, wie Scheinwerferlicht auf sein Gesicht fällt. Sein Gesicht hat etwas Sanftes, die Züge sind sehr fein.

Klingt das zu traurig?, fragt er, reißt Vela aus den Gedanken. Hab ich dich desillusioniert?

Die Antwort darauf kommt wie aus der Pistole geschossen: Oh, ich bin schon lange desillusioniert, sagt sie.

Ist ja auch nur ein Nebenjob. Bis sich was anderes ergibt.

Du musst dich gar nicht rechtfertigen, sagt Vela. Jedenfalls nicht vor mir.

Ich hab noch nicht alle Hoffnung verloren, sagt Darek und kneift entschlossen die Augen zusammen, schaut in den Rückspiegel. Ab der nächsten Saison, wer weiß, kann ich vielleicht ein Engagement kriegen. Eine Freundin von mir weiß da was. Oder, und das ist, warum ich den Job an der Bar mache: Oder es ergibt sich was dort.

Vela nickt und schaut dann aus dem Fenster. Und überlegt, was man sagt, was sagt man? Viel Glück, da drück ich dir die Daumen. Das hört sich gut an, das klappt doch bestimmt.

Dann kommt Darek ihr zuvor: Eigentlich braucht man ein Engagement in den ersten zwei Jahren nach dem Studium. Wer dann noch nichts hat, hat verloren. Sagen alle. Aber ich hab ja nicht mal zu Ende studiert, von daher ...

Er lacht. Er findet das witzig. Keine Schwermut, keine Enttäuschung liegt in seiner Stimme. Er streicht sich über den Kopf, wenige Zentimeter dunkle Haare. Und sonst bleib ich eben an der Bar, sagt er.

Er parkt den Wagen am Straßenrand, dicht an Sträuchern und einer Mauer. Vela kann kaum ihre Tür öffnen, sie kommt da nicht raus, auch nicht, wenn sie die Luft anhält. Sie lachen, und Darek muss den Motor noch einmal anlassen, ein paar Meter nach vorn und zur Seite rollen, ehe Vela aussteigen kann. Sie tragen die Einkäufe in die Küche, stellen alles auf der Steinplatte ab, und dann kommen schon die anderen. Theo. Nat. Und Jo. Sie hat Eli auf dem Arm. Und da ist Maren, die Vela um den Hals fällt. Es ist eine Begrüßung, als wär's ein besonderer Anlass, eine feierliche Versammlung um Hofladengut. Es ist alles ganz angenehm warm.

*

Sie treffen sich wieder, Vela und Maren. Das, was schon in der Kneipe da war zwischen ihnen, ist auch später noch da, Tage und Wochen danach. Maren besucht Vela zu Hause, in ihrer winzigen Wohnung. Sie sieht sich darin um und setzt sich aufs Bett. Vela kocht Tee, bietet Essen an, Kekse, oder Brot, oder Obst. Das hat sie von ihrer Mutter. Sie ist meistens ein bisschen zu gastfreundlich, besonders, wenn sie nervös ist. Wenn sie noch nicht so recht weiß. Sie schlägt Maren Verschiedenes vor: Sie könnten Abendessen bestellen. Es irgendwo abholen, noch mal rausgehen, zusammen. Oder eben das nehmen, was da ist? Maren soll entscheiden. Vela will, dass sie sich hier wohlfühlt, dass sie das tun, was Maren gern will.

Und Maren mag überhaupt nichts essen, gerade, sie sagt: Nein, danke, wirklich ganz sicher nicht. Es dauert, bis Vela neben ihr liegt, sie beide in Velas Bett. Vela mit klopfendem Herzen, noch immer hört sie nicht auf zu plappern. So kennt sie das gar nicht, von sich. Maren unterbricht sie mit Küssen und damit, dass sie sich auszieht. Maren zieht sich ihr T-Shirt aus und die Hose, ihre Jeans mit den Löchern darin. Sie streicht Vela mit den Fingern über den Nacken, über den Hals. Unter ihren Pullover.

Aus Velas Nervosität wird allmählich ein Kribbeln, wird Aufregung, weil sie bemerkt, dass Maren die Dinge nicht nur so dahersagt. Maren meint es ganz ernst. Wenn sie sagt, und das sagt sie schon bald: Vela, ich mag dich. Ich verbring mit dir am liebsten die Zeit.

Zwischen ihnen baut sich schnell eine Sicherheit auf, etwas Festes. Gegenseitiges Vertrauen. Es herrscht so ein intrinsisches Wissen um die Schritte, die gemacht werden. Aufeinander zu. Alles hat die richtige Geschwindigkeit. Da ist kein anstrengendes Hin und Her, kein Gezweifle, nicht diese Spielchen, die man so kennt. Sie reden viel, sehr viel, ständig bleiben sie miteinander im Austausch. Sie halten ihre Gespräche selbst dann aufrecht, wenn sie räumlich voneinander getrennt sind: Maren, zu Fuß irgendwohin unterwegs, hat ihr Telefon am Ohr und hört Vela zu, die am anderen Ende spricht, die erzählt. Vela, sechsundzwanzig, und Maren, siebenundzwanzig, sie tauschen sich aus über alles Bisherige, über Grundsätzliches. Und über das, was noch kommt.

Maren ist gerade erst zurückgekehrt. Tatsächlich erst drei Tage vor Elifs Geburtstag, vor diesem Abend in der Kneipe. Sie war mehrere Monate im Ausland, und deswegen sprudelt sie so vor lauter Energie. Alles Erlebte, die Erinnerungen sind noch ganz frisch in ihr, ganz präsent. Ich war wie so ein Schwamm, erzählt sie Vela, ich hab drei Monate lang alles aufgesogen. Sie ist in den Vereinigten Staaten gewesen, an der Westküste. Eigentlich sollten es bloß vier Wochen sein, um an einem Workshop teilzunehmen, so ein Projekt. Ein intensives Training, Tanz und Performance. Tänzer, Tänzerinnen, Performancekünstler, Künstlerinnen aus sechzehn

Ländern. Im Jahr zuvor hat sie so etwas Ähnliches in Brüssel gemacht, daher die Verbindung, daher die Idee.

Und dann nach vier Wochen, nach Abschluss des Projekts, ist sie geblieben. Auf diesem Kontinent, in diesem riesigen Land. Während Vela also in der Bibliothek gesessen hat, in Hörsälen, in der Mensa, saß Maren in einem Pick-up. Natürlich. Das Auto einer neuen Bekanntschaft, und damit fuhren sie durch Washington, Oregon, durch Kalifornien, die Küste entlang. Und zwischendurch zum Wandern ins Landesinnere. In die Berge, Naturschutzgebiete, Nationalparks. Heiße Quellen und provisorisches Camping in der Nacht. Partys irgendwo unter freiem Himmel, mitten in der Wüste. Danach dann ein längerer Aufenthalt zwischen Los Angeles und San Diego, um einem neuen Freund zu helfen, der sich ein Haus baute. Kein gewöhnliches Haus, sondern: eine geodätische Halbkugel, ein Kuppelhaus, das aus Dreiecken besteht, die sich selbst halten, Maren beteuert das: Ehrlich, es hält! Sie erklärt und zeigt Fotos, vom Haus. Und danach dann, im Anschluss, fuhr Maren weiter nach Mexiko. Um den Roadtrip zu komplettieren. Keine gewöhnliche Reise, sondern gleich ein Abenteuer. So eine ist nämlich Maren. Mit dem Rucksack wochenlang irgendwo unterwegs, um dann in die Dinge hineinzugeraten. In Autos, Bauprojekte, andere Länder. Sich treiben lassen, das ist ihr wichtig, sich bloß nicht an Pläne halten, nicht zu sehr.

Sie macht große Augen. Und wie sie so davon berichtet, beeindruckt Vela: Maren erzählt ihr, was sie selbst nicht erlebt. Maren macht, was sich Vela nicht traut.

Ach was, natürlich würdest du dich das trauen. Protestiert Maren, als Vela das sagt.

Einfach so irgendwohin fahren, allein?, fragt Vela, ungläubig, und schüttelt vorsichtshalber schon mal den Kopf.

Du musst dich einfach treiben lassen, sagt Maren. Und lacht dann selbst über dieses Klischee. Aber doch, das ist schon ihre Devise, und so ergibt sich dann alles, wenn man's denn zulässt. Man muss bloß ein bisschen vertrauen.

Sie führt schließlich auch sie beide als ein Beispiel an, als einen Beweis für ihre Theorie. Dass sie einander gefunden haben, in dieser riesigen Stadt, einfach so. Sie haben sich nicht darum bemüht, nicht fieberhaft gesucht. Und jetzt verstehen sie sich so unheimlich gut, obwohl sie sich noch nicht lange kennen, und Vela grinst und sagt: Oder grade deswegen? Daraufhin knufft Maren ihr in die Schulter, in den Oberarm. Sie spricht davon, dass es sich anders anfühlt als alles zuvor. Dass bei ihr sonst immer so ein drängendes Dürsten nach Freiheit da war, ganz schnell, so ein Verlangen nach Unabhängigkeit, das dazwischenfunkt. Diesmal nicht, nicht so mit Vela. Die hat sie getroffen und ruckzuck, so schnell und gierig ins Herz geschlossen, dass sie selbst ein bisschen überrumpelt ist davon. Ich hab mich in dich verliebt, sagt sie.

Vela schiebt ihre Ängste beiseite: dieses komische Gefühl, das sie zu oft beherrscht. So eine Unsicherheit, die zu Vorsicht führt und dazu, dass sie sich abgrenzt, dass sie sich schnell wieder von Menschen entfernt. Sie besiegt dieses Mal, was sich sonst immer so aufdrängt. Das ist, im Ganzen, ein völlig neues Kapitel, eine neue, eine andere Vela. Eine mit akademischem Abschluss, mit Aussicht auf allerlei Jobs, und dazu hat sie dann auch noch Maren. Dass sie es irgendwie gewusst hat, denkt Vela sich oft zu dieser Zeit. Dass sie tief in sich drin immer gewusst hat, es würde sich schon in die richtige Richtung drehen. Einrasten, alles.

Es herrscht so eine Stimmung wie Aufbruch. Wie das Erklimmen eines Gipfels bei besten Bedingungen, bei Sonnenschein und mit ausreichend Proviant in den Mägen und Rucksäcken, und man ahnt bloß, wie unglaublich die Aussicht sein wird, wie atemberaubend der Blick, später. Oben. Man wird dort stehen, mit brennenden Muskeln, mit schweißfeuchtem Gesicht, vor das man sich schützend die flache Hand halten wird, und man wird sich ehrfurchtsvoll umschauen, mit einem vor Anstrengung, vor lauter Glück klopfenden Herzen in der Brust.

*

So ist das jetzt: Am Abend sitzt man zusammen. Es gibt Essen. Reis, eine Soße aus Kokosmilch und Currypaste, dazu Gemüse aus der Pfanne. Paprika, Karotten und Spitzkohl. In der ganzen Küche riecht es angenehm süßlich, es dampft beachtlich über dem Herd. Karsten steht davor, einen Löffel in der Hand, er pustet, er kostet den Reis, probiert, ob die Konsistenz schon die richtige ist. Nat und Ellen decken den Tisch, und Nat lächelt, sie lächelt Vela an, als sie gerade ansetzen will, um zu fragen, ob sie helfen kann – Setz dich, Vela, alles gut!

Eli sitzt schon im Hochstuhl und ist ganz albern, Darek daneben schneidet Grimassen, und Eli kichert, Eli quietscht und kriegt davon gar nicht genug. Alle wirken, in ihrer Gemeinschaft, wie ein lange eingespieltes Team.

Jo öffnet eine Flasche Weißwein, sie dreht den Korkenzieher in den Korken hinein. Sie trägt die geöffnete Flasche und zwei Weingläser zum Tisch. Mag noch wer von euch einen Schluck?, fragt sie. Der Wein ist köstlich.

Ich, bitte!, ruft Ellen, die gerade nach Besteck in der Schublade greift. Und Darek macht Geräusche, er hat sich die Backen aufgepustet und deutet darauf. Du also auch, na gut, ausnahmsweise, sagt Jo. Sie geht zurück zum Schrank und angelt ein weiteres Glas. Und Vela, statt etwas zu sagen, steht nun doch noch einmal auf. Ist schon gut, Jo, sagt sie im Vorbeigehen. Ich hol noch mehr Gläser. Maren mag bestimmt auch.

Was mag ich auch?

Das ist Maren. Die gerade zur Tür hereinschneit, Maren, in Leggings und Kapuzenpullover, Maren kommt aus der Tanzschule, kommt von der Arbeit nach Hause. Die Wangen leicht gerötet, die Haare ein lockerer Knoten mitten auf ihrem Kopf, sie eilt ganz strahlend durch den Raum: Oh Gott, das riecht ja unglaublich! Und Wein, Vela, meintest du den Wein? Ja, bitte, unbedingt. Sie zieht sich den Pullover über den Kopf, sie hängt ihn über einen Stuhl.

Dann stößt auch Theo dazu, in beiden Händen eine Flasche Wein, gekühlt, aus dem Keller. Heute kommen wir doch nicht mit einer aus, sagt er.

Die ersten Minuten am Tisch ein Durcheinander, eine komplizierte Operation, bis dann alles Nötige auf der langen Tafel steht.

Und dann sitzen sie alle. Sind sie alle versorgt. Sie stoßen an in komplizierten Manövern, und Eli schlägt mit flachen Händen auf den Tisch vorn am Hochstuhl, Eli patscht mit den Fingern auf Plastik. Ist das jetzt das erste offizielle Essen?, fragt Maren mit aufgerissenen Augen.

Wir sind zum ersten Mal alle da, ruft Nat. Und ich hab ein bisschen Lust, mich zu betrinken. Sie setzt ihr Glas an.

Karsten fragt: Wieso, hast du Stress, oder was?

Nein, sagt Nat, ich hab gute Laune.

Es ist schwer, sich auf ein Gespräch zu konzentrieren. Eli krakeelt, Eli plappert, und Jo, zwei Plätze weiter: Na, was ist denn los, Eli, du willst doch nicht etwa Gemüse? Und Nat erzählt von ihrem Tag, Nat war heute wieder auf Montage, Küchen einbauen, in schicken Neubauten im Ort. Ich sag's dir, sagt sie zu Karsten, das sind alles Leute mit Zweitwohnung in der Stadt. Mit so einem fucking Penthouse, und da haben sie auch schon Designerküchen drin.

Was wollen die denn jetzt hier?, fragt Karsten. Er runzelt die Stirn.

Darek ist immer noch zugange mit Eli, er versucht, Eli zum Essen zu bewegen, hält löffelweise Reis vor einen winzigen Mund, und alle anderen berichten vom Tag. Erzählen, was so passiert ist.

Vier Stunden lang ging das Internet nicht!, sagt Ellen. Wir mussten den Techniker rufen. Das macht jetzt dieser Jörn, wisst ihr, aus diesem Laden?

Mhm, ich mach noch eine Flasche auf, oder nicht?, fragt Jo. Und: Vela, geht's dir denn eigentlich gut?

Ja, hey, wie lautet euer Fazit?, fragt Nat. Also, so ein Zwischenfazit. Nach den ersten paar Tagen.

Und Maren, noch kauend, sie verschluckt sich beinah, als sie sagt: Ich war – ich schwöre! – noch nie glücklicher als heute. Als ich Feierabend hatte und wusste, ich fahr jetzt hierher.

Die Stadt ist ein Drecksloch, sagt Darek, ein bisschen zu laut. Und grinst.

Ja, total, pflichtet Maren ihm bei, und dann gleich wieder ein Gewirr vieler Stimmen, dann erzählen schon wieder alle irgendwas: Dass einer in der Klasse heute tatsächlich gekotzt hat, das kann Karsten nicht fassen, er schüttelt ungläubig den Kopf: einfach mitten auf seinen Tisch! Da lagen die Bücher und alles. Das hat gestunken, ihr könnt's euch ja vorstellen.

Und Ellen: Diese neue Patientin. Ich darf ja nichts sagen, aber ich sag's euch, oh Gott.

Die Einzigen, die kaum etwas sagen, die bloß kauen und schweigen und sich umsehen dabei, das sind Vela und Theo. Die hören zu. Vela, die sich immer schwertut, in solche Gespräche einzusteigen, weil jedes Mal irgendwer schneller ist als sie: Sie öffnet den Mund, und schon hat wieder jemand anderes etwas gesagt. Und Theo, der irgendwie müde wirkt, irgendwie etwas platt.

Was ist denn eigentlich bei dir los?, fragt dann auch Karsten in Theos Richtung, und ihm fällt ein Stück Paprika vom Löffel.

Theo räuspert sich. Er hebt sein Glas. Er trinkt einen Schluck und winkt ab: Ach, stressiger Tag. Aber eigentlich alles gut. Gut, guter Stress.

Was ist mit deinen Eicheln?, fragt Nat, sie fragt das mit vollem Mund, ein bisschen angriffslustig. Vergnügt.

Bitte was, sagt Maren und lacht.

Na, Theo will doch die Welt retten, sagt Nat. Und Ellen muss grinsen, sie verdreht die Augen dabei.

Er will den Welthunger stillen, sagt dann auch Jo.

Aber sind Eicheln nicht giftig?, fragt Maren.

Ich schätze mal, das musst du erklären, sagt Ellen. Sie trinkt einen Schluck.

Ihr nehmt das alle doch sowieso nicht ganz ernst! Theo sagt das in gespielter Empörung, aber er muss lächeln dabei.

Ich nehme das sehr ernst, sagt Maren, gespitzte Lippen an ihrem Glas. Sie zwinkert Theo zu, sie zwinkert so in die Runde.

Na, also gut, sagt Theo. Er stützt beide Ellbogen auf dem Tisch ab, er leert dann erst in Seelenruhe seinen Teller, zwei Gabeln, drei, er kaut noch immer, während er spricht: Das Ding ist, das ist eine längere Geschichte.

Ich kann das wirklich nicht noch mal hören, sagt Ellen. Sie meint das nicht böse, sie steht dann auf und küsst Theos Kopf, seine Haare. Ich muss aber wirklich noch was vorbereiten, für morgen, nehmt's mir nicht übel.

Und, äh, ich glaube, ich bring jetzt mal Eli ins Bett. Karsten erhebt sich, da ist noch ein Rest auf seinem Teller, aber Elis Augen sind schon ganz rot. Eli sieht müde aus, und Karsten hebt das Kind aus dem Stuhl.

Theo zieht ein Gesicht: Seht ihr?

Ach, komm schon, lacht Jo und gießt sich Wein ein, bietet die Flasche den anderen an. Wir sitzen alle nur noch hier wegen dir!

Und Theo redet, Theo erklärt. Die Eichel, das ist eine Nussfrucht. Und Eichen, an denen sie wächst, die gibt es beinah überall. Und vor Zigtausend Jahren, da wurden Eicheln schon zu Nahrung verarbeitet. In Japan zum Beispiel, im alten China. Unter indigenen Völkern, in – inzwischen – den Vereinigten Staaten. Es gibt Techniken, es gibt die Möglichkeit. Und dann lässt sich daraus nahezu alles herstellen. Aus Eicheln. So nahrhaft! Und wir müssen uns, sagt Theo, ja bloß mal umschauen. Der Klimawandel zerstört Ernten, das ist einfach Realität. Es ist längst an der Zeit für neue Ideen, für einen Umgang damit.

Theo sagt nicht, er möchte die Welt retten. Theo sagt: Ich rette die Welt. So einer ist er. Er sagt es in einem Ton, der bescheiden klingen soll, zumindest nimmt Vela das an, der aber dennoch bestimmt ist. Da gibt es nichts zu hinterfragen. Niemand könnte kommen und sagen: Bist du sicher, ist das nicht eine Nummer zu groß? Theo erklärt, dass er sich schon seit Jahren damit befasst, er macht deutlich, er kennt sich damit aus. Aber nebenher muss natürlich auch Geld reinkommen, sagt er dann und zuckt mit den Schultern. Wie das immer so ist! Er steht auf und neigt den Kopf nach rechts und nach links, fasst sich mit beiden Händen in den Nacken. Macht sich locker, er seufzt. Nimmt sich eine Zigarette aus der Packung auf der Steinplatte. Ich kann euch da demnächst mal was zeigen. Ich arbeite grade an so einer Präsentation.

Total gern, sagt Maren.

Jo trinkt ihr Glas aus und beginnt, die Teller aufeinanderzustapeln, sie sammelt das Besteck auf dem obersten davon. Theo geht nach draußen, um zu rauchen, und Nat springt plötzlich auf. Wart auf mich! Sie läuft ihm hinterher.

Auf der anderen Seite der Terrassentür stehen sie und rauchen, und drinnen wird für Ordnung gesorgt. Jo räumt Geschirr in die Spülmaschine. Ach, Theo immer, sagt sie und lacht. Gleichzeitig runzelt sie die Stirn.

Aber das klingt total sinnvoll, sagt Maren. Ihre Schwester zuckt mit den Schultern: Na ja, davon redet er auch schon ziemlich lang.

Die Terrassentür öffnet sich einen Spaltbreit. Hey, Jo, ich kann dich hören, protestiert Theo. Und noch hinterher: Wartet's ab!

Jo ignoriert ihn, wohlwollend, sie schmunzelt, und Maren ruft: Ich find's super! in Richtung der Tür. Gehen wir rüber?, fragt sie dann Vela. Lass uns rübergehen, wir schauen einen Film.

*

Vela, in dieser Zwischenphase nach Ende des Studiums, vor Beginn von etwas Neuem, ist aufgeregt. Ist guter Dinge und voll motiviert: Hier könnte ich mein Volontariat machen, oder dort. Sie stellt Bewerbungen zusammen. Bewirbt sich bei namhaften Zeitungen, sie bewirbt sich auch beim Fernsehen, Rundfunk. Das wäre ihr eigentlich am liebsten. Aber so festgelegt ist sie noch nicht.

Vela liest Maren Texte vor, die sie im Studium geschrieben hat. Anderthalb Jahre lang war sie Redakteurin der hochschulinternen Zeitung, sie war sogar in leitender Position. Verteilte Aufgaben und Themen, aber sie schrieb auch selbst, Artikel, Recherchen, Essays. Und Maren fordert es regelrecht ein. Sie liegen in Marens Zimmer, in der WG, auf ihrem Bett. Auf bunt gemusterten Tüchern. Liest du mir was vor, bittet Maren, große Augen, bitte, bitte, bitte. Vela weiß gar nicht so recht, wie damit umzugehen ist, mit so viel Zuspruch, mit so viel Begeisterung für das, was sie schreibt. Maren ist ihr erster richtiger Fan. Sie sagt: Du bist toll. Du wirst alle Preise abräumen, wirklich. Wie du schreibst, sagt Maren, das hat so was Unbedingtes. Maren kommt aus dem Schwärmen nicht raus. Und deine Stimme dazu! Sie will mehr. Sie fordert mehr Texte, Vela soll bloß nicht aufhören zu lesen. Deine Stimme dazu ist so schön. Die nehmen dich beim Radio mit Kusshand.

Sie essen oft gemeinsam mit den anderen, die in der WG wohnen. Und irgendwer hat immer gerade Besuch. Sie unterhalten sich meistens auf Englisch, das liegt an David, der seit Kurzem hier wohnt, aus Neuseeland. Und an Shira aus Israel. Und an Akin, Hans' Freund, der vorübergehend eingezogen ist. Zu essen gibt es, was Hans und Teresa beim Containern finden: Manchmal bringen sie ganze Kuchen, sechs oder sieben, die sie dann im Ofen aufbacken. Meistens bringen sie Gemüse. Es gibt selbst gemachtes Pesto, Eintöpfe, Suppe. Den ganzen Tag lang werkelt jemand in der Küche, bereitet Unmengen an Essen zu. Am viel zu kleinen Tisch sitzen sie dann, es duftet und blubbert auf dem Herd. Alle interessieren sich für Vela. Stellen ihr Fragen, wollen sie kennenlernen. Zu Beginn versucht sie ein Ausweichen. Sie fragt David zurück: What do you do? Und David, das ist so jemand, der dann grinst, abwinkt und sagt: Me? Just studying life.

Später erzählt sie, gibt Auskunft über sich und darüber, dass sie gerade noch nicht so genau weiß, was sie tun wird. Was sie tun will, das weiß sie genau. I want to become a journalist. A reporter.

That sounds so nice! Alle sind bemüht, ihr zu helfen. Kennen da ein Magazin, für das Vela schreiben könnte, bald, sie kennen da irgendwo irgendwen. Geben ihr Tipps, sie versprechen: Ich hör mich mal um, Vela, ich geb dir Bescheid.

Maren muss regelrecht kämpfen, die Freundin für sich allein zu haben, zwischendurch. Sie zieht Vela, die noch im Gespräch hängt, aus der Küche zurück in ihr Zimmer. Sie lacht und zerrt an Velas Arm. Sie stolpern durch die Tür und aufs Bett. Für Vela ist das ganz neu, so viel Austausch, so viele Leute: In ihrem Ein-Zimmer-Apartment ist sie allein. Sie versteht gut, weshalb Maren so wohnt. Aber sie sagt auch: Ich weiß nicht, ob ich das könnte. Ich meine: dauerhaft unter so vielen Leuten zu sein.

Maren sagt: Aber ich hab ja hier meine Ruhe. Und ich bin echt nicht gerne allein. Darauf rückt sie näher zu Vela, sie drückt sich an Vela heran. Zwischen ihren Gesichtern bloß ein paar Zentimeter, sie berühren sich an mehreren Stellen. Sie küssen sich, und das ist wie ein Aufatmen: Das ist so schön, tut so unheimlich gut.

In den nächsten Wochen arbeitet Vela wieder stundenlang durch. Sie schreibt Probetexte, Motivationsschreiben, sie arbeitet ihren Lebenslauf aus. Sie kauft große Umschläge, in die stapelweise Papier passt, und mit mehreren solcher Pakete steht sie in der Postschlange an. Auf einer Liste hakt sie ab, welche Bewerbung schon losgeschickt ist. Sie schreibt jede Menge freundliche E-Mails. Es kann nicht schaden, mehrgleisig zu fahren. Sie bietet Texte an, formuliert Teaser. Sie checkt den Posteingang mehrmals pro Stunde, aber die Antworten lassen sich Zeit.

Maren beruhigt sie, wann immer sie fürchtet, dass vielleicht gar nichts zurückkommt: Doch, das kommt noch, warte mal ab. Maren weiß das, sie ist überzeugt, dass Vela voll durchstarten wird. Sie ist sich sicher, es dauert nicht mehr lange, und dann wird sie sich kaum retten können vor Angeboten. Hast du mal was von den anderen gehört, von Elif? Elif hatte vorher schon einen Job. Elif ist jetzt bereits Volontärin, ohne dass sie auf ihr Zeugnis hat warten müssen, sie hat gleich eine Stelle bekommen. Als Vela davon berichtet, sagt Maren: Na, siehst du. Das passiert dir bald auch!

Dann beginnt bei Maren ein nächstes Projekt: Sie tanzt ab sofort in einem Stück. Sechs Wochen von früh bis spät Proben, und dann geht es los, gleich mehrere Monate lang. Das ist ein gutes Engagement, und für Maren das erste seit Langem. Das erste richtige außerdem auch. Sie ist aufgeregt deswegen, sie freut sich und ist sehr nervös, aber es passt ihr schon wieder ins Muster. Das Tanzen kehrt immer wieder zu ihr zurück. So war das schon immer, in Maren immer ein kleiner Kampf: Sie liebt ihre Freiheiten, aber für den Tanz braucht es auch Disziplin.

Als sie jünger war, schickten ihre Eltern sie zum Unterricht, mehrmals die Woche. Sie tanzt alles Mögliche. Sie zählt nach: Acht Jahre klassisches Ballett, sechs Jahre Jazz, fünf Jahre Modern. Sie hat verhältnismäßig spät angefangen, erst kurz vor ihrem neunten Geburtstag. Das ist eigentlich längst zu spät, heißt es, zumindest für eine professionelle Laufbahn. Dass man davon überhaupt schon spricht. In so einem Alter. Maren, eine Grundschülerin, und da spricht man schon von Profession, von Erfolg. Aber seitdem begleitet sie das Tanzen, und sie liebt es ja auch, irgendwie. Nein, das ist falsch, das gehört korrigiert: Sie liebt es wirklich, und sie braucht es außerdem auch. Es kommt im Zweifelsfall immer zurück. Nach der Schule macht sie eine längere Pause, fast ein Jahr lang ist sie unterwegs. Und trotz dieser Auszeit schafft sie dann wieder den Einstieg, sie fängt ein Tanzstudium an. Schaltet um von völliger Freiheit auf Tagesstruktur, strenge Taktung, auf vollen Einsatz von früh bis spät. An den Abenden schafft sie es oft bloß noch ins Bett, der Körper ein einziger Schmerz. Das Studium ist intensiv und es schlaucht. Sie weiß das, Maren wusste das vorher, aber in der Praxis zehrt es doch sehr. Es zehrt so sehr und so lange, bis Maren dann aufgeben muss. Bis eine Verletzung sie zu einer Pause zwingt. Nichts Großes, erzählt sie, bloß Dauerüberlastung, die Muskeln, die Bänder. Das Knie. Maren pausiert und erholt sich. Und spürt dann, wie sehr ihr das fehlt: diese Freiheit, dieses weniger anstrengende Leben. In die Tage hinein. Und außerdem, sie kennt doch so viele Leute. Sie weiß, an wen sie sich wenden muss, und sie hört ja auch nicht komplett mit dem Tanzen auf, bloß mit dem Studium. Das Studium unterbricht sie nach dreieinhalb Semestern. Etwas in ihrem Naturell verträgt sich nicht mit solcherlei Dingen. Maren tut sich schwer, etwas durchzuziehen, einem vorgegebenen Plan zu folgen.

Und siehe da, sie hat trotz allem immer ein Glück: Sie kennt wirklich die richtigen Leute, und die Leute wissen, was Maren kann. Daher jetzt das Engagement. Sie braucht ein paar Tage, um sich wieder daran zu gewöhnen, permanent in Bewegung zu sein. So viel zu fordern von ihrem Körper. Aber dann ist Premiere, und Vela sitzt in der zweiten Reihe mit hochrotem Kopf. Sie ist aufgeregt, es fällt ihr schwer, sich auf das

Stück zu konzentrieren. Es gefällt ihr, ihr gefällt die Musik. Ihr gefällt, Maren dort auf der Bühne zu sehen, ihr gefällt, wie sie sich bewegt. Aber in ihr pulsiert alles, in ihr ist ein Kribbeln, herrscht Ausnahmezustand. Sie springt auf beim Schlussapplaus, sie fällt dann endlich Maren um den Hals, Maren, verschwitzt und mit einer Flasche Apfelschorle in der Hand, und Vela, ganz glühende Wangen, Vela sagt: Das war toll, toll, toll, tut mir so leid, ich will so gern noch mehr dazu sagen, aber Maren. Maren! Ich bin eingeladen worden. Ich hab ein Vorstellungsgespräch.

*

Darek und Vela, die Fahrgemeinschaft. Sie fahren am Spätnachmittag gemeinsam in die Stadt. Erledigen dann dort ihre Arbeit: Vela, inmitten von Schreibtischen, von Computern. Vela, die Kommentare kommentiert.

Und Darek, im schwarzen Hemd. Darek fragt aufgebrezelte Menschen, die sich auf den Theaterabend freuen, was es denn sein darf. Weißweinschorle? Darek macht Weißweinschorle, und er zapft Bier. Er lächelt und beugt sich in den Pausen leicht über die Theke, um seine Kundschaft besser zu verstehen. Darek nimmt mit einem Lächeln Trinkgeld von Herren im Jackett und mit Hornbrillen auf der Nase. Die die Lippen schürzen und großzügig nicken, ohne ihn anzusehen, und die dann noch im Rausgehen, im Gespräch, Zigaretten aus der Packung klauben. Zigarillos.

Darek, noch nicht in Arbeitskleidung, noch in Jeans und weißem T-Shirt, mit Sonnenbrille im Gesicht und einem Filter zwischen den Lippen, er dreht sich eine Zigarette für die Fahrt.

Stillschweigen, Vela, sagt er mit ermahnendem Blick, als sie einsteigt. Wenn Jo erfährt, dass ich im Auto geraucht hab, ich sag's dir, dann bricht die Hölle los.

Riecht sie das nicht sowieso?

Darek kurbelt das Fenster herunter. Er zwinkert

Vela zu, er schnipst mit den Fingern, und sie sagen zeitgleich, triumphierend: Aha!

Dann startet er das Auto, dann schließt er sein Telefon an. Verstellt etwas am Radio, drückt einen Knopf. Er lässt die Kupplung kommen und gibt Gas, er dreht gleichzeitig die Lautstärke hoch: Ladies and gentlemen, you've heard the Soul for Sound, part one, now … Part two, are you ready?

Darek und Vela, die Nachteulen. Sie arbeiten als Einzige so spät. Wenn die anderen schon Feierabend haben, schon das Abendessen zubereiten, wenn sie den Tisch decken und sich hinsetzen mit einem Seufzen, die Hände in den Nacken gelegt, dann beginnen ihre Schichten. Dann arbeiten sie. Darek von achtzehn bis ein Uhr in der Nacht, Vela beginnt eine Stunde später.

Der Fiat rollt den Hügel hinunter, Darek lenkt ihn durch den Kreisverkehr. Die zweite Ausfahrt, wie immer. Alle Richtungen, steht auf dem Schild, sie fahren an Feldern vorbei und nehmen dann bald die Kurve der Autobahnauffahrt, Darek schaltet zurück und dann schnell wieder hoch. Er tritt aufs Gas, der Fiat tut, was er kann.

Es ist irgendwie seltsam, für Vela. Zumindest ist es ganz neu: dass das jetzt ihr Arbeitsweg ist. Eigentlich ist ihr Arbeitsweg das Zischen und Rauschen, die große Straße zu ihrer Linken, wenn sie zur Bushaltestelle geht. Dann das Wanken im Bus, die Suche nach einem Sitzplatz, wenn er schon fährt.

Jetzt wird sie chauffiert, von Darek, der mit dem Kopf nickt zur Musik. Der seine Zigarette raucht und zwischendurch aus dem Fensterspalt ascht. Gut gelaunt wirkt dabei.

Wie lange seid ihr schon zusammen, du und Maren?

Dareks Stimme ganz laut, um das Rauschen zu übertönen, Motoren, das Zischen der Straße von draußen. Er schnipst die Zigarette hinaus und kurbelt das Fenster wieder nach oben.

Fünf Jahre, sagt Vela. Fast sechs!

Wow! Darek dreht anerkennend den Kopf, seine Augen ganz groß, er ist sichtlich beeindruckt. Wie schön, sagt er. Und tout va bien?

Oui, sagt Vela. Sie sagt: Mehr Französisch ist nicht drin.

Darek lacht. Und dann sagt er: Pardon. Das hat sich so bei mir eingeschlichen. Ich hab doch eine Weile in Toulouse gewohnt.

Tatsächlich?, fragt Vela. Was hast du da gemacht?

Erst mal war ich bei diesem Workshop. An der Zirkusschule, ich hab mich dort beworben.

Und hat's geklappt?

Darek schiebt seine Sonnenbrille hoch, in sein millimeterkurzes Haar, und dann wirft er Vela einen Blick zu. Mit hochgezogenen Augenbrauen, ganz lässig und selbstsicher. Er zwinkert. Na klar!

Ach, sagt Vela theatralisch. Du bist so talentiert!

Ach!, äfft Darek sie nach, beide Hände wieder am Lenker. Das war pures Glück. Aber wie gesagt, ich hab dann schnell gemerkt, das ist mir eine Nummer zu krass.

Vela nickt: Genauso war's auch bei Maren. Maren war an dieser Tanzhochschule, und das ging auch irgendwann nicht mehr.

Und Darek: Ich sag's dir, alles, was zeitgenössisch ist, das raubt dir dein Leben. Du musst das zu fünfhundert Prozent wollen. Und du brauchst die stärksten Nerven dazu.

Aber dann bist du trotzdem geblieben? In Toulouse?

Ja! Toulouse hat so einen Vibe. Ich hatte einen Job, ich hatte die beste WG, ich hab mich wohlgefühlt, dort.

Vela blinzelt. Sie klappt die Sonnenblende runter, und Darek tut es ihr gleich. Wohlgefühlt, wiederholt sie dann. Und grinst.

Na ja, sagt Darek lang gezogen. So ein bisschen ertappt. Ich war auch ein paar Monate mit jemandem zusammen.

So! Vela triumphiert. Das hab ich mir gedacht.

Darek seufzt. Aber das ging auch schnell wieder auseinander. Er ist dann zurück nach Paris.

Und du nicht hinterher?

Naaa, sagt Darek. Non, non. Er schaut geradeaus und schüttelt ganz leicht den Kopf.

Vela, den Kopf nach rechts gedreht. Sie sieht, wie sich die Sonne schon senkt, dort, wo die Felder zu Ende sind. Am Horizont. Sie denkt, dass sie ihn mag. Sie mag Darek, wirklich, sie hat da ein gutes Gefühl. Er ist in jedem Fall einer der Guten. Er ist lustig, und er ist wirklich sehr nett. Vela lacht, über sich selbst, über diesen Gedanken: Lustig und nett? Sie schließt die Augen und lehnt den Kopf zurück, gegen die Nackenstütze, sie drückt ihren Körper in den Sitz.

Was ist?, fragt Darek belustigt, warum lachst du?

Ich find grade bloß alles ganz gut.

Sagt Vela.

Das findet sie wirklich. Und Darek dreht die Musik etwas lauter.

*

Wie leicht das plötzlich ist: all die Zweifel beiseitezuschieben. Sich selbst nicht so sehr zu hinterfragen, Vela ist erstaunt darüber, wie ihr das gelingt. Sie ist zu Hause, nach der Arbeit, es ist in der Nacht, kurz vor zwei. Vela steht in der Terrassentür und schaut in den Himmel: Wie viele Sterne man sehen kann, hier. Und zu hören ist bloß Wind in den Bäumen, sonst nichts. Bis auf Luftzüge ist es ganz still.

Es mag vielleicht ungewohnt sein, diese ganze Situation: das Haus, all die anderen. Natürlich muss Vela sich daran gewöhnen. An Theo, und an Theos Blicke, die sie erst noch durchschauen muss. Sie muss durchschauen, was von Jos fast schon verzaubertem Lächeln zu halten ist, von Jos ganz grundsätzlicher Entspannung. Ein Glas Wein für sie und Jo ist glückselig, ganz bei sich. Und von Karsten, der meistens so grinst, mit einem halb offen stehenden Mund. Von Nat, die so energisch ist. So guter Dinge und laut. Und von Ellen. Von Ellens kritischem Blick. Die musst du knacken, sagte Darek. Ellen und ich hatten einen schwierigen Start, aber eigentlich ist sie ganz toll. Wirklich! Darek beteuerte das. Inzwischen verstehen wir uns super.

Und dann ist da noch Eli, natürlich. Eli ist auch immer da. Es ist die Anwesenheit von ihnen allen, die neu ist und ungewohnt.

Aber beispielsweise jetzt. Jetzt gerade. Da steht

Vela allein in dieser Tür. Von drinnen schummrige Beleuchtung, und draußen Luft, die tatsächlich frisch ist. Draußen ein Sternenhimmel für sie.

Dass diese Frage nach Wohnraum, nach einem Platz für sie und für Maren, dass diese Frage sich so einfach, so schnell hat beantworten lassen, so gut. Vela ist jetzt ganz plötzlich eine zufriedene Version ihrer selbst. Sie fühlt sich ganz leicht, und sie kommt, das muss man dazusagen, immerhin gerade von der Arbeit. Sie kommt aus dem düsteren Großraumbüro, das ihr sonst regelmäßig so sehr aufs Gemüt schlug. Auf die Stimmung. Dass sie sich so leicht fühlt nach der Arbeit, ist neu.

Sie putzt sich die Zähne. Wäscht ihr Gesicht. Sie zieht sich noch im Bad aus. Trägt die Kleidung ins Zimmer, in dem Maren schon schläft. Vela hält inne und muss noch einmal kurz horchen: Es ist so unglaublich still. Es umgibt sie und Maren ein Haus, und ringsherum ist Natur. Keine mehrspurige Straße. Keine Sirenen. Kein Gebrüll.

Vela kriecht unter die Decke, ganz vorsichtig. Sie will Maren nicht wecken, Maren, die leise seufzt im Schlaf, im Traum. Vela atmet tief durch. Schließt die Augen. Neben ihr Maren. Und um sie herum ist alles gut.

*

Vela kauft sich ein Jackett. Es sitzt ganz locker, sieht gut aus, sie trägt es zum schwarzen Shirt, zur schwarzen Jeans, sie dreht sich vorm Spiegel und vor Maren. Maren, die große Augen macht, die mit den Wimpern klimpert. Sich kaum einkriegt: Schönste! Du siehst großartig aus, fantastisch, du siehst wunderbar aus. Schnapp dir den Job. Kinderspiel. Du musst da bloß rausgehen, und dann nehmen die dich sowieso.

Und Vela holt tief Luft, lässt sich von Maren umarmen, über die Schulter spucken. Lässt sich Glück wünschen von einem Gesicht, das freudestrahlt. Sie fassen sich an den Händen, Maren drückt zu. Vela denkt: Kinderspiel. Die ganze Bahnfahrt, den Fußweg, noch im Fahrstuhl denkt sie an dieses Wort.

Später geht sie das Gespräch im Kopf durch, wieder und wieder. Sie versucht es zumindest. Stärken, Schwächen, Erfahrung. Erwartung? Was erwarten Sie sich denn von einem Volontariat, hier, bei uns? Es ist oft so: Wenn sie angespannt ist, dann vergisst Vela, was sie gesagt hat. Es bleibt bloß ein schwammiges Gefühl. Sie kriegt ihre Antworten nicht mehr zusammen. Unmöglich zu beurteilen, ob sie sich gut angestellt hat. Maren ist sich da sicher: Maren hat ein gutes Gefühl. Für sie beide.

Sie streicht über Velas Kopf, spricht, ihre Stimme ein bisschen zu hoch, ihre Stimme ganz süß. Vela gefällt das. Es ist beruhigend. Vela kann einfach bloß liegen und spüren, wie sie sich allmählich entspannt.

Jetzt kannst du's ja sowieso nicht mehr ändern, weiß Maren. Jetzt können wir nur abwarten und schauen, was passiert.

Und dann erzählt sie ihr, was passieren wird. Mit allerhöchster Wahrscheinlichkeit: Vela bekommt die Stelle. Natürlich. Vela wird nach dem Volontariat übernommen. Sie wird Ressortleiterin, leitende Redakteurin. Für Maren steht das fest, es steht völlig außer Frage. So wird's kommen, genau das wird geschehen. Und dann, schwelgt sie weiter, und dann wechselst du irgendwann zum Fernsehen. Wenn du nach ein paar Jahren genug hast von dieser Zeitungsredaktion. Ein Anruf, und schon bist du drin. Genau das wird passieren, genau so.

Vela muss kichern, und zeitgleich verdreht sie die Augen. Maren, so einfach ist das nicht.

Und Maren protestiert: Doch, doch, na klar. Ihr leuchtet das ein, sie glaubt fest daran: An Journalistinnenvela, sie sieht sie Preise entgegennehmen. Ohne Frage ist das ihr Weg. Und was ist mit dir, fragt Vela, lass mich mal überlegen. Sie legt den Finger ans Kinn. Du wirst eine gefeierte Tänzerin. Eine Performancekünstlerin. Du entwickelst etwas ganz Neues. Oder du wirst Choreografin, von einer angesehenen Tanzkompanie.

Maren nickt zufrieden. Du kannst eine Reportage über mich machen.

Na klar, das bietet sich an, sagt Vela.

Sie malen sich aus, wie das später sein wird: sie beide in ihrer riesigen Wohnung, beim Abendessen in lichtdurchflutetem Raum. An einem Holztisch sitzen sie, frische Blumen in großen Vasen darauf, sowieso überall Pflanzen. Sie stellen sich vor, wie sie dort wohnen, in ein paar Jahren, in ihrer gemeinsamen Wohnung. Die hübsch eingerichtet ist. Viele Bücher in offenen Regalen, Kunst, an den Wänden, auf Beton. Die Fenster geöffnet, und Wind weht dünne Vorhänge hinein, sanft, eine Wohnung, in der sie sich wohlfühlen. In der Stadt, in ruhiger Lage, und gibt es einen Garten? Im Idealfall gibt es sogar einen Garten.

Ich denke, du willst keine Pläne machen?, fragt Vela.

Es ist schon Nacht. Sie liegen so schläfrig zusammen, beieinander, in Marens Bett.

Wenn die Pläne so gut sind, sagt sie, dann natürlich schon.

Eine ganze Woche lang bleibt es so kribbelig, bleibt es aufregend. Bleibt Vela gespannt. Es wird sich ständig erkundigt, Maren fragt, und alle anderen fragen auch: Und? Mit aufgerissenen Augen. Hast du schon was gehört? Sie fiebern mit.

Dann kommt die Absage. Per E-Mail, ganz unspektakulär, nicht einmal persönlich: Sehr geehrte Bewerberin, leider. Müssen wir Ihnen mitteilen. Vela spielt es herunter. Sie sagt zu Maren bloß ganz nebenbei: Ach, es hat nicht geklappt. Ist nicht schlimm! Vela beteuert. Es stehen noch genug andere Bewerbungen aus. Nein, ganz sicher, ich bin nicht enttäuscht. Das redet sie Maren ein und auch sich selbst, tage-, wochenlang, beständig: Denn dann kommen auch andere Absagen an. Hier keine zweite Runde. Keine Einladung zum Gespräch. Lieber Bewerber, liebe Bewerberin. Leider. Immer, so oft derselbe Wortlaut, den Vela schon auswendig kennt. Woran liegt das denn? Maren versteht nicht. Sie ist regelrecht wütend auf die, die Vela nicht wollen. Die sie nicht gut genug finden, denen Vela nicht ausreicht. Für die Vela zu schlecht ist. Das ist, was Vela selbst denkt: dass sie nicht mithalten kann. Dass da vermutlich immer irgendwer sein wird, der besser ist. Oder die. Besser als Vela, besser als zweiter Bildungsweg und Privathochschule. Besser als die, bei der es nicht mal für eine staatliche Hochschule reichte.

Sie kommt sich lächerlich vor, furchtbar naiv, sie schämt sich regelrecht dafür: Wie sie losgezogen ist zu diesem Vorstellungsgespräch, Kinderspiel. Mit welcher Selbstverständlichkeit sie Bewerbungen geschrieben hat, Probetexte. Wie sie sich selbst schon gesehen hat an so einem Schreibtisch, in so einer Redaktion, wo auch immer, in jedem Fall: in ihrem Jackett. Vela im Jackett, mit einem Becher Kaffee. In einer Besprechung. Auf Recherche. Wo auch immer. Wie auch immer. All das, beschließt Vela, weiß Vela auf einmal, ist ein Wunschtraum, von dem sie sich dringend verabschieden muss. Zum Selbstschutz, denkt sie sich noch.

*

Es ist sonnig draußen, bereits vor Tagen wurde das so vorhergesagt. Eine große Ankündigung, damit man rechtzeitig Pläne schmieden kann für solch ein Wetter. Der Himmel ist malerisch blau, über Nacht sind alle Farben intensiver geworden. Das Grün der Wiese. Auch drinnen: das Holz in der Küche. Die Natursteinarbeitsplatte. Postkarten, Fotos, Elis Bilder an der Wand, Wachsmalstifte, Wasserfarben, Kleckse, sie erstrahlen in neuem Glanz.

Der Raum liegt ruhig. Niemand ist da, es sind keine Spuren erkennbar vom Frühstück, vom Getümmel, das hier noch vor kurzer Zeit geherrscht hat. Die Spülmaschine ist eingeräumt. Die Kaffeemaschine ausgeschaltet, die Kanne ausgespült. Die Krümel sind von der Arbeitsfläche gewischt, die leere Milchflasche steht schon draußen, beim Pfand. Keine Tassen mit Kaffeepfützen auf dem Tisch, keine Teller. Keine Löffel mit Joghurtspuren. Der Kühlschrank brummt. Das ist das einzige Geräusch.

Vela fühlt sich beinah wie ein Eindringling in dieser spätvormittäglichen Beschaulichkeit, die so hübsch von draußen angestrahlt wird. Sie bemüht sich um vorsichtige Bewegungen. Sie sieht sich um, stemmt die Hände in die Hüfte, fährt sich dann durchs Haar. Sie durchquert den Raum, nimmt ihre Jacke von der Garderobe, die dunkelgraue Jeansjacke.

Draußen ist die Luft mild. Vela atmet tief ein. Wie schön das ist, diese Frische. Dieser Geruch nach angewärmter Erde. Keine Abgase, kein Tosen, nicht einmal Menschen vorn auf der Straße. Die Straße schmiegt sich still in die Kurve, und Vela läuft sie entlang, ortsauswärts. Sie trägt ihre Sonnenbrille. Der Wald ist nah. Das ist schon etwas Besonderes. Kein Park, nichts, das von Menschenhand angelegt wurde, keine bloß wenige Quadratmeter große Grünfläche inmitten von Gebäuden, inmitten von Stadt. Sondern ein richtiger Wald. Natur. Im Tal biegt Vela links ab auf einen Feldweg, sie weicht Schlaglöchern aus und tritt über Steine.

Es ist regelrecht heiß in der Sonne. Vela legt sich ihre Jeansjacke über die Schulter. Dann über den gebeugten Arm. Versucht, während sie weiterhin achtgibt, nicht zu stolpern, sich die Jacke um die Hüfte zu binden. Die Ärmel sind dafür zu kurz, der Stoff zu steif.

Wie gut es tut, sich die Beine zu vertreten, einfach herumzulaufen ohne ein Ziel. Ohne Zeitdruck. Es gilt nicht, die Bahn zu erwischen oder pünktlich irgendwo anzukommen. Vela kann schlendern, wenn sie mag. Wenn's ihr gefällt, kann sie stehen bleiben. Sie ist es, die das Tempo festlegt. Und wie alles duftet, dazu. Sie riecht Bärlauch, sie tut sich schwer damit, anderes zu identifizieren. Die Gerüche der Natur. Die Gerüche in frühsommerlich angewärmter Luft über einem steinigen Feldweg, an dessen Rändern allerlei Grünzeug wächst, Unkraut, Pflänzchen, die auf der einen Seite in Wiese, auf der anderen in den Wald übergehen.

Im Wald ist der Boden weicher. Lehmig, und an schattigen Stellen noch feucht. Da sind noch kleine

Pfützen übrig vom Regen von vorgestern. Zwischen altem Laub, das auf Zersetzung wartet, sprießen auf gleich mehreren Quadratmetern Sauerklee und Taubnesseln. Hellgrüne Blätter, die Blüten leuchten in Weiß und in Rosa.

Sie entscheidet sich, tiefer in den Wald hineinzugehen, und biegt links ab. Weicht den Blüten aus, bald raschelt es unter ihren Schuhsohlen, es knackst und knirscht. Sie läuft, und schlurft, sie kraxelt. Sie führt sich vor Augen, dass das hier etwas ist, was sie einfach tun kann: das Haus verlassen, ein paar Meter laufen, und schon befindet sie sich genau hier. Im Wald. Das ist gut. Sie setzt einen Fuß vor den anderen und formt mit den Lippen: Gut, gut, gut.

Wo ist die Lichtung, wo ist der Feldweg? Zunächst macht sie sich einen Spaß daraus, sich zu drehen. Den Kopf in den Nacken zu legen, nach oben zu schauen zu Baumkronen und Wipfeln, das Urlaubsblau des Himmels zu erspähen zwischen Zweigen und Grün. Die Augen zusammenzukneifen bei einfallenden Sonnenstrahlen. Und sich dann zu fragen: Aus welcher Richtung bin ich gekommen? Sie bräuchte nur genau hinzusehen, die Blätter, die Gräser sind noch etwas platt getreten, dort, wo sie sich ihren Weg gebahnt hat. Eine Rückverfolgung wäre schon möglich. Ihr kleiner Spaziergang ist eine Wanderung geworden, aus dem Wandern wird jetzt, allmählich, tatsächlich ein Irren.

Es hat nichts Beängstigendes. Vela weiß ja, irgendwann wird der Wald schon wieder aufhören, auch das hier ist doch letztlich Gebiet, das großflächig von

Menschen erschlossen, bewohnt, kontrolliert wird. Es ist nicht möglich, sich so sehr zu verirren, dass ein Risiko bestehen würde.

Wenn der Tag voranschreitet, würden sich die anderen wundern. Maren und Jo würden sich wundern, wenn sie vom Einkaufen kommen: Wo ist denn Vela, würde Jo fragen. Und Maren, nachdem sie eiligen Schrittes das Haus, die infrage kommenden Räume durchsucht hätte, Maren würde anrufen: Reflexartig greift sich Vela an die Hüftknochen, klopft die Taschen ihrer Jeans ab, vorn, hinten, sie sieht in der Jacke nach. Nichts. Das Telefon liegt zu Hause, liegt neben dem Bett. So würde Maren es finden: am Ladekabel, angeschlossen an den Strom. Vela wäre dann rasch der Mittelpunkt. Sie würden sich versammeln. Jo würde nach oben rufen, zu Theo ins Arbeitszimmer: Theo? Theo, wir haben hier vielleicht einen Notfall. Karsten käme übereilt aus der Schule, und Nat käme früher aus der Tischlerei. Ellen müsste eine Klientin vertrösten, deren akute Krise eigentlich kein Vertrösten zuließe. Aber so ist es nun einmal. So muss man sich nun einmal kümmern, umeinander. Ellen würde sagen: Es tut mir wirklich, wirklich leid, aber es gibt einen Notfall, ich muss nach Hause. Da ist jemand verloren gegangen. Da ist wer verschwunden. Dann säßen sie alle in der Küche, sie stünden da, gegen Möbel, gegen Schränke gelehnt. Eli, auf Karstens Arm oder auf Jos, würde in die besorgten Gesichter der Erwachsenen schauen und nicht so richtig verstehen, würde sich wundern.

In jedem Fall wäre Eli ganz still. Und auch Nats Geschnatter wäre verstummt, Nats laute Stimme, die sonst beständig irgendetwas erzählt. Kein Gesumme, Gesinge aus Marens Mund, bloß hochgezogene Augenbrauen, bloß Sorge in ihrem Gesicht, vielleicht ein Seufzen. So wäre es: Eli auf Karstens Arm und Maren in Jos. Daneben Darek, der den Kopf schüttelt. Dann Theo, der sich um einen ganz ruhigen Tonfall bemüht: Jetzt erst mal keine Panik.

Und Karsten, der das Kind hin und her schaukelt, sagt: Ach was, Panik bringt uns jetzt sowieso nicht weiter. Karsten nach wie vor optimistisch, aber sogar seine Stirn liegt in Falten. Während Ellen versucht, psychologisch dahinterzusteigen: Was wäre naheliegend, wohin könnte sie verschwunden sein? Was sind unsere Anhaltspunkte? Maren, wovon hat sie gesprochen, zuletzt, was hat sie erzählt?

Sie gäben einen formidablen Suchtrupp ab. Sie würden in der Nachbarschaft klingeln, gegen die Fensterscheiben neben den Haustüren klopfen in ihrer Ungeduld, bis zögerlich die Nachbarn, die Nachbarinnen öffnen: Was ist denn los? Was gibt's denn? Irritierte Blicke, und dann, Maren oder Nat oder Karsten oder Darek, außer Atem: Ihr müsst mitkommen, wir suchen Vela. Vela ist verschwunden. Wir haben Vela verloren.

Von oben stellt Vela sich das Szenario vor: Jeden Zentimeter Wiese, jedes Fleckchen Feld suchen sie ab. Es sind nun auch Hunde mit dabei, die Hunde, das Getier des Orts, der ganze Ort beteiligt sich an der Suche. Die

Polizei in der Stadt würde verständigt, denn auch das wäre doch eine Möglichkeit. Maren würde das sagen. Vielleicht ist sie in die Stadt gefahren, vielleicht befindet sie sich dort. Es wäre schon klar, dass sie nicht zur Arbeit gefahren ist, nichts derart Banales. Das wäre allen bewusst: Dass das hier eine Ausnahmesituation darstellt. Dass Vela entweder mit Absicht und ohne jede Ankündigung oder gegen ihren Willen verschwunden sein muss, und beide Varianten verlangen nach Aufklärung, nach dieser groß angelegten Suchaktion.

Es raschelt zu Velas Füßen, sie bewegt sich langsam, mit gemächlichen Schritten bloß fort, während sie sich das vorstellt. Es hat etwas Albernes, diese Vorstellung, die abdriftet, aber Vela begreift diese Albernheit. Ihr ist bewusst: So, wie sie es sich vorstellt, so wäre es nicht. Es gäbe nicht diese alles beherrschende Sorge, es gibt sie nicht. Es ist gar keine Sorge vorhanden, nicht in Maren, nicht im ganzen Haus, erst recht nicht in der weitläufigen Umgebung. Mit einem Schulterzucken nehmen die vom Einkauf Heimgekehrten Velas Abwesenheit wahr. Vielleicht ist sie spazieren gegangen, das mutmaßt Maren, während sie Lebensmittel verstaut. Ist doch ein schöner Tag. Das ist doch naheliegend, dass man spazieren geht an so einem Tag.

Vela ist umgeben von Richtungen. Eine jede könnte sie einschlagen, ohne zu wissen, wohin sie führt. In dieser Vorstellung ist sie allein. Wenn sie Hunger kriegt, was isst sie dann? Sie könnte Ausschau halten nach Walderdbeeren, die es wahrscheinlich noch gar nicht gibt.

Sie hat ihre Jeansjacke, damit könnte sie sich zudecken, wenn es kalt wird in der Dämmerung. Sie wischt die Gedanken wieder weg, versucht es zumindest: Wo ist diese Sorglosigkeit, das Wissen darum, dass dieser Wald sich irgendwann lichtet und den Blick freigibt auf Wege, Straßen, Dörfer, auf Kirchtürme. Das Wissen um andere Menschen irgendwo in der Nähe, auf Fahrrädern, auf Wanderschaft. Eine Nordic-Walking-Gruppe aus dem Ort. Irgendwem wird sie begegnen, über kurz oder lang.

Sie dreht sich. Sie geht einige Schritte in die Richtung, aus der sie gekommen ist. Sie legt Höhenmeter zurück und wundert sich. War es abschüssig, vorher, ist sie unsichtbare Hügel hinuntergelaufen? Sie steht plötzlich in einem Tal, in einer Kuhle, aus der es in sämtliche Richtungen bloß hinaufgeht. Laub hat sich hier gesammelt, ihre Füßen sinken ein in losen Blättern und Gestrüpp. Sich hinsetzen. Sich erst einmal hinsetzen. Vela denkt: Ich setz mich. Sie setzt sich. Legt eine Pause ein, um ihren Orientierungssinn zu ordnen, zu aktivieren, zurückzugewinnen. Um sie herum raschelt Wind durch die Blätter, hier im Schatten ist es, sie merkt das erst jetzt, ziemlich frisch. Sie zieht die Jacke an. Richtet sich wieder auf. Wie lange ist sie schon unterwegs, wo steht die Sonne inzwischen? Ist es Nachmittag? Sie hat Durst, sie kriegt allmählich Hunger. Mit verschränkten Armen dreht sie sich um die eigene Achse, wie zuvor schon, bloß dass es ihr jetzt ernst ist dabei. Sie erhofft sich irgendetwas, einen Wink, das Wiedererkennen einer ganz bestimmten Baumkrone. Was natürlich unmöglich ist. Ist es an der

Zeit, etwas zu rufen, vielleicht nicht direkt nach Hilfe, aber ein lautes Hallo?

Sie entscheidet sich für eine willkürliche Richtung und läuft. Ihre Schritte sind längst nicht mehr vorsichtig, sie tritt auf Blüten, auf gerade zum Leben erwachtes, frisches Grün, es ist ihr egal. Ihr Herz pocht, vielleicht vor Anstrengung, vielleicht aus anderen Gründen.

Vela? Das war doch. Ihr Name. Eine Stimme. Vela denkt an Halluzinationen, an eine Fata Morgana. In der Wüste, unter Einfluss von starker Hitze und Wassermangel, da sieht man grüne Oasen, Springbrunnen, Pools, ein Meer meint man zu erkennen am Horizont. So verzweifelt ist sie aber doch nicht. Trotzdem bleibt sie stehen, blickt sich um, horcht. Hat sie jemand gerufen?

Da schallt es: Hier! Aus einer Richtung, in die sie sich wendet, sie wirft erst den Kopf zurück und dreht dann ruckartig den ganzen Körper: Da steht Theo. Da kommt Theo angelaufen. Angeschlendert, vielmehr. Vela denkt an den Suchtrupp, an die sorgenvollen Gesichter. Theos Gesicht ist noch zu weit weg, um den Ausdruck darin zu deuten, er läuft auf sie zu. Was machst du denn hier?, ruft er. Er ist echt.

Vela hebt die Hände, deutet auf nichts Bestimmtes, weist auf die Umgebung hin: Spazieren, sagt sie. Ich geh nur spazieren.

Nun ist er nah, sein Gesicht deutlich zu sehen. Er lächelt. Dieses Kräuseln um die Lippen hat er. So, fragt er, ein bisschen amüsiert. Nicht voll Sorge, nicht ernsthaft interessiert: Spazieren also, soso.

Ich wollte grade zurückgehen.

Und weißt du, wo's langgeht?

Zwei Möglichkeiten: Sich die Blöße geben oder nicht, denkt Vela. Sie lächelt. Sie bemüht sich um einen entspannten Gesichtsausdruck. Wenn sie Ja sagt, wird er sie kaum abfragen, er wird doch nicht sagen: Na dann, voran! Ich folge dir.

Sie sagt: Ist doch ein bisschen egal, oder?

Alle Wege führen hinaus, sagt Theo. Ein undeutliches Fragezeichen hinten dran. Eine Rückfrage, eine Aussage?

Sie schmunzeln, geräuschvoll. Stoßen im Ansatz lachend einen Schwung Luft aus. Dann seufzt Vela, etwas fällt von ihr ab. Sie ist erleichtert. Theo hat sie gefunden. Er war nie besorgt, er hat sie wahrscheinlich nicht gesucht, aber er hat sie gefunden. Erspäht zwischen Bäumen und Sträuchern. In einem kurzen Moment der Dankbarkeit bricht Vela die Fassade, sie bemüht sich nicht, ihre Erleichterung zu verbergen, sie sagt: Also, wo müssen wir lang?

Theos Antwort ist ein Lächeln. Ein wissendes Lächeln? Eines, das sich kaum deuten lässt. Er streckt schwungvoll den Arm aus und deutet nach links. Fünfhundert Meter dort entlang, bitte, sagt er.

Sie schweigen. Theo geht voran. Vela folgt ihm, wann immer es möglich ist, beschleunigt sie ihre Schritte. Läuft dann neben ihm, bis ihr ein Ast, ein Strauch den Weg versperrt. Theo räuspert sich ab und an. Seine Schritte sind ganz entspannt, gemächlich, er hat es keinesfalls eilig. Vela sammelt in ihrer Mundhöhle Speichel gegen die Trockenheit, gegen den

Durst. Und Theo bleibt hier und da kurz stehen, so wie sie zu Beginn ihrer Wanderung, er begutachtet Pflanzen, er reibt an Blättern und riecht an seinen Händen danach. Er hält Vela die Hände hin, auffordernd. Sie riecht. Nickt. Sie gibt sich Mühe, ihre Ungeduld zu verbergen. Ihr Hinauswollen aus dem Wald. Aus der Situation. Aus einer Situation, in der Theo ihr Retter ist, gewissermaßen. Sie riecht an Bärlauch und gibt vor, das ganz toll zu finden, die Gerüche, den Wald, das Gewächs. Bis Theo dann sagt: Hast du's eigentlich eilig? Ich will dich nicht aufhalten.

Der Weg ist kurz. Vela hätte den Weg auch allein gefunden. Das steht fest. Fünfhundert Meter durch den Wald, und schon lichtet er sich, schon kommen sie, als hätte Vela ihre Route durchdacht und geplant, wieder am Feldweg an. In die andere Richtung wärst du noch ganz schön lang unterwegs gewesen, sagt Theo.

Ich weiß, erwidert Vela. Zu schnell. In die andere Richtung wollte ich ja gar nicht.

Theo ignoriert, was sie sagt, und gibt Auskunft: Da geht's noch ein paar Kilometer weiter. Es gibt einen Weg durch den Wald, zum Wandern, Radfahren und so. Mit Hinweisschildern. Aber du warst ja mittendrin. Da hättest du erst mal diesen Weg finden müssen.

Vela presst die Lippen aufeinander. Sie fühlt sich, was eigentlich? Ertappt? Gerettet? Überführt?

Sie betreten nacheinander das Haus. Theo lässt Vela den Vortritt. Sie fühlt sich um Stunden zurückgeworfen, angelt ein Glas aus dem Oberschrank, sie lässt Leitungswasser hineinlaufen, trinkt, wiederholt, sie trinkt drei Gläser hintereinander. Und Theo sieht ihr dabei zu. Amüsiert? Irritiert? Lass ruhig stehen, sagt er, als sie die Spülmaschine öffnen will. Ich trink auch noch einen Schluck. Er greift nach ihrem Glas und füllt es bis zur Hälfte. Er nimmt einen vorsichtigen, einen winzigen Schluck. Wie um zu zeigen: So geht das, so wenig Durst hat man, wenn man von einem kleinen Spaziergang zurückkehrt. Wenn man nicht planlos umherirrt im Wald. Um dann doch noch zu demonstrieren, dass er sie durchschaut hat.

Theo geht schweigend, ohne ein Wort, ohne einen weiteren Blick verlässt er die Küche, um sich wieder an den Schreibtisch zu setzen, oben im Arbeitszimmer. Dann öffnen Maren und Jo die Tür, schnatternd, beladen mit Beuteln voller Einkäufe, mit Kisten voll Gemüse, und dann gibt es zu tun, auch für Vela: Noch mal zum Auto zurück, um den Rest zu holen. Vela trägt frische Liter Milch in Glasflaschen ins Haus. Maren, ganz angestrengt, ganz geschafft, aber guter Dinge, drückt ihr im Vorbeigehen einen Kuss auf den Mund, etwas schief. Und Vela kann nicht anders, als erstaunt zu sein für einen Moment, einen sehr kurzen Augenblick: Vorhin noch stand sie im Wald, offenbar nicht weit entfernt, aber dennoch verloren, auch wenn sie das nicht zugeben würde, vor niemandem. Sie stand da, vor nicht mal einer halben Stunde, und drehte sich um die eigene Achse, sie malte sich Rettungsszenarien aus, sie spielte mit dem Gedanken, laut zu rufen. Jetzt trägt sie einen Karton, stellt ihn auf der Kücheninsel ab und hilft, die übrigen Lebensmittel zu verstauen. Während Maren und Jo ganz aufgeregt

Fundstücke präsentieren: Schau, wir haben einen immensen Vorrat gebackene Bohnen besorgt. Während sie berichten, als hätten sie Abenteuer erlebt. Wir waren in zwei Supermärkten, wir haben ein Eis gegessen, die Eisdiele hat geöffnet, wir waren beim Bauernhof, wir haben sechs Sorten Käse probiert. Und was gibt's heute Abend zu essen? Du musst raten, Vela. Maren mit einem riesigen Sack Kartoffeln in beiden Händen, mit Aufforderung in ihren Worten, im Blick. Vela sagt: Kartoffeln vielleicht?

Es gibt Suppe, ruft Jo. Rote-Bete-Suppe. Aber Kartoffeln kommen auch mit dazu. Ein gnädiger Ausdruck in ihrem Gesicht: Also richtig geraten!

Erst im Nachhinein hinterfragt Vela, erst viel später wundert sie sich: Was Theo dort eigentlich gemacht hat im Wald. Er hat bisher nicht von solchen Streifzügen berichtet, von nachmittäglichen Pausen, die er in der Natur verbringt. In denen er kontrolliert, welche Pflanzen schon sprießen, ob es bald etwas zu ernten gibt in der sie umgebenden Wildnis. Sie aber auch nicht: Vela hat auch nie gesagt, dass sie spazieren gehen will, einfach so, am Mittag. Weder sie noch er sind das einander schuldig, sie sind nicht gezwungen, Rechenschaft abzulegen über jede mögliche Handlung, jede Eventualität.

Maren ist wie ein Kind, das den ganzen Tag getobt hat, das ganz erschlagen ist von Stunden in frischer Luft. Wie sie da auf dem Bett liegt. Das Gesicht und die Ohren ganz heiß von zwei Gläsern Wein zum Abendessen, zur Suppe. Die Gliedmaßen von sich gestreckt, sie beansprucht die kompletten hundertsechzig Zentimeter Breite. Komm her, sagt sie, sie spricht in ihrer süßesten Stimme, in einer Stimme, die bloß Vela kennt von ihr. Diese Stimme gehört bloß ihnen beiden, der Einheit, die sie bilden. Ist ihre Privatsache. Ist eine dieser Sachen, von denen man immer so lange behauptet, dass man so was nie und nimmer machen würde, bis es dann eben geschieht. Bis man sich in all der Vertrautheit noch mehr davon schaffen will, eine Ebene, die scharf abgetrennt ist von allem, was die restliche Welt zu Gesicht bekommt. Oder zu Gehör. Vela und Maren als Paar, für sich, zu zweit: So reden sie miteinander, manchmal.

Ich hab dich noch gar nicht gefragt, wie dein freier Tag war, sagt Maren, die Stimme noch immer ganz süß, ein jammernder Tonfall, als würde sie sich einen Fehler eingestehen: Tut mir leid! Wie war dein freier Tag?

Ich hab heute Theo getroffen, sagt Vela.

Sie streicht über Marens Gesicht. Über die Wange, ganz leicht gerötet, Vela streicht über Marens Nase, über die weichen Augenbrauen.

Na so was, murmelt Maren. Ihr wohnt zufällig im selben Haus!

Vela lächelt. Ich hab ihn im Wald getroffen.

Im Wald?

Ich hab ein bisschen die Gegend erkundet. Ich war im Wald spazieren, kannst du dir das vorstellen?

Nein. Und Theo war auch da?

Ja. Ich hab ihn auf dem Rückweg getroffen.

Maren gähnt, und dann sagt sie: Wie mysteriös!

Um ehrlich zu sein, sagt Vela, fand ich das schon ein bisschen mysteriös.

Jetzt verschiebt sich etwas in Marens Gesicht, sie sieht amüsiert aus. Dass du Theo im Wald getroffen hast, sagt sie, das ist eine Feststellung, keine Frage. Dein Ernst?

Dass wir so zufällig am genau gleichen Ort waren, ja, sagt Vela, und es macht sich ein ungutes Gefühl in ihr breit. Sie bereut, das gerade gesagt zu haben, denn jetzt muss sie sich rechtfertigen, jetzt muss sie irgendwie Beweise liefern. Die sie nicht hat. Oder sie macht einen Scherz draus, einen Witz: Natürlich nicht, Maren. Natürlich fand ich das nicht wirklich mysteriös. Aber sie kann sich nicht helfen, irgendetwas daran kommt ihr komisch, kommt ihr seltsam vor, immer noch. Wundert sie, zumindest das: Es wundert sie. Aber sie winkt ab. Sie streicht über Marens Kopf. Sie seufzt und sie sagt: Nein, das ist natürlich Quatsch.

Sie liegen in gedämpftem Licht, orangefarbenes Licht der Salzlampe. Das Fenster ist noch gekippt, ohne dass es zu kühl hereinziehen würde, es ist beinah windstill draußen. Es ist friedlich. Maren atmet, sie schnauft ganz leicht dabei, sie nickt immer wieder ein, bis sie dann zaghaft die Augen wieder öffnet, sie lächelt. Sie lächelt in Velas Gesicht, das neben ihrem liegt. Und um sie herum ein Raum, in dem nichts kaputt ist. Nichts rattert, nichts schimmelt, nichts stinkt. Keinerlei Lärm dringt von draußen hinein, keine Abgase, keine Motorengeräusche. Sie liegen auf einem weichen

Bett, auf ihrer größten bisherigen Anschaffung: Einer hochwertigen neuen Matratze. Sie liegen bequem. Die Bezüge verströmen einen Duft, unaufdringlich: frisch gewaschen und draußen getrocknet. An der Wäscheleine im Garten. Getrocknet zwischen sprießenden Blumen und Bäumen, die allmählich knospen, die in Kürze schon leuchten werden vor Grün.

Maren rekelt sich. Seufzt. Nun ist da doch ein Hauch von Wind, der durch den Fensterspalt weht, der leicht an Stoffen streicht. Maren seufzt lächelnd, sie lächelt und seufzt und gähnt dabei, reibt sich die Augen und hat dann einen ganz wachen Blick. Ich bin eingeschlafen, sagt sie.

Ich weiß.

Maren flüstert: Hörst du, wie leise es hier ist?

Sie küssen sich, und schon während des Kusses bricht es aus Vela heraus, sie drückt sich an Maren, drückt fest, sie sagt: Das hab ich grade auch gedacht. Und sie schiebt ihre Verwunderung weg, schiebt beiseite, dass sie das eigentlich tatsächlich mysteriös fand, vorhin, dass sie dachte: Wie seltsam, dass Theo im Wald war. Aber nichts ist seltsam daran. Es ist nur ein Zufall gewesen und letztlich ihre Rettung, gewissermaßen, und es ist immerhin nett von Theo, sensibel, die Geschichte nicht allen aufs Brot geschmiert zu haben beim Abendessen. Vela schiebt Misstrauen beiseite, diese grundlosen Vorbehalte. Gedanken, die immer bloß Unheil voraussehen, die den meisten Personen Schlechtes unterstellen, automatisiert. So wie Theo heute: Was hat Theo ihr getan? Was kann er, was kann der Mensch Theo denn dafür, dass etwas in ihr drin ist, das immerzu meint, einen Angriff zu wittern. Niemand will ihr hier etwas Böses, im Gegenteil. Es haben sie alle willkommen geheißen, aufgenommen mit Herzlichkeit. Es ist warm hier. Und sie liegt hier mit Maren, mit Maren, die sie küsst.

Sie küssen sich vorsichtig, langsam. Ganz gemächlich tasten sie sich vor, weiter, mit weichen Lippen, mit den Zungen. In den Mund, in Münder hinein. Maren ist dann schnell sinnlich. Wie sie sich bewegt. Wie sich ihre Körperteile beinah verselbstständigen, dann. Ihre Hände. Ihre Lider halb geschlossen, so schön sieht das aus. Vela muss blinzeln zwischen Küssen, muss sie anschauen ab und an, es reicht nicht, bloß ihre Hand den Nacken entlangstreichen zu lassen, den Hals. Die weiche Haut. Wie sich alles aufladen kann binnen Minuten. Sekunden sogar. Wenn Marens Finger dann kräftig durch Velas Haar fahren, hart über die Kopfhaut, sie festhalten am Nacken. Ihre Brüste berühren, wie aus Versehen, um sie dann fest zu umgreifen. Um gierig zu drücken. Eine Intensität ist da, in ihren Blicken und Gliedmaßen, in ihrem Atem, der kurz ist und schnell, ganz beschleunigt, eine solche Intensität, dass es nichts ausmacht, wenn Vela etwas ungelenk die Unterhose abstreift, während sich Maren in fließender Bewegung das Shirt über den Kopf zieht. Sie ziehen sich aus, um dann nackt aufeinanderzuliegen, nackt, wie verschmolzen, als wollten sie ineinander hinein, einander unter die Haut kriechen.

Sie drücken Körper gegen Körper. Maren auf Vela, die Hände umfassen ihr Gesicht, die Schultern, umfassen Vela ganz, die Küsse sind lang gezogen, noch immer, sie finden in einer Zeitlupe statt, Maren hält sie zurück, sie schmunzelt dabei, so dass Vela drängt, versucht, die Bewegungen der Zungen, der Lippen, der Münder schneller werden zu lassen, heftiger. Zwischendurch atmen sie. Zwischendurch winzige Pausen. Sie drehen sich um, stützen sich auf Ellbogen und Hüften, sind zittrig, sind flattrig, sind stark, dann geht es nicht anders. Dann kann Vela nicht länger warten, nicht länger bloß locken, sich locken lassen, nicht länger bloß halbe Bewegungen, nicht länger bloß Vorgeschmack. Zärtlichkeit. Sie will schmecken, schmecken, schmecken. Die Fingerkuppen an Marens Brüsten, an ihrem Bauch, ihren Beinen, an ihren Oberschenkeln, über goldene, blonde Haare streichen sie, weich. Sie atmet zwischen ihre Beine, ist ganz nah an ihrer Haut, nah an ihr. Die Beine drücken sich an Velas Kopf, seitlich, sie atmet, Maren ist, natürlich, so eine, die seufzt, die lautstark zu stöhnen beginnt, die zeigt, wovon sie mehr will, was sie will. Vela legt ihren Kopf ab auf einem Oberschenkel, mit einer genüsslichen Ruhe küsst sie und kostet sie aus und leckt sie und widersteht sie nun Marens Drängen, lächelt, schmunzelt selbst nun dabei, während Maren sich spürbar verzehrt nach mehr, danach, dass Vela sie fester berührt.

Sie können sich nicht ewig so hinhalten, können nicht lange hinauszögern, sich nicht lange wehren gegen Verlangen, das drängt, das pulsiert. Vela in Maren, Maren in Vela. Maren und Vela so eng aneinander, dass keine Luft mehr passt zwischen sie. Verklebt sind die Haare in Velas Stirn, ganz kribbelnd brennen ihr Lippen und Mund, sie streicht über Marens Arme, die heiß sind, oberhalb der Ellbogen ganz rot, so wie ihr Gesicht, ihre Wangen. Dort, wo keine Luft mehr passt zwischen sie, ist es feucht, wird es kühl, sobald sie voneinander lassen werden. Sobald dort ein Wind hingelangt. Bloß der Atem bewegt ihnen die Körper. Bewegt sie leicht auf und ab.

*

In Vela drängt sich so ein Gefühl von Zerfall. Wabert ihr andauernd durch den Kopf, durch den Körper. Sie hat leichte Kopfschmerzen, über Wochen, aber das ist damit nicht gemeint. Es ist viel genereller. Elementarer. Als würde tatsächlich etwas kaputtgehen, allmählich. Ohne dass es jemand bemerken oder ansprechen würde.

Vela kennt diese Art von Gefühl. Meint es zu kennen, schon lange. Es ist so etwas Dumpfes, das sie über Jahre nicht einordnen konnte. Schon als sehr junger Mensch kannte sie das, als acht-, als zehnjährige Vela. Es ist so ein Empfinden im Bauchraum, nicht näher zu lokalisieren. Kein Schmerz, kein Stechen, keine Übelkeit. Es ist weder Flauheit im Magen, noch sind es Krämpfe jeglicher Art. Es ist einfach bloß unangenehm, und es strahlt aus in den Rücken. Schiebt sich die Wirbelsäule entlang und nach oben. Vela kann dagegen nichts tun, sie ist machtlos. Es gibt keine Strategie, außer es auszuhalten. Auszusitzen. Zu warten, bis es verschwindet. Und verlässlich kehrt es immer wieder zurück. Vela weiß noch, sie sitzt im Unterricht, in der sechsten Klasse, in Biologie. In Mathe. Sitzt da und soll sich konzentrieren. Die Luft ist schlecht, obwohl die Fenster geöffnet sind, und Vela denkt zuerst, es liegt vielleicht daran? An einem Mangel an Sauerstoff. Aber es ist nichts, das vom Körper her ausgeht. Ist nicht gebunden an äußere Umstände, und es folgt keinen erkennbaren Regeln. Vela also sitzt und kann sich nicht konzentrieren, unmöglich, denn im Rücken hängt ihr so etwas wie Ahnung. Sie denkt sich, dass sie nie sicher sein kann, und meint zu wissen, dass etwas grundlegend falsch läuft. Was sie umgibt, das wirkt wie inszeniert, so als würde irgendetwas verborgen.

Im Nachhinein weiß Vela nicht mehr, ob sie das tatsächlich gedacht hat, jemals. Ob sie das Wort Inszenierung gekannt hat. Zu diesem Zeitpunkt. Oft gerät da was durcheinander in ihr, ihre Erinnerungen verschwimmen. Und dann geht auch immer alles weiter, alles befindet sich im Fluss. Schuljahre laufen. So viele Wochen verstreichen, und alle verhalten sich ruhig. Verhalten sich ganz normal. Vela ist irgendwann in der zehnten Klasse, Vela geht dann von der Schule. Fängt eine Ausbildung an, weil es keinen Grund gibt, der dagegen sprechen würde. Vela wird Kauffrau für Büromanagement. Vela zieht in ein Wohnheim. Vela geht arbeiten, sie geht zur Berufsschule. Sie schreibt Prüfungen, sie lernt, sie hat einen Alltag, sie hat in jedem Fall etwas zu tun. Verdient Geld und kommt gut voran. Und trotzdem, so als würde es gären, steckt ihr dieses Gefühl in den Knochen. Schleicht sich die Wirbelsäule entlang. Beständig und immer wieder aufs Neue. Manchmal denkt sie, sie sieht bloß Gespenster. Oder kann sie fühlen, vielmehr.

Dann hält sie es für eine Art Selbstsabotage. Immerhin hindert es sie am Lernen, an ordentlicher Konzentration. Sie wird ungenau und macht Fehler. Es fällt ihr schwer, zuzuhören, sich zu fokussieren. Und niemand außer ihr scheint das zu kennen. Sie fragt vorsichtig unter Freundinnen herum. Das klingt komisch, sagt sie, aber kennst du das, wenn du denkst, dass irgendwie alles ganz falsch ist? So alles um dich herum?

Alle, die sie fragt, schütteln die Köpfe. Ziehen Augenbrauen hoch, wirken leicht irritiert. Und sprechen dann über andere Dinge, als ob alles in Ordnung wäre, als ob kein Grund zur Sorge besteht.

Es kehrt jetzt zurück, ist wieder da mit größerer Intensität. Vela nimmt an, es liegt an Überlastung, am Stress, den sie sich macht. Dieses Mal. Und dass es natürlich Kopfsache ist, dass es sehr wahrscheinlich von ihrer Psyche herrührt, die ihr auf diese Art etwas mitteilt. Vielen Dank, denkt sie sich. Dass es anstrengend ist, weiß ich auch so. Vela arbeitet sechs Tage die Woche. An fünf davon in einer Redaktion, als Praktikantin. Eine Tageszeitung, bei der sie sich zum zweiten Mal beworben hat, und endlich hat es geklappt. Nicht mit der Volontariatsstelle, die sie eigentlich wollte. Auf die sie hingefiebert hat. Aber immerhin sagt man ihr ein Praktikum zu, und das ist besser als nichts. Das sagt Maren, die darauf besteht, die Dinge positiv zu sehen. Als Vela zunächst noch enttäuscht ist und damit rechnet, monatelang Kaffee zu kochen. Sie stellt sich das wirklich so vor. Sie sagt: Am Ende mach ich Kopien. Den ganzen Tag lang Kopien von irgendeinem Scheiß. Und Maren, die es gar nicht mag, Vela so zu erleben, so frustriert und enttäuscht von sich selbst, bemüht sich, all das nicht zu ernst zu nehmen. Und außerdem ist das Quatsch: Das ist überhaupt nicht mehr nötig. Wahrscheinlich gibt es nicht mal einen Kopierer. Das läuft doch alles digital, sagt Maren und lacht. Wo hast du noch gleich studiert, fragt sie, in den Achtzigern?

Sie schafft es, Maren kriegt das immer wieder hin, Vela zumindest zum Lächeln zu bringen. Und dass Vela sich nicht so geschlagen fühlt, um irgendetwas betrogen. Sie redet ihr lange gut zu: Dann machst du eben ein Praktikum. Na und? Alle machen das. Und das Wichtigste ist doch, überhaupt einen Fuß reinzukriegen.

Vela findet trotzdem noch Gründe, sie muss gar nicht erst suchen danach. Vieles davon liegt auf der Hand. Dass ein Praktikum natürlich nicht gut bezahlt ist. Überhaupt nicht gut, nämlich, genau. Das ist Ausbeutung, echauffiert sie sich. Es ist Ausbeutung, und ich bin trotzdem drauf angewiesen. Kannst du dir das vorstellen? Das ist doch scheiße. Vela quengelt. Vela lässt sich immer wieder in solche Löcher hineinfallen. Maren reicht ihr die Hände, zieht sie hoch und hält sie dann fest – Natürlich ist das grundfalsch! Natürlich ist das nicht gerecht. Aber, Vela, sagt sie, das ist vorübergehend. Hörst du. Das geht vorbei.

Dass sie sich anstellt, denkt sie dann irgendwann, dass sie eben nehmen muss, was sie kriegt. So wie Maren redet sie sich jetzt selbst gut zu.

Unter der Woche macht sie kleinere Recherchen. Sie arbeitet den anderen zu. Liest Korrektur und hilft dort aus, wo man sie braucht. Immer mit Aussicht darauf, dass sie demnächst mal, ja klar, wenn da mal was passt, wenn es da mal Kapazitäten gibt, natürlich, sehr gern! Dass sie demnächst mal was Eigenes schreibt. Und eine ehemalige Volontärin, inzwischen fest in der

Redaktion, sagt ihr, es bräuchte bloß ein bisschen Geduld. Das sei so was wie ein Test. Dass Vela gut sei, dass sie gut schreibe, das wäre doch offensichtlich, und wer weiß, vielleicht wird sie nach dem Praktikum einfach übernommen? Einfach eingestellt, das könnte passieren. Ehrlich, so war's bei mir auch, sagt die ehemalige Volontärin, die immerhin: Volontärin gewesen ist. Das gibt Vela noch zu bedenken. Ich bin eine Stufe weiter unten, sagt sie, und ihre Kollegin zuckt mit den Schultern. Trinkt einen Schluck Kaffee und murmelt, murmelt so etwas wie: Na ja. Mal schauen. Wir werden ja sehen.

So sieht es jetzt aus, immerhin gibt es wieder Struktur: Mit dem Fahrrad fährt Vela zur Arbeit, es ist Frühling und wird bald schlagartig warm. An den Samstagen jobbt sie, um Geld zu verdienen: Im Telefonmarketing. Vela im Callcenter, Vela in der Redaktion, sie erarbeitet sich schnell Routinen, sie ist gut in dem, was sie tut. Sie verdient nicht viel, aber es reicht aus für die Miete und um ihren Studienkredit zurückzuzahlen, in kleinen Raten zunächst, für den Anfang. Aber für ihr Gefühl ist das wichtig. Für dieses seltsame und auch ganz generell. Der Kredit, die daraus resultierenden Schulden, das wird allmählich eine niedrigere Zahl. Und dann schreibt sie tatsächlich bald kurze Artikel, Berichte, nach ein paar Wochen bittet sie jemand darum: Würdest du das hier übernehmen? Und Vela übernimmt das, natürlich. Vela übernimmt das sehr gern.

Es bleibt anstrengend, alles, und viel: So viele Stunden in Großraumbüros. In relativ stickiger Luft. Aber

Vela hat momentan einen Fokus, sie erarbeitet ihn sich konsequent. Das ist gut. An den Abenden fährt sie zu Maren, die dann meistens noch fort ist und probt. Wenn sie nach Hause kommt, liegt Vela in ihrem Bett, erschöpft vom Tag. Streckt ihr die Arme entgegen, und Maren lässt sich hineinfallen. Sie liegen beieinander, schon schläfrig, ganz platt.

Und kurze Zeit später, als Vela beinah schon eingeschlafen ist, da spürt sie neben sich Bewegung. Spürt, wie Maren sich regt, wie sie sich leise räuspert. Maren sagt: Vela? Bist du noch wach?

Vela ist halb wach und halb schon nicht mehr da, sie knurrt etwas, macht einsilbige Geräusche und lässt dabei die Augen geschlossen.

Was ist mit deinem Gefühl?, fragt Maren leise. Dieses seltsame, weißt du? Ist das noch da?

Und Vela blinzelt, sie öffnet die Augen. Dreht den Kopf ein bisschen zur Seite. Sieht sich um im schwach beleuchteten Zimmer, als könnte sie es da irgendwo entdecken, als ließe sich das visualisieren. Sie horcht in sich hinein. Ist das Gefühl noch vorhanden? In Ansätzen vielleicht, ja. Nicht mehr so sehr, sagt sie. Ich glaube, nicht mehr so richtig.

Maren streicht ihr über den Kopf, umfasst mit beiden Händen Velas Gesicht und gibt ihr einen Kuss. Lächelt ein triumphierendes Lächeln: Siehst du, ich hab's doch gesagt.

*

Es ist dann ein Glück, dass das Thema aufkommt. Für Maren ist es ein Glück. Vela denkt das. Sie sitzen in der Küche, am Morgen, sie frühstücken noch. Maren, Vela, Jo und Eli, schlecht gelaunt, ganz quengelig. Eli hat kaum geschlafen, sagt Jo und verdreht die Augen. Stimmt's, mein Kind? Wir haben gar nicht geschlafen heut Nacht!

Maren lächelt ihr Lächeln, sie löffelt ihr Müsli. Haferflocken und Apfel und Joghurt und Honig. Vela trinkt Kaffee, sie nimmt einen Schluck, leert die erste Tasse, als Jo sagt: Ich hoffe, ihr zwei bedenkt auch das. Kein Schlaf, nie wieder, niemals.

Gestern Abend wäre so ein Moment gewesen. Vela hat eigentlich damit gerechnet, dass Maren diejenige ist, die es anspricht, dass sie so etwas sagt wie: Vela, und jetzt, wo wir uns beide wenigstens ein bisschen eingelebt haben, was ist mit unserem Plan? Wann gehen wir's an? Ich will, dass wir's bald angehen, bald. In jedem Fall hat sie es gedacht, da ist Vela sicher, sie kennt Maren. Sie hat es ihr angesehen. Ihrem Blick, ihren Mundwinkeln. Während sie dalagen und alles ruhig war und friedlich, da dachte Maren an ein Kind, an ein Baby, an ihr Baby, mit dem sie gemeinsam hier leben würden, in Kürze. Aber sie sagte nichts. Vela sagte nichts. Sie ließen den Moment verstreichen und schliefen dann ein.

Jetzt ist es Jo, die Schwester, wie freundlich. Jetzt

übernimmt sie die Aufgabe, endlich wieder in den Fokus zu rücken, was aus selbigem hinausgeraten ist, in den vergangenen Wochen. Sie fragt: Wie sieht's denn eigentlich aus? Eure Pläne. Habt ihr noch mal mit der Ärztin gesprochen?

Keinerlei Vorsicht liegt in ihrer Stimme, sie posaunt das einfach so raus. Ein gewöhnliches Thema, ein normales Gespräch. Maren kaut und schluckt, eilig, sie will das Wort ergreifen, will nicht, dass Vela antworten muss, offenbar. Ich will heute anrufen, sagt sie, dann an Vela gerichtet: Ist doch okay? Ich will gern nächste Woche noch mal hin, oder übernächste.

Auf jeden Fall wirst du im Hochsommer noch nicht hochschwanger sein, sagt Jo, das ist das Beste.

Maren nickt heftig: Ja, und wer weiß, ob's gleich beim ersten Versuch funktioniert.

Wahrscheinlich, sagt Vela und räuspert sich, wahrscheinlich sollten wir uns drauf einstellen, dass es nicht sofort funktioniert.

Ich bin ganz guter Dinge, sagt Maren und ist überzeugt davon. Ist überzeugend dabei. Jo nickt.

Maren: Mein Zyklus ist so regelmäßig, ich könnte die Uhr danach stellen. Ich spüre jedes Mal meinen Eisprung. Ich weiß sogar, wann ich kurz davor bin. Ich glaube, mein Körper will einfach befruchtet werden, so langsam.

Sie lachen.

Und Jo: Das Gefühl hatte ich auch.

Und Vela: Das ist ja nicht die einzige Voraussetzung. Wäre der einzige Trick, also –

Dann verliert sie den Faden. Dann denkt sie: Was red

ich hier überhaupt, morgens um acht. Vor der zweiten, vor der dritten Tasse Kaffee. Das ist nicht die Zeit, um so was zu besprechen. Um über Marens Zyklus zu diskutieren, über den intrinsischen Wunsch ihres Körpers, befruchtet zu werden.

Auf jeden Fall gehen wir's an, sagt Maren, bestimmt, ihr Blick fragt zwar nach Velas Bestätigung, die sie dann auch gibt, sie nickt. Ich brauch noch mehr Kaffee, sagt Vela, wollt ihr noch mehr Kaffee?

Es ist doch klar, dass das Thema besprochen wird. Das Thema. Es ist doch nur logisch, dass sie sich jetzt weiter mit dem beschäftigen, was nicht bloß als lose Idee in der Luft hing. Sie haben sich informiert. Sie haben die Ärztin gefunden. Die Ärztin, ein Kurzhaarschnitt, naturgrau mit ein paar rot getönten Strähnen, kreisrunde Brillengläser, unter ihrem weißen Kittel ein hellgrauer Rollkragenpullover: Und Sie beide wollen also Eltern werden, schön, wie schön.

Was für eine Erleichterung, wie einfach das alles zu sein schien. Der Teil, der erwartungsgemäß der schwierigste, der langwierigste einer solchen gewünschten Veränderung ist, entpuppt sich schnell als vollkommen unkompliziert. Das liegt daran, dass Maren die richtigen Leute kennt, immer, und mit ihnen die richtigen Gespräche führt: Eine frühere Kommilitonin von ihr, sie haben drei Semester lang zusammen getanzt, hat kürzlich ein Kind bekommen. Das Kind ist erst fünf Wochen alt, als Maren es zu Hause besucht, das Kind und dessen Mutter, die Maren ayurvedischen Kräutertee anbietet und die dann Rede und Antwort steht. Sie schreibt Namen und Adresse der Ärztin auf, der Gynäkologin, die die Befruchtung durchgeführt hat, im ersten und im zweiten Versuch, wobei der zweite dann gleich, was für ein Glück, so erzählt sie, ein Volltreffer war. Maren sitzt auf einem weichen Sofa und hält das Baby im Arm, es umschließt mit der Hand ihren Zeigefinger, während neben ihr die Mutter des Babys zusammenrechnet, wie viel der Weg zu diesem Baby gekostet hat, wie viel die Behandlung, wie viel das Sperma, es ist natürlich nicht preiswert. Sie hatte das Geld für drei Versuche gespart. Maren hat ihren Tee nicht einmal angerührt, da ist sie schon rundum informiert. Ihre ehemalige Kommilitonin verlässt den Raum samt Kind, um es zu wickeln, und Maren tippt schnell eine Nachricht an Vela, sie schickt ihr den Namen, die Adresse, die Telefonnummer der Ärztin, sie schreibt dazu: Wir brauchen einen Termin, wir brauchen Geld, und dann kriegen wir ein Baby.

So hat es angefangen. Dann der Termin und das gute Gefühl dieser Ärztin gegenüber, was für ein Glück, andere suchen da jahrelang, pendeln von Praxis zu Praxis und von Stadt zu Stadt. Und wer interpretiert gern hinein in so etwas, wer hält einen einfachen Start für eine Art übernatürliche Legitimation? Es muss so sein, Vela, genau das ist der richtige Weg. Maren, Feuer und Flamme. Maren, bereit, schwanger zu werden, ein Kind zu gebären. Mehr als bereit, Vela, ich sag's dir. Ich bin mehr als bereit und du bist es auch.

Vela erinnert sich an dieses Gespräch, es fand in der winzigen, düsteren Küche statt, sie warteten auf Toast aus dem Toaster. Sie bestrichen die Toastscheiben mit Butter, die zerlief, sie aßen eilig, aufgeregt. Beide auf dem Sprung, beide mussten sie los. Beide waren sie erstaunt, auf die schönste Weise erstaunt, wie einfach sich ihre Idee offenbar in die Tat umsetzen ließ. Vela, noch kauend: Wir sind so was von bereit. Sie malte sich den ganzen Tag aus, wie es sein würde, dann. Maren schwanger, sie beide beim Ultraschall. Sie beide mit einem winzigen Baby, ganz klein, ganz verletzlich, wie sie es pflegen und hüten und schützen würden, herumtragen und vorsichtig betten auf Kissen in hellen, in freundlichen Farben.

Der Umzug hat ihnen dazwischengefunkt, wobei der Umzug ja auch, zum Teil jedenfalls, gedacht war als Erfüllung einer Voraussetzung. Die Voraussetzung ist erfüllt. Auf irgendeiner Liste stand mal: Mehr Raum. Wir brauchen mehr Raum. Und natürlich meinten sie damit auch Raum, der nicht vor sich hin schimmelt, der nicht droht, in sich zusammenzufallen. Der nicht so viel teurer werden würde, änderte man etwas an diesem Zustand. Am Schimmel. An allem.

Vela steht und bereitet die Kaffeemaschine vor. Löffelweise Pulver in den Filter, Wasser in den Tank. Ihr brennt schon der Magen, der Restgeschmack in ihrem Mund ist säuerlich, muss dringend ersetzt werden durch frisch aufgebrühten, milchigen Kaffee. In Velas Rücken plärrt Eli, will nicht frühstücken, hat keine Lust auf diesen Tag. Verdammt, sagt Jo, ich muss mich fertig machen. Ich muss gleich los. Maren, kannst du kurz übernehmen? Eli, bleibst du bei Maren, habt ihr ein bisschen Spaß zusammen, ja?

Oh, wir haben immer viel Spaß zusammen, Eli,

stimmt doch? Maren spricht mit vollem Mund. Vela dreht sich um, im Rücken jetzt das Gluckern der Maschine, sie sieht zu, wie Maren das knatschige Kind auf den Schoß nimmt, über den Kopf streicht, beruhigt: Schhhhsch. Ist doch gut. Ist doch okay, dass du müde bist heute. Ist doch gar nicht schlimm.

Das ist natürlich ein Bild, Maren und Eli. So vertraut und so innig, Maren mit einem Kleinkind. Das sieht aus, als gehöre es so. Wie geduldig sie ist, denkt Vela, und: Wie sie staunen kann über alles. Wie es ihr tatsächlich möglich ist, nicht auf ein Kind herabzuschauen, sondern vollkommen auf Augenhöhe zu sein. Maren ist fähig, sich zu begeistern: für Elis Zeichnungen, Elis gekrakelte Striche und Punkte. Sie sieht sie an, als hätte sie nie Fantastischeres erblickt. Sie begeistert sich für Kastanien, Steine, für ausgerupftes Gras. Für einen Schmetterling, eine brummende Hummel. Sie küsst Elis Kopf, bis das Gesicht nicht mehr so rot ist, nicht mehr so verzogen. Eli beruhigt sich. Maren hebt den Kopf nicht an, bloß den Blick, sie schaut rüber zu Vela, und in Vela breitet sich wogend etwas aus: Es ist warm. Das ist ein gutes Gefühl, so behaglich.

*

Das mit der Wohnung ergibt sich durch Zufall. Maren schnappt es in ihrer WG-Küche auf, in der viel los ist, so wie immer, in der gekocht wird und geredet. Hans' Zwillingsbruder ist zu Besuch. Die beiden schnippeln Gemüse und unterhalten sich über Wohnraum, über Mietpreise und Spekulationen. Der Bruder wohnt in einer anderen Stadt, aber er hat hier noch Bekannte von früher. Die klappert er bei Besuchen so ab. Ein paar Jahre hat er hier gearbeitet, und deswegen kennt er diesen Kollegen, von dem er erzählt: Maurice, der zieht jetzt bald mit seiner Freundin zusammen. Ein Jahr lang haben sie gesucht, und jetzt, tatsächlich, eine Wohnung gefunden. Vor ein paar Tagen haben sie die Zusage bekommen. Tausenddreihundert Euro!, sagt Hans' Bruder mehrere Male, und er betont: Nicht renoviert.

Und Maren, die darauf wartet, dass ihr Teewasser zu kochen beginnt, schaltet ganz schnell, sie fragt: Wo hat er denn vorher gewohnt?

Oh mein Gott, ruft Hans sofort. Stimmt ja! Ihr könntet da einziehen!

Suchst du was?, fragt sein Bruder und zückt schon sein Telefon. Das ist eine winzige Bude, vierzig Quadratmeter oder so.

Aber vierzig Quadratmeter, bitte, das ist immerhin mehr als Marens Zimmer. Und doppelt so groß wie Velas Apartment, und Maren nickt doll mit dem Kopf.

Ich frag ihn, sagt Hans' Bruder, ich frag ihn sofort. Ich ruf ihn jetzt an.

Maren lässt ihren Tee stehen, denn sie muss Minuten später schon los. Sie fährt sofort hin, nachdem Hans' Bruder aufgelegt hat: Er ist jetzt gerade noch dort! In der Bahn ruft sie Vela an, zweimal, dreimal, aber Vela geht nicht ran; es ist Samstag. Vela sitzt im Callcenter und ist im Gespräch. Also steigt Maren allein aus der U-Bahn, sie fährt allein ein Stück weiter mit dem Bus. Sie tritt allein in einen zugigen Hausflur, einen breiten Eingangsbereich, sie geht die Treppe hoch bis in den vierten Stock, und dort steht, im Türrahmen, Maurice. Der ihr die Hand entgegenstreckt: Hey, du bist Maren? Ich bin Maurice.

Und Maren, ganz aufgedreht, würde ihn am liebsten umarmen, ihm um den Hals fallen für dieses Glück: dass er noch niemand anderen gefunden hat, bisher, dass er's noch kaum wem erzählt hat. Dass er hier auszieht, so bald. Maren hält sich zurück, sie strahlt ihn bloß an. Er bittet sie hinein in einen fensterlosen Flur.

Das ist wirklich kein Luxus, erklärt er. Aber ich hab hier fünf Jahre ganz gut drin gewohnt.

Seine Hände und Arme präsentieren. Er zeigt in Richtungen, deutet auf Türen: Hier ist das Bad, es ist winzig, aber es gibt eine Badewanne, immerhin!

Die Wanne ist klein, Maren hat so etwas noch nie gesehen. Sie könnte sich nicht ausstrecken darin. Aber sitzen, mit angewinkelten Beinen, das würde gehen, bloß nicht mit Vela zusammen. Doch, vielleicht auch mit Vela zusammen, Maren stellt sich das vor. Ihr Blick nimmt Maß und misst ab.

Die Küche ist etwas düster, durch das einzige Fenster schaut man auf ein Stück Außenwand. Den Putz am Haus gegenüber. Oder nebenan. Maurice schaltet das Licht ein. Und das alles, sagt er und deutet auf Kühlschrank, auf Arbeitsplatte, Spüle und Herd, das alles bleibt drin. Ich will nichts dafür haben, ich hab das damals auch schon übernommen.

Und Maren, die es kaum fassen kann, macht große Augen und fragt bloß: Ehrlich?

Maurice nickt und sagt: Wahrscheinlich kriegt man das eh nicht mehr rausgeschlagen.

Es ist ein dunkler Einbau, mehr Plastik als Holz, aber es funktioniert alles. Es ist alles einigermaßen intakt. Auch der Backofen, Maurice dreht Knöpfe, und das Licht hinter der Scheibe geht an. Die Umluftfunktion scheppert los. Ich kam hier sehr gut zurecht, sagt er, als gäbe es hier noch wen zu überzeugen, als bräuchte es Überredungskunst.

Das ist perfekt!, sagt Maren.

Auf der anderen Seite der Küche führt eine Tür direkt ins Schlafzimmer hinein, das noch vollsteht mit Krempel: Türme aus Umzugskartons an der Wand. Am Fenster ein Schreibtisch mit Bücherstapeln darauf, das Regal daneben schon leer.

Ich hab mal nachgeschaut, sagt Maurice, was unter dem Teppichboden ist. Und ich bin ehrlich zu dir, es sind leider keine Dielen.

Den Boden beachtet Maren erst jetzt: dunkelgrauer Kurzflor. Aber das findet sie nicht schlimm. Das stört sie nicht, sie winkt ab und sagt: Ist ja nur Boden. Sie denkt sich, das fällt später gar nicht mehr auf.

Sie komplettieren die Runde durch die Wohnung. Man kann im Kreis gehen darin. Aus dem Schlafzimmer führt, auf der Seite, eine Tür zurück in den Flur.

Und du suchst was mit deinem Freund?, fragt Maurice dann, er lehnt sich gegen die Wand.

Nein, mit meiner Freundin.

Er sieht sie an, sieht ihr genau in die Augen, er hält kurz inne und streicht sich über den Kopf. Also, tja, es ist wirklich nicht groß, sagt er dann, als täte ihm diese Tatsache leid. Aber irgendwie geht das schon auch zu zweit.

Und Maren ist ganz erleichtert. Ist ganz euphorisch und selig und strahlt.

Als Vela endlich rangeht, hat Maren bereits alles geklärt: In zehn Tagen zieht Maurice aus. Ab dann können sie jederzeit einziehen. Für die Vermietung ist das kein Problem, und da ist erst einmal nichts zu befürchten, keine Mieterhöhung geplant. Eine komplett eingerichtete Küche, Marens Stimme überschlägt sich am Telefon, kannst du dir das vorstellen? Und Vela ist, so wie auch Maren vorhin noch, vollkommen ungläubig: Sie kann's nicht fassen, dass da nun diese Möglichkeit ist. Diese Option. Eine Wohnung gemeinsam mit Maren. Klein und vielleicht etwas verkommen, aber sie machen es sich dort einfach schön. Maren rauft sich beim Telefonieren die Haare, ihr Gesicht glüht, ihr ist ganz warm. Sie läuft, sie tänzelt eine Seitenstraße entlang, sie schwärmt von Lage und Preis. Und am anderen Ende fällt von Vela etwas ab, werden ihr die Knie ganz weich.

Sie treffen sich vor Marens WG. Beide aus der Puste, beide ganz rot im Gesicht. Sie fassen sich an den Händen, sie umarmen sich sehr fest. Und dann Maren, zwischen Küssen: Vela, ich muss ehrlich zu dir sein.

Ihre Stimme gespielt, ganz dramatisch, ganz ernst.

Es gibt einen Haken.

Sie beherrscht sich, atmet laut aus durch die Nase und macht ein finsteres Gesicht, so lange, bis Vela sie schüttelt: Jetzt sag schon! Bis Vela schon fast nicht mehr sicher ist, ob sie wirklich nur spielt. Dann bricht sie es auf, ihren Ausdruck, sie prustet, sie lacht. Es ist der Boden, sagt sie. Es ist Teppich. Es tut mir wirklich sehr leid.

Vela, erleichtert, atmet aus. Sie versucht, Maren an sich zu ziehen, Maren, die immer noch lacht und die dabei schwankt. In allen Zimmern?, will Vela dann wissen.

In allen Zimmern, äfft Maren sie nach. Es gibt nur eins, das hab ich aber gesagt, oder?

Vela drückt Maren an sich, sie drückt sie gegen die Haustür. Sie ruft in gespielter Empörung: Ein Zimmer, du hast am Telefon gesagt, es sind fünf! Du hast gesagt, es gibt einen riesigen Garten! Und einen Balkon.

Maren verzieht das Gesicht, sie kann kaum mehr atmen vor Lachen. Tut mir so leid!

Du hast gesagt, sagt Vela voll Vorwurf, es gibt einen Pool!

Dann öffnet sich plötzlich die Haustür, von innen macht sie jemand auf. Vela und Maren stolpern so in den Flur, sie fallen prustend einer Nachbarin entgegen, die irritiert schaut, erschrocken. Sie hebt dann die

Hände und murmelt irgendetwas. Und Vela und Maren verstehen kein Wort, sie können nicht aufhören zu lachen, Maren hält sich die Hand vor den Mund. Dann fällt die Tür zwischen ihnen und der Nachbarin zu, fällt ins Schloss, die Nachbarin draußen, Vela und Maren im Haus. Sie japsen. Und lehnen sich gegen Briefkästen, gegen die kühle Wand, sie halten sich beide den Bauch.

Maren schafft es zuerst, wieder ganze Sätze zu sprechen. Vela schnauft noch, als Maren sagt: Also, wenn wir ein Kind kriegen, müssen wir noch mal umziehen. Aber fürs Erste ist das perfekt.

*

Es wird ein Fest gefeiert, Mitte Juni: Der vorgezogene Sommerbeginn. Ein Fest im Garten, mit sämtlichen Nachbarinnen und Nachbarn, dem halben Ort.

Maren und Jo in der Küche, zwei Schwestern, die gemeinsam köcheln, die Essen zubereiten. Sie hacken Petersilie, für Petersiliensalat, sie hacken Knoblauch. Pürieren Kichererbsen zu einer Paste. Jo rührt Tomatenbutter zusammen. Maren gibt Quinoa aus einem Sieb in kochendes Wasser, in einen Topf auf dem Herd. Sie schneiden Paprika, schneiden Zwiebeln, ein Chaos um sie herum. Von nassen Händen tropft es auf den Boden, auf die Arbeitsplatte, überall Spuren von Grün. Reste der Petersilie. Paprikakerne. Es zischt im Topf, und der Pürierstab macht seine Geräusche. Die sie nicht davon abhalten, zu reden, zu plappern. Was, brüllt Jo, als Maren etwas sagt, und dann müssen sie lachen.

Vela beobachtet das einen kurzen Moment, sie könnte, sie wollte eigentlich helfen: Aber diese Handgriffe, alles, was dort in der Küche passiert, sieht so routiniert aus. Da wissen zwei, was sie tun. Da würde Vela bloß stören mit Fragen. Und was kommt jetzt noch in den Quinoasalat?

Maren wirft ihr, kaum merklich, einen Kuss zu, quer durch den Raum. Bloß den Bruchteil einer Sekunde ist ihr Kopf in Velas Richtung gedreht, Maren ganz beschäftigt. Vela geht nach draußen, tritt auf die Terrasse. Dort sitzt Nat auf der Bank und dreht sich eine Zigarette. Sie sieht Vela, sieht ihren Blick und sagt: Ich will das wirklich lassen!

Es raschelt leise, dann leckt sie das Blättchen an. Eine schmale Zigarette zwischen ihren Lippen, dann das Klicken des Feuerzeugs, Rauchschwaden. Sie sitzt auf der Bank, reckt den Kopf mit geschlossenen Augen nach oben, in die Sonne, und seufzt. Halt, nicht jetzt, sagt sie und hält sich die freie Hand vors Gesicht. Sie grinst Vela an. Denkbar blödester Zeitpunkt, sagt sie.

Vela setzt sich neben sie, blinzelt und nickt: Du musst dich überhaupt gar nicht rechtfertigen.

Ach, es ist einfach nervig, sagt Nat. Ich hab's ja schon so oft versucht.

Zwischen ihren Sätzen zieht sie an der Zigarette, sie pustet Worte zusammen mit dem Rauch aus: Ich wäre so gern Gelegenheitsraucherin. Aber das geht nicht. Das krieg ich nicht hin. Entweder ganz oder gar nicht.

Mir geht's ja auch gar nicht um, was weiß ich, die Gesundheit, sagt Nat. Sie hält sich die halb aufgerauchte Kippe nah vors Gesicht, begutachtet, wie das dünne Papier gleichmäßig abbrennt. Ich hab einfach keinen Bock mehr, die Konzerne zu unterstützen.

Ja, klar, sagt Vela.

Ich meine: Tabakkonzerne, hallo? Das sind solche Verbrecher, allesamt.

Das ist, was Nat auch schon vor ein paar Tagen gesagt hat, als sie groß verkündete, nicht mehr zu rauchen, ab sofort. Diesen Satz hat Nat schon wesentlich öfter gesagt, diese Abfolge von Worten kennt Vela von ihr. Nat sagt das, bevor sie raucht, während sie raucht, nachdem sie gerade eine Zigarette ausgedrückt hat. Ich hör jetzt bald auf, ich unterstütze die Tabakkonzerne nicht länger.

Vela hat plötzlich wieder Nats Hand an ihrer Schulter, am Arm: Hab ich eigentlich erzählt, dass dieser Typ kommt? Naim. Von dem hab ich erzählt?

Was, heute Abend?, fragt Vela. Kommt er zum Fest?

Nat nickt heftig mit dem Kopf. Aufgerissene Augen, Nat, wie immer, voll Energie. Ganz wach, und jetzt ganz euphorisch. Ja, ich dachte erst, dass das vielleicht zu krass ist, weißt du? Dass er mich gleich hier besucht. Wir haben uns ja erst einmal gesehen.

Und Vela sagt: Aber ihr habt euch verstanden?

Nat legt den Kopf in den Nacken. Oh mein Gott, ja! Sie zieht noch einmal an der Zigarette, bevor sie sich beugt, zur Seite, um sie auszudrücken auf dem Boden. Ich will einfach nur nichts Festes, grade, sagt sie. Ich freu mich total, dass er kommt, aber ich hoffe einfach, er wird nicht gleich so anhänglich.

So eine ist Nat, so hat Vela sie bisher kennengelernt: Nats Herz ist ganz frei, und das betont sie, merkt sie an bei jeder Gelegenheit. Nat ist unabhängig, das muss sie sein, um ihr Ding zu machen, um sich entfalten zu können. Und trotzdem spricht sie dann stundenlang, immer wieder, von Männern. Trotzdem verliert sie ihr unabhängiges Herz alle zwei Wochen an jemand anderen. An irgendein Onlineprofil. An einen Kunden, dem sie gerade einen Schrank baut. An einen guten, alten Freund, der sich überraschend gemeldet hat. An Naim, eine Zufallsbekanntschaft, an irgendwen aus der Stadt. Vela fragt sich, ob das eine Kompensation ist, all das, auch ihr ständiges Schwelgen in Unabhängigkeit: Immerhin hat sie hier mit ihrem Freund gewohnt. Noch vor Kurzem. So lange ist das noch gar nicht her, dass Nat, so richtig, in einer Beziehung gesteckt hat. An Micha lässt sie kein gutes Haar, wann immer von ihm gesprochen wird. Vier, fünf Jahre Beziehung, und alles, was Nat dazu einfällt, sind Sätze wie: Micha hat ja auch immer so viel geraucht. Micha und sein Aktivismus. Micha, so dogmatisch, so ein Starrkopf, und so unglaublich engstirnig dabei! Micha mit seinem Faseln von einer besseren Welt, und in Wirklichkeit schafft er es nicht, über seinen lächerlichen Tellerrand zu gucken. Nat verkündet in regelmäßigen Abständen: Das war eine mehr als toxische Beziehung.

Sie kann sich blendend hineinsteigern in ihre Art von Wut, die immer leicht süffisant klingt. Da schwingt so ein Ton mit, der nichts wirklich ernst nimmt. Weder Micha noch die Beziehung. Und das Ende vom Lied? Ich wollte meinen Freiraum, und Micha hat dann so getan, als hätte er sowieso sehr wichtige Dinge zu tun in Italien. Als wäre er dort unverzichtbar. Für so eine Organisation. An der Stelle verdreht Nat die Augen. Schüttelt Nat den Kopf: Alle warteten da nur auf Micha. Da lief einfach gar nichts ohne ihn, ist klar.

Karsten und Theo nähern sich. Theo mit Eli an der Hand. Sie kommen schlendernden Schrittes aus dem Garten auf sie zu und winken.

Wie sieht's aus, ruft Nat ihnen viel zu laut entgegen.

Sie recken die Arme in die Luft, sie formen Zeichen mit ihren Fingern, als befänden sie sich unter Wasser.

Vor ihnen, vor der Bank bleiben sie stehen. Ihre Körper werfen große Schatten. Karsten stemmt sich die Hände in die Hüfte und sagt: Alles ready!

Alles ready. Karsten ist jemand, der so etwas sagt.

Theo lässt Eli los und streckt schweigend die Hand aus, Nat reicht ihm Tabak, Filter und Blättchen. Ach, sagt sie dann, schulterzuckend, und nimmt sich selbst gleich auch noch einen Filter, ein Blättchen. Theo portioniert ihr den Tabak, gibt ihr ausreichend davon aus der Packung heraus.

Sie sitzen und stehen. Karsten nimmt Eli hoch, dreht sich, dreht das Kind weg vom Rauch. Jo eilt aus der Küche heraus und legt Karsten den Arm um, sie streicht Eli über die Hand, die Eli dann ausstreckt: Eli streckt die Ärmchen der Mutter entgegen. Jetzt kommt auch Darek aus dem Garten dazu, er setzt sich auf die Stufe vor der Terrassentür. Maren steht hinter der Bank, dicht hinter Vela, sie legt ihre Hände auf Velas Schultern. Theo, rauchend, sieht auf die Uhr an seinem Handgelenk: So, in einer Stunde geht's offiziell los, sagt er. Bier ist gekühlt, Strom ist gelegt, der Grill ist fertig.

Darek reibt sich die Hände. Wir sollten schon mal anstoßen, oder nicht?, schlägt er vor.

Theo blinzelt, er deutet auf seine Zigarette: Sofort.

Na, ich hol uns schon mal ein bisschen Bier raus, sagt Darek, er steht auf, ist schon auf dem Weg, und Maren dann hinter ihm her, um zu helfen beim Tragen.

Mit klirrenden Flaschen kommen die beiden zurück.

Wer möchte ein Radler, wer möchte ein Bier? Wer hat was zum Öffnen?

Theo schnippt die Kippe weg und öffnet eine Flasche mit einer anderen. Nat bietet ihr Feuerzeug an. Dann wird es feierlich, sie stehen alle da, in einem eiförmigen Kreis, sie halten jeweils eine Flasche in der Hand. Eli wankt mittendrin, sieht sich vergnügt um.

Dir holen wir gleich einen Apfelsaft, ja?, schlägt Jo vor.

Auf einen schönen Abend, sagt Theo dann und hebt seine Flasche.

Auf das traditionsreiche Sommerfest, sagt Nat.

Auf euch alle, sagt Maren, und es folgen Rufe von Rührung, Begeisterung: Oh! Ach! Nicht doch.

Doch, doch, protestiert Maren, sie reckt ihre Flasche noch etwas höher: Wirklich. Weil ihr uns hier aufgenommen habt!

Da kommt Ellen, unterbricht Karsten den Ansatz von Rede, den Ansatz von Rührseligkeit, und Ellen, kaum zur Haustür hinein, durchquert eiligen Schrittes den Raum, macht halt beim Kühlschrank, kommt rechtzeitig zum großen Prosten nach draußen dazu. Auf heute Abend, sagt sie, außer Atem. Und auf euch alle, ihr wunderschönen Menschen!

Theo legt ihr einen Arm um die Hüfte. Er küsst sie auf die Wange und trinkt.

Es liegt eine Euphorie in der Luft, eine erwartungsvolle Stimmung. Sie trinken große Schlucke, ehe es dann weitergeht. Die Salate rausgetragen werden. Die Fladenbrote und Dips, Teller und Becher, Besteck. Jo gibt in der Küche Eli zu trinken, und Ellen verschwindet ins Bad: Sie will noch mal schnell duschen. Es ist ein Gewusel, Gerenne. Aus dem Haus bringen sie immer mehr in den Garten. Da fehlt noch ein Kissen auf einer leeren Bierkiste, Sitzgelegenheit. Da fehlen noch Aschenbecher, und am Buffet fehlt noch das Salz. In den Sträuchern hängen Lichterketten, vom Ahorn zur Birke reicht eine Wimpelkette. Bunte Dreiecke, Fähnchen baumeln in der Luft, so ein hübscher Kontrast zum Himmel, der ausgesprochen blau ist. Der Garten sieht wirklich schön aus, einladend. Deswegen muss lächeln, wer auch immer hindurchgeht: Karsten, immer noch mit den Händen in der Hüfte, er lächelt und guckt. Darek, eine große Glasschüssel in beiden Händen, die er zum Buffettisch trägt, er lächelt, er grinst. Nat, schon wieder inmitten von Schwaden, von Rauch, sie schlendert im Slalom an Kisten vorbei, an Feuerstelle und Bänken, sieht zufrieden aus, Nat lächelt. Alle hier lächeln, schön ist das. Schön.

Es geht schnell, und der Garten füllt sich. Da sind jede Menge Menschen. Es laufen zwei Hunde im Garten herum, spielen miteinander und bellen dabei, ganz aufgeregt. Und eine Stimme, die Vela nicht kennt, ruft laut: Branko, Schluss jetzt!, und meint damit wohl einen bellenden Hund. Die Stimme steht schon, mit einem Teller in der Hand, am Buffet, mit vielen anderen, die plaudern und warten. Ein paar Servietten werden auf die Wiese geweht, vom Wind, und jemand lacht. Jemand bückt sich und sammelt sie auf.

Karsten steht am Grill, er hat sich eine Schürze umgebunden. Er wendet Steaks. Gutes Fleisch, Bio-Qualität, wie sagt man? Man sagt: Von glücklichen Tieren. Von glücklichen Rindern, in diesem Fall, denen Karsten ein erfülltes Leben nachsagt auf den saftigen Weiden unweit von hier, außerhalb des Orts. Vom glücklichen Rind!, ruft Karsten, lachend, er hält dabei die Zange hoch in die Luft.

Zwischen all dem Geschnatter tummeln sich Kinder unterschiedlichen Alters, sie laufen barfuß, und es macht rein gar nichts, dass sie sich an der Kleidung Grasflecken zuziehen, zuhauf.

Es wird sich begrüßt, und Vela hat längst den Überblick verloren, sie hatte ihn nie: Wer ist aus der Nachbarschaft, wer sind die Freunde, die Freundinnen aus der Stadt oder von weiter weg? Sie ist davon plötzlich überfordert, von all den Leuten, die sie nicht kennt, ist überfordert von Hundegebell und dem Krakeelen der Kinder. Davon, dass ihr Menschen die Hand schütteln, sich bei ihr bedanken und Namen aufsagen, die Vela gleich wieder vergisst. Darek steht auf einmal neben ihr, legt ihr einen Arm um die Schulter und trinkt aus einer noch vollen Flasche Bier: Hey, Vela, wir betrinken uns heute mal schön, oder nicht?

Vela schnauft, Vela lacht, sie atmet durch und sie sagt: Okay.

Dass ihr dieses Fest, all das Gewusel aus irgendeinem Grund nicht ganz geheuer ist, denkt sie dabei.

Nat erklärt lautstark, wie die Bar funktioniert. Es gibt einen großen Vorrat an Bier, und da vorn eine Dose für Spenden. Fürs Essen, für die Getränke. Nat sagt: Werft da doch einfach was rein! Und in der Küche gibt es noch mehr, eine größere Auswahl Getränke, es gibt Wein, es gibt Schnaps, dort gibt es alles ohne Alkohol.

Und Theo, noch während Nats Ansprache wird er zum mobilen Barkeeper, er öffnet hier und da Bier- und Limonadenflaschen, erkundigt sich nach sonstigen Wünschen: Habt ihr alles, hast du alles, was du brauchst? Permanent liegt seine Hand auf fremden Schultern und Armen, zur Begrüßung, vor Freude, zur Beteuerung: Das ist wirklich kein Problem, na klar kriegst du auch einen Kräutertee! Theo ist jemand, der die Leute gern anfasst, der sie gerne beim Reden berührt. Nicht auf unangenehme Art, es wirkt ganz natürlich. Es wirkt, als ginge es gar nicht anders als so.

Ein Duft erfüllt den Garten, es riecht nach Wiese, nach Grill. Am Himmel bloß wenige Schäfchenwolken, die aussehen, als hätte sie absichtlich jemand so hübsch zurechtgezupft. Von allen Seiten wird der Himmel einige Male kommentiert: Was für ein Bilderbuchwetter! Was für ein Sommertag. Und das im Juni. Schaut euch diesen Himmel an, da habt ihr aber keine Mühen gescheut. Gesichter, die strahlen und kauen, Kiefer, die sich bewegen. Die Gesichter, die Hände, die Münder lassen sich zufrieden von Theo Getränke servieren. Besteck schabt auf Tellern, auf Porzellan, und Flaschen und Gläser werden gegeneinandergeschlagen, überall wird gerufen, sich etwas gewünscht: Guten Appetit, Prost, lasst es euch schmecken! Es zischt am Grill, und Karsten wischt sich mit dem Handrücken Schweiß von der Stirn. Er beantwortet Fragen, er sagt: Na sicher, wir haben hier auch, ganz frisch, was vom Tofutier da.

Er zwinkert, und weil sie gerade in seine Richtung schaut, zwinkert er direkt in Velas Gesicht.

Vela, die sitzt und zusieht, wie die Menschen Schlange stehen am Grill. Wie sie sich ganz verzückt aufs Buffet stürzen und sich, euphorisch, ringsherum bedanken für die Einladung, für Speis und Trank. Auch bei Vela, immer wieder, sie sitzt ungünstig. Wer zu den Bänken möchte, muss an Vela vorbei, und da bietet es sich ja an, da kann man doch mal etwas sagen. Und Menschen, die Vela nicht kennt, erkennen sie als eine von hier. Ein älteres Pärchen, Mann und Frau ganz ergraut, in bunten T-Shirts, in Outdoorhosen bis zu den Knien. Sie kauen schon, mit vollem Mund nicken sie Vela zu. Nat führt einen groß gewachsenen Mann an ihr vorbei, breitschultrig, mit ganz glänzenden Augen: Das ist Naim, sagt sie und greift seine Hand, und Naim sagt im Vorübergehen: Hey, freut mich, toll habt ihr's hier. Zwei Mädchen im Teenageralter, sie sind vielleicht vierzehn, sie sind stark und beeindruckend professionell geschminkt. Auch sie nicken Vela zu, sagen: Hallo, danke. Hier ist es so schön, das gefällt uns. Sie halten sich mit beiden Händen an ihren Tellern fest, und Vela lächelt, sie presst im Lächeln die Lippen aufeinander. Dann eine Frau mit Ring in der Nase, mit hennarotem Haar, die zwei kleine Kinder vor sich herschiebt, beide ein Würstchen in der fettigen Hand. Und einer, der sich Vela gleich vorstellt, ein junger, schlaksiger Mann mit etwas Flaum im Gesicht: Ich bin Adrian, sagt er. Nats Kollege aus der Werkstatt. Ich bin ihr Azubi. Du bist neu, oder? Du bist eine von den Neuen.

Vela ist das unangenehm, so eine Repräsentantin zu sein. Sie ist eine derjenigen, die zum Fest geladen haben. Jetzt muss sie Rede und Antwort stehen, jemand fragt sie etwas zu den Beeten: Und was pflanzt ihr hier an?

Sie bedankt sich für Komplimente, die gar nichts zu tun haben mit ihr. Ganz, ganz toller Salat. Vela schaut in aufgerissene Augen, ganz freundlich, sie ist ein Teil des Kollektivs. Das ist nicht schwer zu begreifen. Die Leute aus dem Ort, die Nachbarschaft, sie alle sind nett und begeistert, und alle sehen in ihnen hier so etwas wie eine Einheit. Vela steht auf und schleicht sich aus Ansätzen von Gesprächen, sie geht ein paar Schritte und hört, wie das Konzept von Ellen erklärt wird: Letztlich sind wir schon so etwas wie eine Kommune. Wobei wir lieber sagen: Wir sind eine Gemeinschaft.

Vela schnappt Fetzen auf, lose Sätze, herausgerissen aus den Konversationen. Sie geht, und schräg hinter ihr ist eine weitere Frau völlig fasziniert.

Davon, wie sie hier leben. Ich finde das toll, sagt ihre Stimme, die kratzig ist, die klingt, als habe sie schon sehr viel erzählt. Das bräuchte es häufiger, viel öfter!, beteuert sie. Das löst doch auch viele Probleme, so was.

Vela dreht leicht den Kopf und erhascht einen Blick auf die Frau, die gerade in ein Stück Fladenbrot beißt. Weiße Haare hat sie und einen wachen Blick, der Vela sofort fixiert.

Diese Art, wie ihr hier wohnt, sagt sie kauend. Und Vela lächelt und nickt.

Etwas später sitzt Vela auf der Wiese. Auf einer wild gemusterten Decke, einem Laken in Rotorange, das leuchtet inmitten von Grün. Neben ihr Maren und Darek, sie alle im Schneidersitz, voll beladene Teller vor sich. Maren kaut ganz genüsslich, sie lässt den Blick schweifen. Erfreut sich am ganzen Szenario und winkt den Zwillingen aus dem Nachbarhaus zu, die einen Ball hin und her kicken. Sie lehnt sich, die Arme nach hinten gestreckt, zurück und muss gar nichts sagen, ihr Blick verrät alles, ihr Seufzen dazu. Vela beißt auf einen Granatapfelkern, und Dareks Gabel klirrt auf den Teller. Er sagt: Alles klar, ich hol uns jetzt Drinks. Was wollt ihr?

Und Vela: Du kannst einfach bei Theo die Bestellung aufgeben. Sie grinst.

Theo muss sich jetzt mal entspannen. Der muss mal runterkommen, der Gute.

Darek steht umständlich auf, und Maren blinzelt ihn an. Jetzt formuliert sie ihr Wohlgefühl doch noch, packt ihr behagliches Lächeln in Worte: Ich bin eigentlich wunschlos glücklich, aber Darek, wenn du sowieso gehst, dann nehm ich ein Bier.

Dann sieht sie Vela an, mit einer Hand berührt sie ihr Bein: Was ist bei dir eigentlich los?, fragt sie.

Vela zuckt mit den Schultern. Sie führt ganz schnell die Gabel zum Mund, um zu tun zu haben, sie sagt ganz lässig und kauend: Wieso?

Weiß nicht, sagt Maren, so ein Misstrauen im Blick, eine Neugier: Irgendwie wirkst du so ein bisschen miesepetrig.

Alles okay, beteuert Vela, und dann hat sie auch schon Maren am Hals, an sich hängen, Maren, die sich auf Vela stürzt und sagt: Bist du sicher? Ich will, dass es dir gut geht!

Mir geht's gut, sagt Vela und muss lachen, Marens Hände überall, ihr Körper auf Velas, und Vela schiebt mit einer Hand vorsichtig den Teller von sich weg: Pass auf, sagt sie, prustend, pass auf, das Essen.

Als Darek zurückkommt, mit Bieren, hat Maren noch immer diesen Blick. Mit zusammengekniffenen Augen schaut sie Vela an, als könnte sie so besser erkennen. Ob Vela die Wahrheit sagt, ob auch wirklich alles gut ist, und Vela bemüht sich, das zu beteuern, sie strahlt nur so in Marens Gesicht.

Als alle satt sind, verlagert sich etwas: Zum Beispiel Karstens Körper, vom stehenden Grillmeister wird er, nachdem er sich ausgiebig gestreckt hat, zum sitzenden Gesprächspartner, der sein müdes Kind in den Armen hält. Eli, überflutet von so vielen Reizen. Und Jo, der Erleichterung anzusehen ist, nimmt sich ganz glücklich ein Bier, sie setzt sich zu Ellen und prostet ihr zu. Die beiden schauen neugierig hinüber zu den Beeten, wo sich Nat und Naim auf einer Decke niedergelassen haben.

Allgemein verlagert sich der Mittelpunkt des Festes, denn jetzt, bei untergehender Sonne, wird das Feuer entzündet. Inmitten von Steinen befinden sich dicke Zweige, befindet sich Brennholz. Theo beginnt, er zündelt, es ist bereits jetzt ein Spektakel, es gibt Ausrufe der Begeisterung. Gebannt und mit Sicherheitsabstand schauen die Kinder zu, die noch nicht in ihre Betten gebracht worden sind. Und Theo seufzt, er räuspert sich und ruft dann nach Nat. Hilfst du mir eben? Nat, die abgelenkt ist, immer noch auf der Decke sitzend, und die erst aufsteht, als Theo ihren vollen Namen ausspricht: Natalie, ich brauch hier jetzt eine, die sich mit Holz auskennt! Er sagt das lachend, zum Spaß. Nicht ernst, nicht böse gemeint. Nat funkelt ihn an, während sie auf ihn zuläuft. Sie zückt ihr Feuerzeug, und ihr ist anzusehen, wie sie das hasst: diesen Namen, Nat ist Nat, und Theo hat das zu wissen. Sie dreht sich kurz zu Naim um, der auf der Decke zurückbleibt, sie bricht dazu ihren eisernen, ihren wütenden Blick auf. Der ist bloß für Theo bestimmt. Sie zuckt mit den Schultern. Gibt dann Theo einen Klaps in den Nacken. Mit Holz kennst du dich doch bestens aus, sagt sie. Dein ganzer Kopf besteht doch daraus.

Es dauert nicht lange, bis es dann lodert, bis schon größere Holzscheite brennen. Es raucht beachtlich, es zischt und knackt. Nat und Theo klatschen einander ab, versöhnlich sehen sie aus.

So sitzt man nun also ums Feuer. Es haben sich Grüppchen gebildet. Die einen reden über Kinderkrankheiten, über die Arztpraxis unten im Ort. Die womöglich bald schließt. Nein! Das kann doch nicht sein. Die anderen reden schon wieder, immer noch über das Konzept, hier im Haus. Das Konzept, wie oft Vela dieses Wort aufgeschnappt hat, als wäre das die einzige Möglichkeit, etwas in Erfahrung zu bringen: Und wie ist euer Konzept hier? Wie habt ihr das konzipiert? Als würden sie hier so ganz nach ausgefeiltem Plan leben, nach einer Anleitung. Aber die anderen werden nicht müde zu erklären. Sie geben Auskunft, geduldig. Ja, das ist schon ein Gegenentwurf. Zu dem, was man so kennt, sagt Karsten mit einem Schmunzeln. Und ganz ehrlich, ich könnte mir auch nichts anderes mehr vorstellen. Allein zu wohnen, zu zweit, zu dritt? Karsten schüttelt den Kopf. Wir lernen ja auch unheimlich viel voneinander. Vela hört Ellen das sagen, und noch im selben Moment ertönt plötzlich Musik. Live gespielt vom Musiker des Abends, tatsächlich: Theo sitzt da auf einmal mit einer Gitarre. Er wird angestrahlt von den Flammen, und vereinzelt wird in die Hände geklatscht. Theo sagt, ein bisschen entschuldigend: Na kommt schon, die Klischees bedienen sich ja nicht von allein!

Wo zur Hölle hast du die denn ausgegraben?, ruft Ellen ihm zu.

Theo klimpert nur ein wenig, untermalt so ganz sanft die Gespräche. Die Gitarre ist ohnehin nicht ganz richtig gestimmt. Es versammeln sich schnell ein paar Leute um ihn, Adrian ist da, noch einige mehr: die sich auskennen. Die dann sagen: Lass mich mal, ich stimme sie dir nach Gehör. Nat, die die Reste einer Weinflasche leert in ihren Becher, sagt, sie stöhnt es genervt: Oh Theo, bitte tu uns das nicht an. Du willst doch jetzt nicht wirklich –

Theo unterbricht sie: Nat, setz dich doch lieber dazu und sing uns was vor.

Es ist so ein kurzer Moment, den Vela nicht einordnen kann, der ihr merkwürdig vorkommt: Theos Unterton, so genervt. Und dass die beiden sich angiften, oder aufziehen, permanent. Dass sie einander irgendwie nicht in Ruhe lassen können heute Abend. Es ist schon zu düster, um Gesichtsausdrücke zu deuten, um sie richtig zu erkennen, aber Nat seufzt, und es ist förmlich zu hören, wie sie die Augenbrauen hochzieht dabei. Sie fragt in eine andere Richtung, wo es noch Wein gibt, sie sieht sich um und geht dann zurück. Kehrt der Gitarre samt Gitarrist schnell den Rücken, sie geht am Feuer vorbei zu Naim. Theo klimpert weiter, er zupft Saiten und spielt dann in Ansätzen Melodien, sein Blick geht ins Feuer, ins Leere dabei.

Mit der Dunkelheit kommt leichter Wind auf, der Bewegung in die Sache bringt. Wann immer er sich dreht, stehen nacheinander diejenigen auf, denen er den Rauch ins Gesicht weht. Vela sitzt auf einer Kiste in ausreichender Entfernung zum Feuer. Geschützt vor Funkenflug, nicht jedoch vor dem Rauch. Der Geruch hat sich längst festgebissen in sämtlichen Haaren und Stoffen. Theo klimpert ohne Pause, irgendjemand summt dazu, singt. Es wird angeregt geplaudert. Darek, neben Vela, gießt beiden Wein nach, und der Kreis ums Feuer wird allmählich kleiner, Gute Nacht, danke für alles, bis bald mal, macht's gut.

Wer jetzt noch hier ist: Das ist der harte Kern. So hat es, natürlich, Karsten vorhin festgestellt. Er hat Eli ins Bett gebracht, und als er zurück in den Garten kam, ans Feuer trat, sagte er: So, das ist also der harte Kern.

Der harte Kern besteht aus: Jo, in eine Decke gewickelt, in ein Gespräch vertieft, mit Ellen und dem älteren Pärchen. Ein rüstiger Pensionär, eine rüstige Rentnerin, sie tragen Funktionsjacken, jetzt, wo es kühler geworden ist, frisch. Theo, gerade unterwegs, um Getränkenachschub aus dem Haus zu holen, um die Gitarre zurück an die Wand zu lehnen, endlich. Dort sollte sie einstauben, sagte Ellen dazu, das war ihr

Kommentar, der ein kleines Gelächter auslöste ringsherum. Nat, inzwischen sitzt auch sie nah am Feuer, ohne Naim, aber mit Zigarette in der Hand. Sie raucht. Sie kifft. Gemeinsam mit Adrian, ihrem Azubi, er ist vielleicht zwanzig Jahre alt. Daneben sitzen der Nachbar und die Nachbarin von nebenan, sie halten ihre Rotweinbecher fest und genießen die kinderfreie Zeit, vor einer Weile schon haben sie ihre Zwillinge ins Bett gebracht, Erstklässler? Zweitklässler? Sie lauschen jetzt gebannt einer Erzählung von Darek. Er erzählt von Toulouse und vom Zirkus, er berichtet von so angenehmer Atmosphäre, Südfrankreich, das macht einfach einen riesigen Unterschied! Sie pflichten ihm bei, neigen die Köpfe näher zu ihm hinüber, um nichts von dem zu verpassen, wovon er da spricht.

Maren neben Vela. Hat sich eine Kiste samt Kissen mitgebracht und nah an Velas Sitzgelegenheit geschoben. Sie hat ihren Kopf an Velas Schulter gelehnt. Eine Weile sitzen sie so da. Die beiden, die Einheit, endlich eng beieinander, das hat bisher noch nicht so richtig hingehauen an diesem Abend. Ich bin platt, sagt Maren leise. Schließt die Augen, mimt tiefe Atemzüge, tut so, als würde sie schnarchen, sie wartet darauf, dass Vela ihr über den Kopf streicht, die vermeintlich Schlafende wach rüttelt und sagt: Nicht einschlafen! Du bist noch gar nicht im Bett. Aber Vela ist beschäftigt: Sie horcht. Vela hört hin. Das Prasseln, das gelegentliche Knacken im Feuer, das Zirpen von Grillen, die leisen Gespräche, hin und wieder ein kurzes Auflachen. Eine ganz und gar friedliche Kulisse von Geräuschen. Maren gibt auf, hebt ihren Kopf etwas an: Hey, sagt sie. Hey, sagt

Vela. Lächelt. Ehrlich und hinein in Marens Gesicht, in dieses schöne Gesicht. Sie fasst es an, Vela fasst das schöne Gesicht an, streicht über eine weiche Wange. Ein Kuss. Maren seufzt, mit ihrem Seufzen drückt sie sich enger an Vela, legt ihr den Arm um die Schultern. Wollt ihr noch Wein, fragt Theo aus ein paar Metern Entfernung, er fragt offenbar alle Anwesenden, er hält zwei Flaschen in den Händen, gießt dann in gebückter Haltung reihum die Becher voll. Ist wieder ganz der Barkeeper, erfolgreich vom Musiker zurückverwandelt. Ich muss schlafen, sagt Maren, sie streckt sich, steht auf. Kommst du gleich? Vela tastet im Dunkeln nach ihrem Becher, zu ihren Füßen befindet er sich, im Gras. Ich komm gleich, sagt sie. Ich komm nach.

Es sind dann fast alle gegangen, die sich zuvor so wacker geschlagen haben. Bloß Adrian hält noch die Stellung, er sitzt noch zusammen mit Theo und Nat. Naim, wo ist er eigentlich hin? Naim ist seit einer Weile verschwunden. Ellen ist schlafen gegangen. Jo und Karsten haben sich verabschiedet. Darek sitzt am beinah erloschenen Feuer auf der Bank. Mit einem Blick lädt er Vela zu sich ein. Als sie aufsteht, fühlt sie die feuchtkalte Luft, die von unten, von der Erde aus hinaufzieht. Sie fröstelt, sie verschüttet etwas Wein, und dann setzt sie sich neben Darek. Ich muss eigentlich auch schlafen gehen, sagt sie. Vielleicht schlaf ich einfach hier ein. Sie beobachtet Funken, Darek legt noch mal nach. Er greift nach Holzscheiten, will das Feuer noch einmal aufflammen lassen. Er nimmt das Angebot der anderen Übriggebliebenen an: Wollt ihr was rauchen? Er raucht einen Joint auf, während Nat halbherzig Flaschen einsammelt, während Theo im Dunkeln Salatreste in einer Schüssel zu sammeln versucht, während Adrian einschläft und aufgeweckt wird und sich schließlich verabschiedet, genauso wie Theo und Nat: Bleibt ihr noch hier, bis das Feuer runtergebrannt ist?, fragt Nat. Oder ihr schüttet ordentlich Sand rauf, sagt Theo.

Vela steht auf, um herumliegende Decken zu sammeln, sie wickelt sich in mehrere Lagen ein, und währenddessen schaut Darek Theo und Nat hinterher, die mit verschränkten Armen den Weg hoch zum Haus gehen, deren Umrisse verschwinden, bis sie im Licht hinter der Glastür wieder erkennbar sind, kurz.

Ach herrje, murmelt Darek, er klingt amüsiert. Er greift nach Nats Drehzeug, das noch auf der Bank liegt, dann sieht er Vela an mit vielsagendem Blick: Do you feel the tension?

Und Vela, die gähnt, deren Augen schon brennen vom Rauch, schüttelt bloß ganz leicht den Kopf: Was?

Darek konzentriert sich aufs Blättchen, auf den Tabak, er dreht eine formschöne Zigarette und hält sie ins Licht. Theo und Nat, sagt er dann.

Und das lässt Vela aufhorchen. Das sorgt dafür, dass sie sich aufrichtet, dass sie näher an Darek heranrückt: Was meinst du, was ist mit Theo und Nat?

Na ja, ganz offensichtlich fand Theo das nicht so prickelnd, dass sie diesen Typ angeschleppt hat, Naim.

Aber was hat denn Theo –

Vela hält inne. Es klackt zweimal, dreimal, das Feuerzeug. Darek pustet Rauch aus und schaut sie an, die

Augen ganz groß, er sieht verdutzt aus. Verwirrt? Er sieht belustigt aus, und als müsste er ein Lachen zurückhalten. Er sagt: Okay, das ist abgefahren. Ich dachte, das weißt du.

Theo und Nat?, zischt Vela, sie versucht, in ihrer Überraschung, in ihrem Zischen möglichst leise zu sein. Und ist jetzt wieder ganz wach. Ganz baff, sie ist sprachlos bis auf Weiteres, sie leert ihren Becher und schüttelt den Kopf.

Das ist ja mehr so ein offenes Geheimnis, sagt Darek. Er schlägt die Beine übereinander, stützt Ellbogen auf Oberschenkel, er grinst Vela an: Deswegen ist Micha ausgezogen! Er unterbricht sich, jetzt lacht er doch kurz auf, weil Vela so schaut, wie sie schaut: ganz skeptisch, ganz ernsthaft schockiert. Das ist der Grund, warum ein Zimmer frei geworden ist, sagt er. Das ist der Grund, aus dem ihr jetzt hier wohnt!

Vela hebt die Hände. Vela sagt: Wo ist der Wein? Ich muss jetzt sofort mehr Wein trinken.

Sie kommt aus dem Kopfschütteln nicht raus und runzelt dann ihre Stirn, sie ist ungläubig, für einen Moment, und Darek muss beteuern, muss schwören: Ja, ja, es stimmt!

Theo und Nat, da läuft etwas, oder zumindest: lief da etwas. Eine Art Affäre, eine Liaison. Darek berichtet, die beiden waren über Wochen ganz verliebt. Und bemüht darum, das zu verbergen. Darek berichtet, wie sie sich an den Wochenenden davonstahlen, natürlich nicht zusammen: Erst verschwand Nat und kurz darauf Theo, immer hatten sie etwas zu tun.

Darek lacht zwischendurch und raucht tiefe Züge,

er wirft die Zigarette ins Feuer. Dann stoßen sie an, zum achten, zum zehnten Mal, zum hundertsten Mal heute Abend.

Aber was ist denn mit Ellen?, fragt Vela, als sie sich allmählich beruhigt.

Also: Die beiden sind nicht exklusiv, sagt Darek. Betont das letzte Wort übertrieben, zieht es in die Länge wie Kaugummi, spricht mit einem französischen Akzent.

Wow, sagt Vela, wow, und ich wusste die ganze Zeit über nichts! Ich hab das wirklich absolut nicht gemerkt.

Das mit Nat und Theo ist auch quasi erledigt, sagt Darek. Und alles andere lassen sie ja nicht ständig raushängen. Ich meine, das wäre auch sicher nicht gut. Für die Dynamik.

Die Dynamik?, fragt Vela, jetzt ist sie diejenige, die belustigt ist, die sich darüber amüsiert: Nicht gut für die Dynamik?

Darek zuckt mit den Schultern, er nickt und atmet aus. Dann sagt er: Okay, ich bin mächtig betrunken. Ich glaube, ich muss jetzt ins Bett.

Vela putzt sich in Eile die Zähne. Sie riecht an ihren Haaren und schüttelt dann noch mal den Kopf, sie schwankt ein bisschen vorm Waschbecken und begutachtet Rotweinflecken auf ihren Lippen. Maren, im Bett, atmet geräuschvoll, gähnt, ist halb wach, als Vela sich neben sie legt. Sie streckt ihre Arme nach oben, neben den Kopf. Hattet ihr's noch schön? Vela flüstert: Ja! Sie hält inne, es rattert in ihr. Dann beschließt sie, den Abend nun abzuhaken, die Nacht. Sie küsst Maren, sie flüstert: Jetzt müssen wir schlafen. Schlaf weiter. Gut Nacht.

*

Sie wohnen seit einem halben Jahr in der kleinen Wohnung, vielleicht sind es sieben, acht Monate. Da fängt Vela zu suchen an nach Alternativen. Sie haben ja immerhin zuvor nicht gesucht, wer weiß, was der Wohnungsmarkt hergibt? Wenn Maren nicht da ist, durchforstet Vela das Netz. Surft sich durch Immobilienseiten, aber es ist mehr als ernüchternd. Sie verändert die Parameter: doch nicht drei Zimmer oder vier. Sondern zwei. Darauf legt sie sich fest, es werden ja wohl zwei Zimmer drin sein für zwei Personen, dafür braucht es auch keinen Balkon. Kein Tageslichtbad. Die Ansprüche sind, so denkt sie, gering, und was Vela findet, sind Erdgeschosswohnungen. Parterre. Und alles ziemlich weit weg. Wohnungen im neunten Stock Plattenbau, außerhalb, in Siedlungen. In so einer Siedlung ist Vela aufgewachsen. Sie klickt sich durch Bilder, Wohnraum, der eingerichtet ist von denen, die ihn mal bewohnten. Bunte Tapeten, gemustert, Einbauschränke bis zur Decke. Schlafzimmer, die vollstehen mit Krempel. Fitnessgeräte, Kartons. Niedrige Decken und vergilbte Gardinen vor Fenstern. Siehe da, so was wäre möglich. Das könnten sie zahlen, zu zweit. Die Anbindung ist nicht mal die schlechteste, vierzig Minuten bis zum Stadtkern. Eine halbe Stunde Minimum, wenn man mal ausgehen will, abends. Sie stellt sich das vor: Sie und Maren in so einer Wohnung. Maren in so einem Haus. Wie sie einkaufen gehen im Supermarkt auf der anderen Seite der Straße und die Einkäufe mit dem Fahrstuhl nach oben transportieren. Wie sie die Post angeln aus einem von zig Briefkästen. Eine Wand voller Briefkästen im Flur. Früher kannte Vela nur einen Bruchteil der anderen Kinder im Haus. Die Tür unten war meistens offen. Ständig irgendwas mit dem Schloss, das rastete nicht richtig ein. Und dann war es eh praktisch, wegen der Kinder. Rein und raus, den ganzen Nachmittag lang. Vorn so eine Art Spielplatz. Eine Schaukel, Tischtennisplatten aus Stein. Ein Sandkasten voller Kippen.

Vela stellt sich vor, wie sie Freunde einladen, Freundinnen. Herzlichen Willkommen, bitte, kommt rein! Das ist unsere traute Bude. Sie stellt sich vor, wie alle ein wenig verloren im engen Flur herumstehen, der noch von den Vormietern gestrichen ist: Wischtechnik in Orange. Ein bisschen was müssen wir noch machen, würde sie sagen. Und währenddessen versuchten alle, sich nichts anmerken zu lassen. Irgendwas Nettes zu sagen. Hans oder Flo oder Elif, Vela stellt sich diese Leute in solchen Wohnungen vor. Was machen sie dann? Am Tisch sitzen? Fondue essen, oder Raclette. Einen Film schauen, zusammen, auf der Couch.

Vela schiebt Gedanken beiseite. Sie ärgert sich über sich selbst: weil sie so sehr verurteilt. Weil in ihrer Vorstellung grundsätzlich alle, die in solchen Wohnungen wohnen, einen schlechten Geschmack haben. Dabei weiß sie's doch besser, sie weiß genau, dass das nicht stimmt. Und dass man es sich auch dort schön machen kann, weiß Vela aus erster Hand. Und es gibt, immerhin, eine Aussicht. Auf andere Häuser, klar, nicht sonderlich weit. Aber wenigstens guckt man von oben, Vela mochte das früher. Aus ihrem Hochbett konnte sie aus dem Fenster schauen, siebter Stock. Sie fand das so lange gut, bis sie bei anderen Kindern zu Hause zu Besuch war.

Immer mehr zerfällt in der Wohnung: Im ersten Winter streikt die Heizung. Maren denkt erst, sie kann das lösen. Manchmal muss man da das Wasser ablassen, sagt sie, ganz Fachfrau, aber es ändert sich nichts. Also macht Maren, natürlich, einen Spaß draus: Wie viele Socken kann man überhaupt übereinandertragen? Wie viele Pullover und Strickjacken? Maren zieht so viel Kleidung an, wie nur geht. Sie trägt vier Mützen. Sie trägt so viel Zeug, bis sie dann zu schwitzen beginnt. Also, mir wäre jetzt warm, sagt sie dann, schnaufend. Sie kann sich kaum bewegen, und Vela hilft ihr aus den Schichten heraus. Den Vermieter erreichen sie nicht, sie erreichen ihn erst nach acht Tagen, und dann dauert es noch mal, bis jemand kommt. Ein tatsächlicher Fachmann, ein Heizungsspezialist, er sagt: Soso, dann gehen wir's mal an. Später spricht er von veralteten Systemen, und dass hier dringend mal. Also, da müsste man eigentlich mal das ganze Ding, das ganze System. Grunderneuern müsste man das. Aber jetzt läuft's erst mal wieder, sagt er zum Abschied. In paar Stunden habt ihr's dann schön warm.

Dann zieht sich im Bad irgendwann der Schimmel: von der Decke über der Dusche zur Wand. Bis hinunter zu den zitronengelben Kacheln. In jedem Fall ist offensichtlich, dass es in dieser Wohnung nicht allzu lang geht. Dass sie nicht mehr sein kann als ein Übergang. Sowieso nicht, sagt Maren dazu. Das war doch sowieso nicht der Plan. Sie fragen dann herum, Maren hängt, ganz optimistisch, einen Zettel in der Tanzschule auf. Und Vela erzählt ihr, dass sie schon geschaut hat, dass sie jede einzelne Immobilienseite im Internet kennt. Und dass es, ganz ehrlich, nicht sonderlich gut aussieht, aber Maren winkt ab: Ach Quatsch. Wir finden schon was. Ich meine, ist ja klar, dass das nicht superschnell geht. Aber bisher haben doch alle was gefunden, irgendwann.

*

Die Nacht ist kurz und unruhig. Ein paarmal schreckt Vela auf mit einem zu trockenen Mund, sie riecht den Rauch in ihren Haaren. Der Geruch hat sich ausgebreitet um sie herum, im Bett. Irgendwann blitzt ihr schon Sonne ins Gesicht, und sie dreht sich auf die andere Seite.

Als sie dann wirklich wach wird, liegt Maren nicht neben ihr. Vela sieht auf die Uhr und überlegt, wann sie schlafen gegangen ist. Sie fragt sich, tatsächlich, ob sie nicht erst vor einer halben Stunde eingeschlafen ist. Die beiden Fenster sind weit geöffnet, draußen Vogelgezwitscher und Wind. Vela ist ein bisschen flau. Ihr Magen. Zu viel Säure, der Wein. Zu wenig Schlaf. Maren betritt den Raum, in zwei Handtücher gewickelt, das eine um ihren Kopf, das andere um den Körper geschlungen.

Morgendliche Begrüßung, sie ist offenbar guter Dinge, sie freut sich. Vela ist schlecht. Sie lässt mit sich machen. Maren küsst ihre Stirn, ihre Wangen, ihre Nase, ihr ganzes Gesicht. Ihren Kopf. Maren duftet nach Shampoo. Beide Handtücher lösen sich, fallen von ihr ab, es tropft von den Haaren auf Velas Gesicht. Marens Haut ist ganz warm und ölig. Es sind eindeutig zu viele Gerüche, zu viele Duftstoffe, die sich sammeln in Velas Nase, die dafür sorgen, dass etwas umhergewirbelt wird in ihrer Körpermitte, im Magen. Übelkeit, ihr ist übel. Je länger Maren sich hier vergnügt, sich einen Spaß daraus macht, Vela wach zu küssen, desto eindeutiger. Es herrscht eine zu hohe Temperatur, Vela braucht frische Luft. Sie sagt: Ich brauch frische Luft.

Maren lacht, rückt das Handtuch zurecht, versucht, es vor der Brust festzustecken. Während Vela aufsteht und zum Fenster tritt, wankender Körper, zittrig, sie stützt sich ab auf der Fensterbank, außen, die voller Blütenstaub ist, ganz gelblich. Ein Windzug in ihrem Gesicht. Schweißnasse Haut. Der Nacken. Schweißnass. Wasser, sie muss Wasser trinken. Nach und nach teilt ihr Körper ihr Bedürfnisse mit. Atmen, trinken, liegen. Bist du so schlimm verkatert?, fragt Maren, ungläubig. Vela antwortet nicht. Winkt ab.

Vela tut sich Gutes. Sie trinkt und duscht. Steht lange in der Wanne, die Hände zum Halt an der Wand, an den Fliesen. Wasserstrahl auf ihren Kopf, sie reckt ihr Gesicht. Trinkt unter der Dusche. Wäscht alles ab, den Geruch nach Feuer, der sich eingefressen hat. Sie shampooniert ihre Haare zweimal. Dann kämpft sie und isst ein halbes Brötchen, ohne Belag, sie kaut langsam, schluckt, es macht keinen Spaß. Sie nimmt eine Schmerztablette, muss würgen dabei.

Auf der Insel in der Küche türmen sich die Salatschüsseln, Teller, da sind ein paar Reste, Gläser, Becher. Vela tritt auf die Terrasse, die Sonne hat schon Kraft, sie lässt Vela blinzeln und sich eine Hand vor die Augen halten zum Schutz. Im Garten wird bereits aufgeräumt, Karsten, Nat und Theo sind dort zugange. In der Nachbarschaft, nicht weit entfernt, mäht jemand Rasen. Theo kommt, sonnenbebrillt, seine Flipflops schlappen, er trägt einen Karton mit beiden Händen, darin klirren leere Glasflaschen gegeneinander. Na, auch schon wach?, sagt er. Zwinkert dabei wahrscheinlich, die dunklen Gläser verdecken seinen Blick.

Es ist, als hätte das Fest nicht aufgehört. Der harte Kern ist noch anwesend, wuselt im Garten und im Haus. Der harte Kern geht niemals.

Vela bemüht sich, entspannt auszusehen, möglichst ausgeschlafen. Sie betrachtet Theo, in Shorts und Unterhemd, er stellt den Karton auf der Bank ab. Dort steht schon eine Kiste mit Einmachgläsern darin, helles Wachs auf dem Boden. Heruntergebrannte Kerzen. Theo schiebt die Sonnenbrille ins Haar und legt sich die Hände in den Nacken, er seufzt. Habt ihr noch lange gemacht?, fragt er.

Vela schüttelt den Kopf. Und zur Sicherheit sagt sie noch: Nein, nein, wir sind dann auch schlafen gegangen.

Darek hab ich heut noch nicht gesehen, sagt Theo, amüsiert, da ist das Kräuseln um seinen Mund.

Vela räuspert sich, auf ihrer Zunge ein metallischer Geschmack, den sie herunterzuschlucken versucht. Sie möchte jetzt nicht sprechen, nicht in so eine Unterhaltung geschwatzt werden, ihr Kopf ist zu langsam dazu, zu träge.

Na dann, sagt sie und dreht sich um, schnell, so schnell es geht, zurück ins Haus. In der Küche öffnet sie den Kühlschrank, riecht Käse und irgendetwas, das fault, sie nimmt eine halb volle Flasche Apfelschorle heraus. Ein Signal ihres Körpers. Sie versteht ihren Körper, heute. Versteht, was er will. Gibt ihm zu trinken, prickelnde, süße Flüssigkeit, Zucker.

Im Zimmer sitzt Maren auf dem Bett mit angewinkelten Beinen, die großen Kissen in ihrem Rücken. Sie liest und sieht jetzt auf.

Geht's besser?, fragt sie.

Vela nickt und legt sich neben sie. Marens Hand an ihrem Kopf, sie krault. Streichelt. Fingerkuppen sanft auf Velas Kopfhaut, hinter dem Ohr, am Nacken. Sie dämmert weg, döst. Vielleicht schläft sie.

Beim zweiten Aufwachen ist Maren noch an Ort und Stelle, und in Vela ist ein Verlangen gewachsen. Sie muss mit ihr reden. Muss ihr erzählen, was Darek erzählt hat. Hat er doch, oder nicht? So betrunken waren sie nun auch wieder nicht. Sie streckt sich, Maren legt ihr Buch beiseite.

Weißt du, dass Theo und Nat was miteinander hatten?

Huch, sagt Maren. Wann, gestern?

Bevor wir eingezogen sind. Deswegen ist Nats Freund ausgezogen.

Micha?, fragt Maren. Ungläubig. Vela sieht sie an, sieht hochgezogene Augenbrauen.

Ach, das kann ich mir irgendwie ganz gut vorstellen, Theo und Nat, sagt sie dann.

Vela setzt sich auf. Lehnt sich gegen die Wand. Findest du das nicht ein bisschen – seltsam?

Was meinst du?

Vela ringt nach Worten, sie weiß selbst nicht so recht, was sie meint. Na ja. Diese ganze Sache.

Welche Sache?

Dass Theo, der mit Ellen zusammen ist, was mit Nat

anfängt, und dann ihr Freund auszieht. Das ist doch seltsam.

Maren atmet tief ein, tief aus. Das ist doch aber deren Sache. Woher weißt du das überhaupt?

Darek.

Ach, Darek erzählt aber auch gern mal viel, wenn der Tag lang ist.

Jetzt ist Vela die, die skeptisch guckt. Ungläubig. Die mit den hochgezogenen Augenbrauen.

Warum sollte er so was denn einfach erzählen, wenn's nicht stimmt?

Keine Ahnung, vielleicht ist er eifersüchtig, sagt Maren, sie gluckst. Findet das augenscheinlich witzig. Oder belächelnswert. Ihr Blick ist belustigt, aber er mahnt auch: Ihr Blick mahnt Vela zur Vernunft. Und selbst wennschon, sagt sie.

Das ist doch wie in einer bescheuerten Seifenoper, sagt Vela.

Maren wird etwas lauter. Was ist denn bitte dein Problem? Sie beherrscht sich, spricht wieder leiser, sie zischt beinah: Bist du plötzlich superspießig geworden? Wenn Theo und Nat sich mögen, und das tun sie ja sowieso, aber wenn sie was miteinander haben wollen – also bitte, wir sind doch alle erwachsen. Was ist das Problem?

Keine Ahnung, das Problem ist vielleicht, dass hier alle in einem Haus wohnen? Theo, Nat, Theos Freundin, und offensichtlich war ja zumindest für Micha nicht unbedingt alles so toll.

Micha hatte vor allen Dingen ein Jobangebot in Italien, sagt Maren ernst. Deshalb ist er ausgezogen.

Und Ellen?

Maren ist genervt. Sie atmet wieder geräuschvoll aus und ein und aus. Jede Belustigung ist aus ihrem Blick gewichen. Ellen und Theo sind nicht monogam. Weißt du das nicht?

Aber mit der Mitbewohnerin? Als hätte Theo hier seinen fucking Harem.

Ich weiß nicht, Vela, die Aussage finde ich irgendwie ziemlich rassistisch.

Bitte?

Ich meine: Harem, ist das dein Ernst?

Ach komm schon, du weißt doch, was ich meine.

Velas Kopf pocht. Ihre Schläfen. Die Wirkung der Schmerztablette hat nachgelassen, hat nie eingesetzt. Ihr Kopf ist schwer und voll, sie spürt Hitze in ihrem Gesicht.

Ehrlich gesagt weiß ich nicht, was du meinst, sagt Maren, sie sagt noch mal ihren Namen: Vela. Betont ihn so merkwürdig vorwurfsvoll, so anklagend. Ich weiß nicht, was du Theo hier anhängen willst.

Ich will ihm doch überhaupt gar nichts anhängen!

Ach, nein?

Nein, ich wollte nur mit dir darüber reden, dass ich das irgendwie seltsam finde. Keine Ahnung, dass es mir irgendwie ein komisches Gefühl macht. Ich dachte, dass wir über so was reden können.

Jetzt tu doch bitte nicht so, als könnten wir darüber nicht reden. Wir reden doch grade darüber.

Vela schnaubt. Es fällt ihr schwer, sich aufzuregen, ihrem Kreislauf fällt das heute schwer.

Ich glaub, du bist einfach verkatert, sagt Maren.

Vela schüttelt den Kopf. Langsam. Und lacht auf, kurz, ungläubig, sie glaubt das wirklich nicht: dass Maren das sagt. Was sie sagt. Was sie gesagt hat. Sie macht damit ungültig, was aus Velas Mund kommt, sie erklärt es damit zu etwas, das man nicht ernst nehmen muss. Vela auf Schlafentzug, Vela mit ihrem Katerkopf erzählt Unsinn, da braucht man nicht zuzuhören. Einfach kurz auf Durchzug, einfach lächeln und sagen: Ja, Vela, ja, genau, Vela. Sie dabei bloß nicht für voll nehmen.

Okay, vergiss es, sagt sie. 'tschuldigung, dass ich dich angesprochen habe.

Sie steht auf, in ihr pulsiert es, brennt es. Ihr Kopf, ihr Magen, als hätte sie ihrem Körper nie Wasser, nie Nahrung und Ruhe zugeführt.

Jetzt sei doch nicht gleich so beleidigt, sagt Maren, etwas Sanftes kehrt zurück in ihre Stimme. Ein schlechtes Gewissen.

Vela denkt: Ich bin nicht beleidigt. Sie antwortet darauf nicht, reagiert nicht mehr auf Maren, die sich jetzt bemüht, die jetzt auch aufsteht und versucht, die Situation aufzubrechen mit einem Kichern. Was ist denn plötzlich los?, fragt sie, hebt dabei die Arme an, lacht, das heißt: Ist doch alles gar nicht so schlimm. Hey, Vela, tut mir leid, ich hab bestimmt auch einen Kater, sagt sie.

Das kommt jetzt zu spät, überhaupt bringt es nichts, das zu sagen, denn trotzdem hat dieses Gespräch gerade so stattgefunden, wie es stattgefunden hat. Vela will jetzt nicht kichern und kuscheln und so tun, als wäre nichts. Sie will jetzt keine große Versöhnung der sich innig Liebenden, will jetzt nicht auf Maren eingehen, auf ihr Herauswinden, ihre halbherzigen Entschuldigungen.

Sie schlüpft in ihre Schlappen und öffnet die Tür, verlässt den Raum, ist schon im Flur.

Vela, ruft Maren ihr hinterher, um dann aufzugeben, dann weiß selbst Maren, jetzt besser nichts mehr sagen, nicht hinterhergehen, es jetzt besser gut sein lassen.

Vela draußen, auf der Straße. Vorbei an Häusern und Einfahrten, vorbei an dem Schild, auf dem der Ortsname durchgestrichen ist. Die Luft flirrt ganz sommerlich, ganz sonnenwarm, schon wieder so ein Bilderbuchtag. Ein Bilderbuchtag im Bilderbuchhaus im Bilderbuchort. Vela läuft und schwitzt Restalkohol aus. Schlappt aus den Schlappen und stolpert. Steinchen unter ihren Fußsohlen, ins Fußbett gesprungen, sie stechen ihr in die Haut.

Sie macht einen großen Schritt über den Graben, setzt sich in die Wiese. Am Straßenrand sitzt sie und riecht angewärmten Asphalt. Jetzt fühlt sie sich wirklich beleidigt, wenn Beleidigtsein heißt: Sie hat es übertrieben, hat sich angestellt, sich hineingesteigert. Hat grundlos sauer Vorwürfe ausgespuckt. Sie sitzt am Straßenrand wie ein bockiger Teenager. Wie eine, mit der man nicht reden kann, der zu schnell der Geduldsfaden reißt, die in allem eine große Bedrohung sieht, eine Verschwörung gegen sich selbst. Vela wischt mit beiden Händen über ihr schweißfeuchtes Gesicht, über empfindliche Augen, gerötete Wangen.

Redet sich gut zu, innerlich, sie gesteht sich einen Fehler ein, zumindest ein bisschen. Stimmt nachträglich Maren zu. Denkt sich: Ja, was ist eigentlich das Problem, was ist das Problem. In jedem Fall ist es nicht meins. Sie weiß plötzlich nicht mehr, woher dieses Verlangen kam, warum es so stark war. Der Wunsch, mit Maren darüber zu reden. Worüber eigentlich. Vela atmet und hört Gesumme, hört Hummeln, fliegende Tierchen um sich herum. Eine Ameise krabbelt ihr über den nackten Fuß.

Sie sagt sich: Zu wenig Schlaf. Zu wenig Schlaf. Ich hab zu wenig geschlafen. Sie sagt sich: Alles in Ordnung. Es ist alles gut. Es ist alles überhaupt gar kein Drama.

*

Vela schließt beim Pinkeln die Augen. Sie sieht nicht mehr hoch, dorthin, wo der Schimmel sitzt. Sie erhebt sich, betätigt die Spülung, sie zieht ihre Unterhose über die Hüfte, die Jeans, schließt Knopf und Reißverschluss. Bloß ein kurzer Schritt, und dann dreht sie das Wasser auf, es ist eiskalt, es spritzt so aus dem Hahn, brennt an ihren Fingern. Aus den verknoteten Strähnen kämmt Vela eine Art Frisur, ein schulterlanges Gefransel in Dunkeldunkeldunkelbraun.

Jede zweite Bewegung erinnert an den schlechten Zustand der Wohnung, das Öffnen der Badezimmertür: kaputtes Schloss und abblätternder Lack. Da könnte man ja mal. Selbstverständlich könnte man da mal. Wahrscheinlich ließe sich das Schloss mit einem Schraubenzieher und etwas Öl wiederherstellen. Es ist aber die Summe aller Makel, die jeden einzelnen und noch so kleinen unerträglich werden lässt. In der Küche tropft inzwischen der Wasserhahn, ständig. Da stimmt etwas nicht mit der Dichtung, aber an allen Ecken und Enden stimmt etwas nicht. Ein tropfender Wasserhahn, das ist nichts gegen die Heizung, die ausfällt, regelmäßig. Gegen den sich ausbreitenden Schimmel. Der tropfende Wasserhahn hat leider verloren gegen die Fenster, durch die es eisig hineinzieht, ein gefährliches Zusammenspiel mit der Heizung, wenn sie streikt.

Vela, sich räuspernd, sich drehend im fensterlosen

Flur, sucht ihre Siebensachen. Den Mantel an der Garderobe gegenüber dem Tisch. Telefon, Schlüssel, sie lässt sich etwas mehr Zeit, als sie es sich eigentlich leisten könnte, wenn sie den Bus erwischen will. Sie fährt sich noch mal durchs Haar, bevor sie die Mütze aufsetzt. Draußen ist es längst düster, in den Nebel hat sich der Abend gelegt. Vela hält inne beim Schnüren der Schuhe, weil ihre Nase zu laufen beginnt, sobald sie den Kopf beugt. Und dann hört sie Schritte im Treppenhaus, ein eiliges Stapfen, das sich nähert, der Schlüssel im Schloss der Wohnungstür. Ein Schwall kalte Luft hat es bis ins vierte Obergeschoss geschafft, er umhüllt Maren, die in der Tür steht mit rotem Gesicht.

Ein warmer Körper, schon eingepackt in mehrere Lagen Kleidung, und ein kühler Körper, noch eingepackt, nähern sich einander in raschem Tempo. Velas Hände umfassen Marens roten Kopf, Maren schließt bereitwillig die Augen, spitzt die Lippen, etwas übertrieben, ein Kuss, ein Umarmen, ein Aneinanderdrücken. Ich dachte, du wärst schon. Ich muss auch, unterbricht Vela, ich muss jetzt los. Marens Gesicht verzieht sich, sie sagt und jault es ein bisschen: Ich vermiss dich!

Aber es bleibt keine Zeit für mehr als ein Abklatschen. Maren betritt die Wohnung, Vela verlässt sie. Im Kuss drehen sie sich aneinander vorbei. Vela: Ich lieb dich. Maren: Bis nachher.

Die Straße ist ein Tosen. Vela öffnet die schwere Haustür, verlässt den zugigen Flur und steht schon mittendrin in einem ewigen Lärm, in vorbeizuckenden Sirenen, in den Geräuschen, die sich ergeben, wenn Lkws zu schnell über Unebenheiten im Asphalt brettern. Sie geht nach rechts durch feuchte Luft, voller winziger Partikel Wasser, die glücklicherweise heute nicht gefrieren, sobald sie den Boden berühren. Aber sie graben sich gleich unter die Kleidung, überall dort, wo ein Millimeter Haut greifbar ist, setzen sie an und schieben Ungemütlichkeit über Körper. Vela ist zur Arbeit unterwegs, dreizehn Haltestellen mit dem Bus, dann eine U-Bahn-Station, die sie meistens zu Fuß läuft, weil Bus und U-Bahn kein gutes Timing haben. Nie erwischt man das eine, wenn man mit dem anderen Transportmittel ankommt. So vieles passt nicht zusammen in der Stadt, aufgrund kleinster Unterschiede im Rhythmus.

Velas Augen sind am Abend immer so empfindlich, wenn die Fahrzeuge ihre Lichter anknipsen. Sie blinzelt, als würde eine Sonne scheinen. Dann kommt der Bus und damit eine Abfolge von Gewohnheiten. Hände aus den Taschen, den Geldbeutel aufklappen, die Person, die am Steuer sitzt, wahrnehmen, scannen, heute ist es: eine Fahrerin, sie hat rot gefärbte Locken. Die Stufe hinauf ins Businnere nehmen und während des kleinen Zeitfensters, in dem ein Fuß in der Luft hängt, die Entscheidung treffen. Vela entscheidet sich heute für das alte Ticket in ihrem Geldbeutel.

Vela, im Bus, das ist die Zeit, in der sie ihren Kopf gegen die Scheibe lehnt, die Wolle der Mütze als Kissen, und die lichtempfindlichen Augen schließt. Sie kann machen, was sie will, sie ist immer müde am frühen

Abend, sie kann einen Mittagsschlaf machen oder keinen, sie kann einen Espresso trinken oder keinen, die Müdigkeit hängt ihr in den Knochen. Die Jahreszeit hat es in sich. In Velas Kopf fühlt es sich an wie verlangsamt, alles darin läuft verzögert ab, die Verarbeitung von Informationen, von Botenstoffen, die elektrischen Impulse.

Die erste Stunde im Büro braucht sie immer zum Wachwerden, um in einen Zustand zu finden, in dem sie kommunizieren kann, der ihre Finger befähigt, Worte und Sätze zu tippen, die einen Sinn ergeben. Antworten zu formulieren. Sie moderiert Unterhaltungen im Internet. Ihr Job ist es, auf den grellen Bildschirm zu schauen, während es um sie herum relativ dunkel ist auf der großräumigen Bürofläche. Und die Leute kommentieren auch abends, gerade abends, wenn sie ihre Arbeit erledigt und etwas gegessen haben. Dann sitzen sie auf den Sofas, so stellt Vela es sich vor, in ihren Wohnzimmern, Fernseher laufen, das Programm ist zweitrangig, die Nachrichten, eine Quizshow, ein mittelmäßiger Film in der achtzehnten Ausstrahlung. Die Leute haben ihre Telefone in der Hand oder Laptops auf dem Schoß und scrollen sich durch das Tagesgeschehen, während sie der Rücken schmerzt oder der Kopf, die Hände, je nachdem, womit sie die vergangenen Stunden verbracht haben. Sie geben ihren Senf hinzu, wo sie nur können, unter jeden Artikel, den Velas Kolleginnen und Kollegen zusammengetippt und online gestellt haben. Streng genommen sind diejenigen, die die Artikel schreiben, nicht wirklich Velas Kolleginnen und Kollegen, sie ist keine Redakteurin. Vela kümmert sich um die Kommentarspalten. Mit dem Account eines großen Mediums reagiert sie auf besonders freundliche und besonders hasserfüllte Zeilen, gegebenenfalls löscht sie einzelne Kommentare, dieses Recht behält man sich vor. Vela liest in jeder Schicht Beleidigungen, nicht gegen sie selbst, aber gegen Menschengruppen, gegen Protagonisten in Reportagen und gegen Interviewpartnerinnen.

Das Bürogebäude ist riesig und verfügt über eine Eingangshalle, in der um diese Zeit aber niemand mehr empfangen wird, und ohnehin geht Vela schnurstracks auf die Fahrstühle zu, um mit einem davon in den sechsten Stock zu fahren. In der Teeküche läuft die Spülmaschine, und es gibt keine Tassen mehr im Schrank. Vela trägt ein Glas Leitungswasser über Teppichboden, an blinkenden Geräten vorbei, an abgeschalteten Bildschirmen, manchmal mehrere nebeneinander. Vela setzt sich und schaltet den Bildschirm ein. Die Spätschicht beginnt. Die Müdigkeit bleibt. Heute noch über die erste Stunde hinaus.

Während der nächsten Stunden steht sie überdurchschnittlich häufig auf und geht zur Toilette, in die Teeküche, in der sie bald eine dampfende Tasse aus der Maschine angelt, sie bewegt ihren Körper an Schreibtischen vorbei. Sie kaut auf ihrer Unterlippe. Sie zieht vor dem Spiegel mit zwei spitzen Fingern einen Hautfetzen ab von der trockenen Unterlippe, es blutet. In ihrem Mund, vermischt mit Kamillentee, ein Eisengeschmack. Vela sitzt und lässt sich das Gesicht anstrahlen vom Monitor, die Müdigkeit ist zu gleichen Teilen vorhanden wie eine Unruhe, eine Nervosität. Deswegen denkt sie Gedanken, die hilfreich sind in solchen Fällen, sie denkt an Maren. An Marens Haut, die weich ist. Vela sitzt unkonzentriert und arbeitet wenig und denkt an Maren, die zu Hause im Bett liegt.

Maren, die rotwangig in der Wohnung ankommt. Zuvor ist sie im Treppenhaus gewesen, auf der tosenden Straße, fast zwei Kilometer zu Fuß gelaufen ist sie. Wegen der Kälte, trotz der Kälte, Maren hat eine Schwäche für die Kälte, sie hat eine für das Wetter im Allgemeinen. Ihrem Feierabend entgegengelaufen ist sie. Obwohl ihr Feierabend bereits vorher begonnen hat, in dem Moment, als der Kurs zu Ende war. Im Kurs wurden Marens Bewegungen imitiert von vierzehn kleinen Körpern, die sich bewegten, nicht synchron, aber in einer Art Rhythmus. Es wurde getanzt. Ein Bein angewinkelt, die Zehenspitzen auf dem Boden, ein Wackeln in der Hüfte. Möglichst im Takt, Takt, Takt, rief Maren. Das ist, was sie tut, was sie vor Feierabend tat, so etwas rufen. Sie rief gegen eine Musik an, die aus der Stereoanlage dröhnte. Und fünf, sechs, sieben, acht, und Drehung. Marens Blick war dabei ein ernster, ein Lehrerinnenblick. Konzentriert. Zwischendurch steckte sie ein paar Haarsträhnen an ihrem Hinterkopf fest mit einer Klammer. Sie drückte auf Pause, und der Raum lag kurz ganz still, ehe dann ein Keuchen hörbar war, angestrengtes Kinderatmen, ein Husten, und Maren klatschte einmal kräftig in die Hände. Ihr habt's gleich geschafft, sagte sie, und der Lehrerinnenblick wurde aufgebrochen, es kam ein Lächeln hinzu, etwas Sanftes.

Maren hat eine Tätigkeit, und Vela hat eine Tätigkeit. Beide tun sie Dinge in wiederkehrenden Mustern, routiniert. Maren unterrichtet in der Tanzschule, sie hilft dort im Büro aus, wann immer es nötig ist. Und Vela kommentiert Kommentare, drei Abende die Woche. Vorübergehend. Immer mit dem Vermerk: Vorübergehend. Vela bewirbt sich, sie schreibt Texte und Teaser, manchmal kommt etwas unter. Veröffentlicht eine Zeitung etwas, ein Magazin.

Das sind keine furchtbaren Jobs, die sie da haben. Das ist nicht in Grundsätzen verkehrt. Maren betont das immer wieder. Wenn es sein muss, wiederholt sie mehrmals am Tag, dass es ihnen nicht richtig schlecht geht. Natürlich nicht, im Vergleich. Sie haben nicht ihre Traumjobs, aber ihre Jobs sind okay. Sie könnten besser sein und vor allen Dingen besser bezahlt. Ihre Gehaltsnachweise sind keine, mit denen sich großartig Eindruck schinden lässt. Die sie vorlegen können bei Wohnungsbesichtigungen, da wird dann bloß milde gelächelt. Soso, Sie beide sind noch in der Findungsphase?

Sie jobben, studieren Sie denn noch? Das ist so eine Reaktion. Eine, die es tatsächlich gegeben hat, von einem schnittigen Makler Ende vierzig, der das nicht für möglich gehalten hat: Maren in der Tanzschule mit ihrer Dreiviertelstelle, weil mehr nicht zu finanzieren ist. Mehr ist nicht drin. Und Vela mit ihrem Job, den sie ohnehin permanent zu erklären hat. Also, was genau tun Sie da jetzt? Sie sind bei der Zeitung, aber Sie schreiben keine Artikel, was soll denn das sein? Das gibt's doch gar nicht, so was.

Aber im Vergleich, im richtigen Vergleich könnte es schlimmer sein. Das muss man sich, das ist man anderen schuldig, immer wieder vor Augen halten. Verdeutlichen. Die ersten beiden Mieterhöhungen waren zu stemmen. Wenn es ohnehin nicht möglich ist, Geld zur Seite zu legen, dann nimmt man so etwas hin. Maren und Vela lasen den Brief, und sie überlegten. Ist das rechtens, kann man da womöglich wen einschalten? Den Mieterschutzbund, an so etwas haben sie gedacht. Und dann seufzten sie. Sie rechneten und stellten dann fest: Das ist natürlich nicht toll, aber möglich ist es. Zu stemmen. Es ist kein überstürzter Auszug vonnöten, und wenn, sowieso, wohin? Wohin sollten sie dann? Es ist schließlich nicht so, als stünden die Wohnungen leer in dieser Stadt, als warteten sie nur so auf den Einzug von Vela und Maren. Oder als wäre hier die Art von Leben möglich, die sie sich wünschen. Und was soll man da machen? Vela, was sollen wir da machen? Wir müssen uns abfinden damit. Uns abfinden und weiter über Wasser halten.

*

Vela steht und wartet am Auto, auf Darek. Sie müssen gleich los in die Stadt, und Vela hat keine Lust. Zu arbeiten und überhaupt hinzufahren, sie ist müde und jetzt schon genervt, wenn sie dran denkt. An den Raum, die vielen Computer, an das grelle Licht, später, wenn es draußen dunkel ist, die ganze Decke im Büro eine einzige Neonröhre.

Sie gähnt und stellt sich kurz vor, es wäre anders, und sie würde hierbleiben, den Abend mit Maren verbringen. Mit den anderen, vielleicht. Etwas kochen, zusammen essen, gemütlich rumsitzen bloß. Einen Film schauen und einschlafen dabei. Dann nähert sich Darek eiligen Schrittes.

Vela, es ist Freitag, sagt er.

Ja, ich weiß? Vela schaut fragend.

Darek baut sich vor ihr auf. Er sieht gut aus, er ist gut angezogen: Er trägt beigefarbene Jeans, ganz eng, und einen Gürtel dazu, ein T-Shirt in grellem Türkis. Er hat sich einen schwarzen Pullover schräg über die Schulter gelegt, ihn geknotet vor der Brust. Was hältst du davon, sagt er grinsend, wenn wir heute mal mit der Bahn fahren – und nach der Arbeit noch was trinken gehen?

Schaffen wir das überhaupt noch?, fragt Vela. Ich meine, pünktlich.

Darek wirft einen Blick auf die Uhr. Er holt sein Telefon aus der Tasche und tippt, er macht dazu ein Geräusch: Hmmmmm. Er sagt: Ich schau mal nach.

Doch, doch, sagt er. Lass uns Bahn fahren. Wenn wir jetzt losgehen, schaffen wir's noch.

Und Vela denkt kurz nach und wägt ab. Sie denkt sich, ganz praktisch, dass das ihr Anreiz sein könnte für die heutige Schicht. Sie wird sich Kaffee machen in der Büroküche, Kaffee gegen die Müdigkeit und Ausgehen mit Darek gegen so annähernd schlechte Laune, das klingt wie ein Plan, das klingt gar nicht so schlecht.

Sie sagt: Na gut. Okay!

Und Darek läuft los und ihr fast davon. Er rennt ein Stück, den Hügel hinunter, in einer Kurve wartet er auf sie: Du kannst mich dann abholen, wenn du fertig bist, im Theater. Und da mach ich dir erst mal einen Drink.

Uh, macht Vela, einen Drink.

Darek legt einen Arm um Velas Schulter. Was immer du willst.

Habt ihr dort Bier?

Ich mache dir Whisky Sour.

Was ist denn los mit dir, warum hast du so gute Laune?

Darek winkt ab. Och, sagt er. Einfach nur so.

Sie treffen später im Theater zwei Freunde von Darek, sie trinken mit ihnen zusammen. Sie fahren irgendwann mit ihnen Bahn, sie stehen irgendwo an: In Velas Kopf verschwimmt alles ein bisschen. Ihr ist schummrig, es dreht sich in ihr. Im Club setzt sie sich erst mal auf ein Sofa und lässt die anderen drei weiterziehen zur Bar. Darek sagt: Ich hol dich gleich ab! Nicht weggehen, hast du gehört.

Vela schließt ganz kurz die Augen, sie sitzt dort, in

Rauch und Musik. Dann hört sie Dareks Stimme neben sich, er setzt sich zu ihr und klopft ihr aufs Bein: Noch wach?

Vela ist noch wach, sie will schon protestieren. Darek reicht ihr ein Bier. Sie stoßen an, und Vela reißt sich zusammen, sie richtet sich auf. Lässt die Schultern nach hinten kreisen, beugt den Kopf nach rechts und nach links. Sie trinkt.

Darek, warum zur Hölle wohnst du eigentlich im Haus?

Vela ist mehr als angeschickert, sie ist betrunken, sie streckt eine Hand aus und berührt damit Dareks Kopf: Du bist noch so klein, warum wohnst du nicht irgendwo in der Stadt?

Darek lässt mit sich machen, er lässt Vela ein bisschen tätscheln, lässt sich durchs Haar fahren von ihr und amüsiert sich dabei über sie: Offensichtlich wird Vela ganz rührselig, wenn sie eine gewisse Menge Alkohol getrunken hat. So kennt er sie noch nicht, das ist lustig, das ist unterhaltsam für ihn.

Er neigt seinen Kopf leicht zur Seite und schaut sie an, von unten, er legt die Stirn in Falten und sagt: Vela. Wie alt bist du noch gleich?

Das kann Vela beantworten, das fällt ihr leicht: Einunddreißig.

Siehst du, sagt Darek, als würde er mit einem Kind sprechen. Du bist vier Jahre älter als ich. Ist das jetzt wirklich so ein großer Unterschied?

Vela grinst, Vela muss lachen. Natürlich nicht. Sie antwortet: Aber trotzdem! Du jobbst hier und du hast Freunde hier und du gehst aus hier –

Du doch auch?

Das ist ein Punkt für Darek. Er grinst, und Vela gibt sich geschlagen: Gut, okay, du hast vielleicht recht. Sie verschränkt die Arme und zieht eine Schnute, als wäre sie beleidigt. Darek muss schon wieder lachen und den Kopf schütteln über sie, darüber, wie sie sich verhält. Ich mag drunken Vela!, sagt er. Und ich weiß nicht, ob du noch eigene Entscheidungen treffen kannst, aber ich frage dich trotzdem.

Er beugt sich näher zu ihr, er flüstert direkt in ihr Ohr: Ich hab in der Tasche noch ein Teil, und wenn du magst, geb ich dir davon was ab?

Vela und Darek, tanzend. Sie stehen inmitten von Lichtern, inmitten von Menschen, die sich bewegen, um sie herum ist es laut. Und Vela fühlt etwas, das lange nicht da war, sie hat fast vergessen, wie man das nennt. Ihr Herz klopft, und ihr ist heiß. Sie spürt, wie sie schwitzt, überall. Wie sie sich fühlt, nennt man womöglich: gelöst. Vela fühlt sich sehr leicht. Sie lässt sich so fallen in eine Musik, in Bässe, die sich ihr in den Kopf drücken, in die Ohren. Es fällt ihr nicht schwer, sich zu bewegen, sie ist nicht so gehemmt wie sonst, wenn sie tanzt. Sie macht sich keine Gedanken. Nicht darüber, wie das wohl wirkt, wie sie aussieht mit den Armen über dem Kopf, wie sie aussieht mit geschlossenen Augen. Wenn sie sie öffnet, sieht sie, gleich vor sich: Darek. Der die ganze Zeit über strahlt.

Vela versinkt, versinkt in Bewegung und Bässen, ihr Mund zuckt und lächelt, von selbst. Sie denkt an Maren, an Marens Körper, sie denkt an Marens weiche

Haut. An ihre Haare, die so wunderbar riechen. Daran, wie Maren sich hier bewegen, wie sie tanzen würde. So, dass es andere beeindruckt. Maren hat so ein Gefühl dafür. Für ihren Körper, für sich selbst. Wie ihr Gesicht aussehen würde, daran denkt Vela: Marens Gesicht in Lichter getaucht, in Farben. Erst rötlich und orange. Dann Stroboskop. Marens Wimpern, Marens geschlossene Augen, und überall Glitzer, an ihr. In Vela wird alles kribbelig, wird alles plötzlich so warm, und sie denkt, wie unfassbar dankbar sie ist. Sie ist dankbar, so dankbar für Maren, dafür, dass sie sich haben. Dass sie. So viel schon durchgestanden haben, zusammen. Und sich so nah sind, schon immer, immer noch.

Vela fasst an Dareks Schulter. Es dauert, bis er reagiert. Er schaut sie aus bloß halb geöffneten Augen an, seine Pupillen sind riesig und schwarz. Es blitzt in ihren Gesichtern. Es fällt grelles Licht auf sie, seitlich, von oben. Von überall, und Vela spricht und merkt, sie spricht viel zu leise, sie ruft dann, so laut es nur geht: Weißt du, ich liebe Maren so sehr!

Darek schüttelt den Kopf, er lächelt, er strahlt noch immer. Er zuckt mit den Schultern, und das soll bedeuten: Ich kann dich nicht verstehen. Ich hör nichts, es ist zu laut.

Es vergehen Minuten, Sekunden, so genau ist das nicht auszumachen, und dann umarmen sie sich plötzlich, Vela und Darek, so fest, ihre Körper sind heiß, sie glühen. Und Darek ruft: Wasser? Sein Blick auf einmal fast wach.

Sie stehen vor den Waschbecken bei den Toiletten, sie müssen noch etwas warten. Vela nimmt eine leere Bierflasche, die am Boden steht, sie nimmt sie und spült sie nicht einmal aus, sie lässt Wasser hineinlaufen und trinkt, trinkt, trinkt, es tropft ihr aufs T-Shirt, es läuft ihr das Kinn runter, aber das ist egal. Sie reicht Darek die Flasche und spritzt sich Wasser ins Gesicht. Legt sich die nassen Hände in den Nacken. Es ist immer noch laut, die Musik durchdringt alles, die Wände, sie wabert hier durch jeden Raum. Aber Darek fragt jetzt: Was hast du eben gesagt?

Und Vela weiß schon gar nicht mehr. Sie weiß gar nicht, wovon er spricht.

Vela, geht's dir gut? Alles okay?

Vela, die taumelt, die sich gegen die geflieste Wand lehnt, sie ist erschöpft und gleichzeitig wach. Sie nickt. Ja, sagt sie. Alles okay.

Darek füllt die Flasche noch einmal auf, sie läuft über, er dreht den Wasserhahn zu, da ist Vela schon um die Ecke, läuft schon durch den düsteren Gang. An Menschen vorbei, zurück in Richtung der Tanzfläche. Darek holt sie ein, er berührt ihre Schulter und hält sie fest. Sie stehen im Dunklen, und auf Dareks Schuhe tropft Wasser, und Vela weiß zuerst gar nicht, wie ihr geschieht – ihr Körper ist in Bewegung, sie muss gehen, will wieder tanzen. Aber Darek hält sie zurück.

Er sagt dann: Vela?

Er ist ganz nah an ihr, er spricht wieder direkt in ihr Ohr.

Vela, wegen Theo. Wegen Theo wohn ich im Haus.

Sie schüttelt den Kopf und ist verwirrt. Vela sagt: Was? Was redest du da?

Und Darek wiederholt: Das ist wegen Theo.

Vela versteht nicht. Vela kann ihm nicht ganz folgen. Sie folgt ihm überhaupt gar nicht. Komm, lass uns zurückgehen, sagt sie. Und sie gehen zurück.

Später. Es ist längst Morgen. Es ist schon kurz vor halb acht. Darek und Vela im Zug, in der S-Bahn. Sie sitzen nebeneinander mit lichtempfindlichen Augen, sie lassen sie lieber geschlossen. Ihre Körper, ihre Köpfe sind gegeneinandergelehnt. So fahren sie raus aus der Stadt. Fahren in die richtige Richtung.

Irgendwann regt sich Vela, sie muss sich aufsetzen. Sie schüttelt den Oberkörper, und dann rutscht sie tiefer in den Sitz. Lehnt den Kopf an Dareks Schulter. Sag mal, sagt sie, und ihre Stimme ist belegt, klingt wie erkältet, klingt rau: Wie hast du das gemeint, wegen Theo?

Da ist Darek plötzlich ganz wach. Er wird plötzlich ganz aktiv, er bewegt sich beinah schon hektisch, und Vela hebt ihren Kopf. Darek seufzt.

Darek reibt sich die Augen. Er blickt nach oben, und dann schaut er Vela an. Sein Mund ein schiefes Lächeln. Ein trauriges Lächeln? So etwas in der Art.

Ich bin, setzt er an. Ich war, versucht er es noch mal, dann schüttelt er kurz den Kopf. Ich liebe Theo. Ich bin in Theo verliebt.

Vela weiß nicht, wie ihr geschieht. Sie ist kurz nicht mehr sicher, ob das hier gerade wirklich passiert, sie fragt sich: Ist das die Realität? Wo sind sie hier überhaupt, und weshalb? Warum sitzen sie frühmorgens in einer S-Bahn, während draußen die Sonne scheint, und haben so ein Herzrasen dabei? Vela hat schweißfeuchte Hände, und plötzlich ist ihr irgendwie kalt. Sie sammelt sich. Reiht in ihrem Kopf Bilder aneinander, erklärt sich gedanklich diese Situation: Sie haben getrunken, sie waren tanzen. Jetzt fahren sie nach Hause, und Darek erzählt. Was erzählt Darek? Darek ist drauf. Darek ist in jedem Fall nicht ganz klar, gut möglich, dass das, was er sagt, bloß diesem Zustand entspringt.

Vela schaut ihn ungläubig an. Was?, fragt sie.

Er sammelt sich, räuspert sich, er zieht die Nase hoch und muss dann husten. Wir haben uns kennengelernt, sagt Darek, die Stimme ganz kratzig, als ich noch in Toulouse war. Theo war da für irgendein Projekt. Für die Arbeit.

Er wirft Vela einen Blick zu und grinst. In halb offenen Augen blitzt da etwas. Er sagt: Hatte wahrscheinlich mit diesen Eicheln zu tun.

Was, und dann hast du dich – einfach so in ihn verliebt?

Nein. Darek schüttelt wieder den Kopf. Er seufzt wieder. Er wiederholt sich, und dann klaubt er den Tabak aus seiner Hosentasche, er spricht dann mit einem Filter zwischen den Lippen: Er hat fast zwei Wochen bei mir gewohnt. Und da lief was. Wir hatten was miteinander.

Die ganze Zeit?

Die ganze Zeit.

Wann war das? Wie lang ist das her?

Das war. Darek denkt nach. Er legt den Kopf schief dabei, schaut nach oben. Das war letztes Jahr. Im Frühling.

Und dann?

Und dann, sagt Darek. Er dreht die Zigarette mit zittrigen Fingern, dreht sie fertig und hält sie fest. Dann ist er gefahren, blabla, wir müssen uns wiedersehen, hey, Darek, übrigens, das hab ich dir gar nicht gesagt: Ich hab ja auch eine Freundin! Aber das ist eh alles ganz offen, Darek, ich bin total offen, also komm uns doch besuchen, ach was, zieh doch vielleicht gleich bei uns ein! Wir sind ganz alternativ und haben ein Haus, wir sind eine große Kommune, komm, Darek, du fehlst mir so, komm doch vorbei! Weißt du was, Darek, ich glaube, ich hab mich in dich verliebt, aber oh, wir können das natürlich niemandem sagen.

Darek unterbricht sich. Er hustet. Dann spricht er langsamer. Ich hab mir was davon erhofft. Aber, na ja. Du weißt ja, was Sache ist.

Vela kann dazu gar nichts sagen. Sie weiß, was Sache ist, oder anders: Sie dachte, sie weiß es. Sie dachte das bis gerade eben, bis vor ungefähr einer Minute.

Ich dachte, sagt Darek, ich dachte, das ist so was … Echtes. So was wie bei Maren und dir. Bei Karsten und Jo, keine Ahnung. Aber Theo ist – irgendwie, ich weiß auch nicht. Theo weiß nicht, was er eigentlich will. Er tut immer so, aber er weiß es nicht. Er will mit Ellen zusammen sein, aber dann war diese seltsame Sache mit Nat. Ich versteh das alles nicht mehr.

Velas erste Reaktion ist: Wow.

Ist das nicht unglaublich scheiße?, fragt sie dann. Ich meine, mit ihm zusammen zu wohnen.

Er zögert und steckt sich die Zigarette zwischen die Lippen. Er murmelt: Keine Ahnung. Und nimmt die Zigarette wieder in die Hand. Wir verstehen uns ja. Irgendwie. Wir verstehen uns ja gut. Wir mögen uns. Und ich mag ja auch die anderen. Ich mag euch. Aber – ja, klar, natürlich. Ja, das ist scheiße. Aber irgendwie ist es auch gut. Weißt du?

Der Zug wird langsamer, der Zug kommt zum Stehen, das ist ihre Station. Hier müssen sie raus. Die ersten Schritte sind wacklig. Velas Beine fühlen sich an wie aus Schaum, und Darek neben ihr raucht.

Sie laufen den Weg hoch, den Hügel, und Vögel zwitschern über ihnen. Sie sind außer Atem, sie beide sind völlig erledigt. Vela öffnet das Tor.

Hey, sagt Darek. Das bleibt unter uns, ist das okay?

Vela nickt.

Sie legt sich zu Maren ins Bett. Maren, die noch schläft in einem taghellen Zimmer am Samstag um kurz nach acht. Sie wird wach, als Vela sich zudeckt. Da bist du ja, murmelt sie. Und: Oh nein, du stinkst furchtbar, geh weg hier. Maren, ganz schläfrig, verzieht das Gesicht und dreht sich dann um, auf die andere Seite. Ich lieb dich trotzdem, aber du stinkst.

*

Draußen donnert schweres Gefährt über die Kreuzung. Es rauscht und rattert. Es gibt keine Pausen, die Stadt dreht sich, rotiert. Wenn man sich positiv ausdrücken will, sagt man: Sie pulsiert. Und am Puls der Stadt, mit der vierspurigen Straße gleich neben dem Kopfkissen, liegt Vela. Sie fühlt sich, als hätte sie kein Auge zugetan in der Nacht. Maren hat die Vorhänge zur Seite geschoben: Der Himmel ist von stechendem Hellgrau, wie seit Wochen. Und während Vela noch blinzelt, die Augen kaum aufkriegt, sitzt schon Maren auf der Matratze und stellt eine dampfende Tasse auf dem Tischchen ab. Um ihren Kopf ist ein Handtuch gewickelt. Sie hustet. Räuspert sich. Sagt: Hey, Vela, ich muss gleich kurz in die Schule, Christian braucht mich.

Es dauert bloß Sekunden, und Maren ist angezogen, und Marens Haare sind geföhnt, und Maren beugt sich über Vela im Bett, küsst sie, dreimal, viermal, im ganzen Gesicht. Ich beeil mich.

Vela will protestieren, ihre Kehle ist zu trocken, ist ganz angeschlagen. Vela schafft bloß ein kehliges Geräusch.

Heut Abend ist Flos Premiere. Kommst du mit? Alle haben schon gefragt, ob du mitkommst.

Ein Flehen in Marens Stimme, mehr als bloße Bitte, ein Drängen. Etwas, das Vela keine Wahl lässt. Sie hat keine Lust, schon jetzt nicht, sie will nur liegen. Den

Tag verstreichen lassen und bloß nicht die Wohnung verlassen. Sie weiß nicht, woher Maren das nimmt, den Tatendrang und die Motivation: Es gibt ständig irgendetwas anzuschauen. Premieren, einmalige Aufführungen, überall in der Stadt gibt es Probebühnen in Kellern. Hinterhöfen, Hinterhäusern. Überall Performance, Theater. Tanztheater? Es lässt sich oft nicht einordnen. Dort will Maren hin. Will Freunde und Freundinnen treffen, zuschauen und Kontakte knüpfen. Sie wird eingeladen, erhält Nachrichten, E-Mails, manchmal bringt sie Flyer aus der Tanzschule mit. Sie sagt: Vela, du musst mitkommen, es sind extra zwei Steuerkarten hinterlegt.

Maren hat ein Jackett, das glitzert, das gab es irgendwann mal beim Ausverkauf im Fundus. Sie zieht es über enge, schwarze Kleider, sie malt sich die Lippen knallrot und dann ist sie Künstlerinnenmaren. Tanzmaren. Nascht Käse und Weintrauben von Zahnstochern und hält in der einen Hand, den Arm angewinkelt, ein Glas. Ist ganz extravagant und extrovertiert, sie plappert und lacht laut. Wirkt fröhlich und gelöst. Ist eine vom Fach, ist selbst Tänzerin, wenn auch eine mit abgebrochener Ausbildung.

Es hat nachgelassen, es gab mal mehr Programm. Als Maren selbst noch mehr getanzt hat, als sie noch Teil solcher Projekte war. Marens Gesicht voll Glitzer, und das glitzernde Pulver, klebrig, dann überall in der Wohnung. An Stoffen, auf dem Boden, überall kunstvolle Spuren. Jetzt fordert die Tanzschule. Sie fordert von Maren immer häufiger Präsenz. Immer häufiger muss sie noch mal los. Papierkram. Die Steuer. Abrechnungen. Die Überstunden werden nicht bezahlt: Ich würde ja, sagt Christian. Ich würde so gern. Aber du weißt doch, wie's aussieht. Und bevor Christian allein nicht mehr durchblickt, den Laden zugrunde richtet womöglich, springt sie eben ein. So eine ist Maren, inzwischen. Sie schreibt ihre Überstunden nicht einmal auf, sie verspricht sich nichts weiter davon, sie weiß, es muss halt getan werden, und zum Ausgleich geht's am Abend dann raus.

Vela war lang nicht mehr mit. Jetzt, im Winter, ist sie häufig krank gewesen, sie lag schwitzend im Bett unter Decken, mit Tee, fast schon dankbar für diese Ausrede. Gequälter Gesichtsausdruck, ein Schniefen: Ich würde so gern! Und Maren, in Sorge, Maren kochte schnell noch mal eine Kanne Tee, befühlte noch mal Velas Stirn, bevor sie dann allein loszog. Allein abtauchte in ihre alte Welt, die aus Musik, aus Show und aus Sorglosigkeit besteht.

Diesmal ist es anders. Diesmal will Maren unbedingt, dass Vela mitkommt. Sie ruft aus der Tanzschule an, um sicherzugehen wegen der Steuerkarten, sie verlangt eine eindeutige Zusage. Vela denkt, dass das trotzdem schon wieder sechs Euro sind. Schon wieder sechs Euro, und dann noch ein Getränk. Die Bahnfahrt. Sie seufzt. Sie hebt, das Telefon am Ohr, ergeben eine Hand, Maren am anderen Ende, ganz ungeduldig, fragt: Also? Und Vela sagt: Okay. Sie sagt: Ich komme mit.

*

Der Himmel ist voller Wolken, als Vela aufwacht. Es sieht windig aus, als ziehe ein Unwetter auf. Vela braucht ein paar Sekunden, um sich zu orientieren. Um sich einen Überblick zu verschaffen. Sie schwitzt. Und ihr Herz rast, entweder noch immer oder schon wieder, seitdem sie sich regt. Sie sieht auf die Uhr, es ist kurz nach halb zwei. In der Nacht? Am Tag. Vela legt sich die Hände aufs Gesicht. Da ist kein Schmerz, sie ist bloß flattrig. Sie zittert im Liegen, ganz leicht.

Neben dem Bett, auf dem Boden, ein Glas Wasser, zumindest noch ein letzter Schluck. Ein Glück. Vela trinkt, und ihr Mund tut dann weh. Ist so pelzig und brennt, Velas Mund fühlt sich an wie entzündet. Sie braucht mehr Wasser, und sie muss mehr schlafen, was ist dringender? Sie richtet sich auf. Aus dem Bett, ihr ist schwindelig, sie läuft immer noch wie auf Watte, und vor ihren Augen zuckt es so grell. An der Tür denkt sie: Bloß niemandem begegnen. Sie wartet kurz, hält inne und horcht.

Huscht dann so durch den Flur. Hört ein Knacken, ein Klackern, was ist das? Sie fühlt sich verfolgt. Da sind Schritte. In der Küche, oder ganz oben, in Theos Zimmer, da läuft doch jemand. Das Haus ist so hellhörig, von irgendwo hört sie ein Husten. Unten, oben, Vela kann es nicht richtig einordnen. Die Geräusche kommen von überall her. Sie schließt sich im Bad ein und trinkt zur Sicherheit dort, aus der hohlen Hand.

Spült den Mund aus. Geht aufs Klo. Ihr ganzer Körper prickelt von innen, brennt. Sie beeilt sich, macht schnell, so schnell es geht, und legt sich wieder ins Bett.

Am Abend taucht sie dann auf. Auf Witzeleien eingestellt, auf blöde Sprüche. Vela, geduscht, in wohlriechender Kleidung betritt sie die Küche, und da sitzen sie alle am Tisch: Karsten und Theo, Jo, Maren, Ellen und Nat. Es duftet nach Gewürz, uneindeutig, nach Essen, die Luft im Raum ist ein bisschen zu warm.

Juhu, Vela! Ruft jemand, laut. Es ist Maren, oder Nat. In Velas Ohren, in ihren Augen verschwimmt alles, es ist hier auch viel zu hell.

Willkommen zurück, sagt jemand anderes. Theo? Oder Karsten.

Wo hast du denn Darek gelassen?

Schläft der noch?, fragt jemand, erstaunt.

Nein, ich hab bei ihm reingeschaut. Er ist nicht da.

Muss er arbeiten, heute?

Vielleicht spontan.

Ach du Scheiße.

Der Arme.

Vielleicht springt er ein?

Das Auto ist aber auch da.

Jetzt erzähl mal, Süße. Das sagt Maren. Erzähl mal: Wie war's?

Wo wart ihr?

Und warum überhaupt?

Gott, du siehst richtig fertig aus.

Was habt ihr denn bitte geschmissen?

Vielleicht gehst du lieber wieder ins Bett.

Jetzt lass sie doch mal. Vela, du musst was essen.

Vela, hier gibt's Spinat!

Diese Augen, guckt mal, Velas Pupillen. Das sagt Karsten, er gluckst dabei ganz amüsiert. Er lacht.

Dann spürt Vela Hände am Körper, an den Schultern, an Hüfte und Arm. Sie spürt Finger, die greifen, die zupacken, das ist Maren. Maren fasst sie an und setzt sie auf einen Stuhl. Streicht ihr über den Kopf, Maren küsst ihr die Stirn. Schnell, einen Teller für Vela, befiehlt sie.

Und Nat: Ich hol dir mal ein Glas Saft.

Vela erkennt wieder Gesichter, denen sie Stimmen zuordnen kann. Jetzt sagt Jo: Keine Sorge, wir päppeln dich schon wieder auf!

Vela, ein Gespenst, nicht so richtig anwesend, liegt bald wieder im Bett. Muss schlafen und sich erholen. Maren küsst ihr das Gesicht, pustet ihr in die Haare, sie kümmert sich. Ist ganz umsorgend und fragt, ob sie noch irgendwas braucht: Zucker vielleicht? Oder Zitronensaft. Das ist gut, Vela, ich press dir eine Zitrone, Vitamin C.

Es verfliegen so der Tag, die Nacht, das Wochenende. Bloß Darek taucht nicht auf. Wo ist er denn hin?, fragen sich alle, fragen alle Vela, mehrmals. Er geht auch nicht ans Telefon, berichtet Theo. Ich hab's jetzt ein paarmal versucht.

Und Vela puzzelt zusammen, sie versucht, irgendwas zu erkennen: in Theos Gesicht, seinen Augen, im Blick. In seinen Worten, darin, wie er was sagt. Und auch in denen von allen anderen: von Nat, von Ellen, von Jo. Was ist hier los, und wer weiß überhaupt irgendetwas? Was weiß Ellen? Oder hat Vela geträumt. Einen kurzen Moment lang ist sie nicht sicher. Weiß sie nicht, ob ihre Erinnerung trügt. Ob es tatsächlich eine echte Erinnerung ist, sie und Darek in der Bahn, und wo ist er denn jetzt überhaupt? Wohin ist Darek verschwunden?

Ich mach mir langsam Sorgen, sagt Ellen dann irgendwann. Vela, was genau habt ihr genommen?

Ellen, Psychologinnenblick. Sie schaut ganz ernst und faltet ihre Hände. Und hat er irgendwas gesagt?

Vela muss passen, Vela zuckt mit den Schultern. Sie sagt: MDMA? Oder Ecstasy.

Wo hattet ihr das denn her?

Das hatte Darek. Keine Ahnung, woher.

Und wie war er so drauf, ging's ihm gut?

Ja, war alles in Ordnung. Ihm ging's gut, alles okay.

Du hättest gemerkt, wenn er, was weiß ich – in Panik geraten wäre?

Wir sind ja zusammen nach Haus.

Ach so? Ihr seid zusammen wieder hergekommen?

Theo steht neben Ellen. Theo mit Ellen im Arm, er gibt ihr einen Kuss und sagt dann: Genau, er war zwischendurch hier. Mach dir keine Sorgen, er ist sicher bald wieder zurück.

Und dann fixiert sein Blick Vela. Oder bildet sie sich das auch nur ein? Er schaut sie an, doch, er durchdringt sie, vier, fünf Sekunden, so lange, bis Vela den Kopf dreht.

Darek kommt zwei Stunden später, er kommt einfach zur Tür rein, ganz frisch, und sieht gut gelaunt aus dabei. Streicht sich über den Kopf und kann die Aufregung nicht verstehen. Er muss lachen und sagt: Was denn, was denn? Was habt ihr denn gedacht?

Also, Ellen hat gedacht, du schiebst irgendwo einen Film, sagt Nat.

Verzeihung, dass ich mir Sorgen mache, wenn ihr euch irgendeine Chemie reinpfeift, sagt Ellen, erhobene Hände.

Passiert das nicht eher mit LSD, fragt Karsten.

Darek lacht wieder, er schüttelt den Kopf. Mir geht's gut, keine Sorge! Ich hab einen Freund getroffen in der Stadt.

Warum gehst du denn nicht kurz ans Telefon?, fragt Theo.

Und Darek: Akku war leer.

Ellen mustert ihn streng. Vela ging's nämlich ziemlich scheiße, sagt sie, was zur Hölle habt ihr genommen?

Darek, beschwichtigend, die Hände in der Luft: Leute, Leute! Er wendet sich Ellen zu. Was denkst du denn? Dass wir irgendeinen Mist auf der Straße gefunden haben?

Sein Blick wandert zu Vela, er sieht sie an mit zusammengekniffenen Augen: Vela, ging's dir wirklich so schlecht?

Vela winkt ab, Vela zuckt mit den Schultern: Das war halb so wild, wirklich. Ich musste einfach nur schlafen.

Dann klatscht Darek in die Hände, er reibt sich den Bauch: Ich hab Hunger, sagt er, ist noch was vom Abendessen da?

*

Abendprogramm also, für Vela und Maren: Flos Stück. Premiere. Florence, eine von Marens ehemaligen Kommilitoninnen. Jetzt tanzt sie schon seit Jahren für eine Kompanie, zuletzt hatten sie Gastspiel in Australien.

Vela ist angespannt. Sowieso gestaltet es sich schwierig, unterwegs zu sein in der Stadt: Ständig drängen fremde Körper zwischen sie und Maren, schieben sich nasse Winterjacken an ihnen vorbei. Am Samstag sind die U-Bahnen durchgehend überfüllt, Massen von Menschen warten in heißer Luft, quetschen sich durch Türen, schieben beiseite, was sich im Weg befindet. Sie drängeln die Treppen hoch. Marens Gesichtsausdruck sagt: Das macht ihr nichts. Natürlich ist es voll und stickig, aber gleich ist es doch schon geschafft. Sie lächelt Vela zu.

Oben auf der Straße dann wieder eisiger Wind. Stürmisch ist es heute, es peitscht in die Gesichter. Sie laufen an Häusern vorbei, biegen in Seitenstraßen ein, warten ungeduldig an Ampeln. Sie sind spät dran.

Im Foyer ziehen sich einige Leute schichtweise Kleidung aus, befreien sich von Mützen und Schals. Zum Vorschein kommen jetzt festliche Outfits, die glitzern so wie Marens. Auffällig bunt, schrill. Vela trägt ihre Jacke vor der Brust, auf der Suche nach einer Garderobe, und Maren trifft derweil auf erste Bekannte. Sie trifft auf Florence. Kreischen, Küsschen. Schon wird Vela mitgezogen, gezerrt, ist jetzt Teil eines Grüppchens, sie riecht Florence' Parfum, Küsschen, Küsschen, sie wird umarmt. Vor ihr Gesichter, die ihr bekannt vorkommen, geschminkte Münder fragen, wie's geht, und plappern dann gleich in andere Richtungen. Vela wie hinter Milchglas: muss erst auftauen, wortwörtlich. In all dem Lärm und Geschnatter, im Hintergrund läuft Musik, und auch hier stoßen permanent Körperteile gegen ihren Rücken, spürt sie Ellbogen an der Schulter, es ist eng. Vela, schön, dich zu sehen, wie geht's, was machen die Umzugspläne? Vela weiß nicht, wer das sagt, irgendeine Stimme, links von ihr. Sie räuspert sich, und dann ist schon Maren dicht an ihrer Seite, die Stimme ganz klar, ganz kraftvoll: Wir suchen immer noch! – Ja, ist schwierig geworden. Und Maren: Ach, wird schon. – Und wie weit seid ihr mit der Babygeschichte? Dann ruft jemand, dass es losgeht. Alle hinein, hinein. In einem dunklen Raum sitzen sie dann, auf Hockern, auf wackligen Bänken. Eng beieinander, sämtliche Zuschauende, das ganze Publikum berührt sich. Es ist voll, jeder Quadratzentimeter wird ausgenutzt. Schnell ist es zu warm. Musik, verzerrte Töne klackern in Velas Ohren, stechen blechern. Noch immer hängt ein Schleier über ihren Augen, fühlt sie sich nicht ganz da. Maren schaut jetzt, im Düsteren, skeptisch von der Seite. Sie zischt: Was ist denn los? Und Vela zuckt mit den Schultern, tut konzentriert. Blick nach vorn.

Es ist so, sobald Maren und Vela gemeinsam die Wohnung verlassen, das Haus, fallen sie aus einem Rhythmus. Dann will Maren schneller, schneller, will hierhin, dorthin, und Vela, hinter ihr, fällt zurück, ist zu langsam. Braucht Akklimatisierung an neuen Orten, wenn Maren schon längst in Gespräche vertieft ist, Ausgehmaren, die tolle Geschichten erzählt. Die bemüht ist um gute Stimmung, die ganz ausgelassen scherzt. Sie will Vela dabeihaben. Neben sich, um sich, will was erleben mit Vela gemeinsam, aber das funktioniert nicht. Klappt einfach nicht, sie erwischen sich auf falschen Füßen. Sie missinterpretieren Gesichtsausdrücke, schaukeln sich gegenseitig hinauf in einer Gereiztheit. In Marens übertriebener Heiterkeit wittert Vela einen Angriff. Velas Schweigen, ihr Zurückziehen nimmt Maren persönlich. Was ist denn los, los, los, wo ist denn jetzt schon wieder das Problem? Es ist heute nicht anders, es ist heute wie immer. Vela bereut, dass sie hier sitzt, im Dunkeln, grell bloß die Scheinwerfer auf der Bühne, Stroboskop. Sie kann sich nicht konzentrieren, denn in Vela eingefressen hat sich eine Unruhe, eine Nervosität. Sie sitzt ihr permanent unter der Haut, in den Knochen, im Mark, so fühlt sich das an. Velas Skelett ist von einer Ruhelosigkeit, und sie strömt aus in die Muskulatur. Verspannt ihr den ganzen Körper, im Gehen, im Stehen, im Sitzen, das ist egal.

Während sich sechs Körper synchron auf der Bühne bewegen, denkt Vela an Wohnraum, an Schimmel und Geld. An Samenspenden und an ein Baby, das nicht existiert. Denkt sie daran, wie ihr offensichtlich die Worte ausgegangen sind, wie sie unfähig ist, sich zu unterhalten, ungezwungen zu quatschen. Vela kaut auf ihrer Unterlippe, schließt die Augen. Sie spürt Müdigkeit und Unruhe, sie spürt Maren neben sich, ihre Anwesenheit, ihre Schulter. Wenn Maren sich unbeobachtet fühlt, das weiß Vela, bricht ihr Gesichtsausdruck. Bricht ihre Begeisterung, ihr Bewundern, verschwindet alle Gelassenheit und weicht einer Leere. Da könnten sie anknüpfen, sich wieder verbunden fühlen durch einen solchen Moment: Sie sitzen hier, sind Zuschauerinnen beim Tanz und fühlen sich unnatürlich schwer, bedrückt, verheddern sich gedanklich woanders, kauen durch, was ihnen ständig durch die Köpfe wabert, unangenehm von innen gegen Schädel drückt. Da ist keine Leichtigkeit. Maren kann diesen Mangel bloß besser überspielen. Wenn sie draußen sind, unterwegs, überspielt sie ihn sogar vor Vela, und das kommt streng genommen einem Verrat gleich. Ach was, so schlimm ist es doch nicht!, wenn Vela berichtet, wenn Vela erzählt: Nein, es gibt keine bezahlbare Wohnung, und wenn unsere Miete jetzt tatsächlich steigt, dann können wir uns selbst diese Bruchbude nicht mehr leisten. Wenn Vela sagen würde, um Himmels willen: Eigentlich sitzen wir abends zu Hause, weil wir nicht mehr wissen, wohin. Wenn sie erzählen würde, wie abgekämpft Maren aussehen wird, wenn sie später ihr Glitzerjackett auszieht. Wie sie morgen, am Sonntag, wieder so lange das Netz durchkämmen, bis ihnen die Augen brennen, wie sie sich den Kopf zerbrechen auf der Suche nach anderen Möglichkeiten. Im März steigt die Miete um vierzig Euro. Das hört sich nicht viel an. Das klingt nicht so schlimm. Und außerdem, wie schön, wird endlich das Treppenhaus renoviert, das ist doch. Das ist doch was. Sie wissen beide, dass das nicht stimmt, sie wissen: Das, was sie wollen, ist nicht mehr möglich für Vela und Maren, hier. Das raubt ihnen die Leichtigkeit, manövriert sie in einen Zustand ständiger Alarmbereitschaft, als befänden sie sich in Gefahr.

Aber Maren, glitzernd, mit Lippenstift, sie besteht drauf, dass alles in Ordnung ist, alles okay: So ist das halt, oder?, sagt sie lachend. Da stimmen ihr alle zu, heftiges Nicken, Maren in lässiger Pose, so eine ist sie: Sie weiß, man kriegt nichts geschenkt, sie kommt zurecht, auch wenn es mal schwieriger wird. Wird schon, wird schon. Sie vertraut in Grundsätzen, nimmt's nicht so schwer. Und ihr Blick, an Vela gerichtet, wieder mehr drängend als bittend, der fordert: zusammenreißen. Maren will so tun, als wäre alles halb so schlimm, als würde bloß Vela sich anstellen, als würde sie übertreiben. Das wissen sie beide, und vielleicht türmt sich deswegen Unüberwindbares zwischen ihnen auf, solange sie umgeben sind von anderen, von einem Außen, der Welt.

*

Zwischen Sträuchern und Büschen, vorn, nah an der Straße, stehen die Räder unter einer Überdachung. Eine Art Carport, ein Bicycle-Port: Dort steht das schicke Rennrad von Nat. Blauer Rahmen, blitzeblank. Karstens Mountainbike, das Gegenteil davon, dicke Reifen, komplett mit getrocknetem Schlamm übersät, Dreck an Rahmen und Kette. Dann Theos Rad, an dem er herumschraubt, an dem meistens irgendetwas fehlt: das Vorderrad. Die Kette. Die Gangschaltung. Vela schiebt ein altes Damenrad in Silbergrau an den anderen vorbei. Drei Gänge und ein leicht verstellbarer Sattel. Mit dem Rad fahren alle, fährt Jo in den Ort, fährt Maren zum Bahnhof, fährt Ellen gelegentlich in die Praxis. Jetzt fährt Vela damit zum Supermarkt.

Vela fährt, sanft bergab geht es. Luftig zischt es ihr um die Ohren. Angenehme Temperatur. Es ist nicht so heiß wie in den vergangenen Tagen, nicht so, dass man beim Stillsitzen schwitzt. Vela rollt schon bald durch den Ortskern, irgendwo hier wird gegrillt. Da liegt so ein Duft über Gärten und Häusern, dahinten ziehen feine Rauchschwaden auf. Der Supermarktparkplatz ist groß. Neben dem Einkaufswagenhäuschen ein Fahrradständer. Vela bremst und steigt ab. Geklimper, der Schlüssel, sie schließt ab, schließt an.

Im Supermarkt Supermarktfliesen. Gelb und Ocker, gesprenkelt. Und zudem Supermarktgedudel: Ein deutschsprachiger Popsong, seicht, ein bisschen kratzig kommen Töne aus Lautsprechern an der Decke. Hier wurde lange nicht modernisiert, umgebaut. Die Regale sehen alt aus, darin befinden sich schon seit Jahrzehnten Produkte. Vela klaubt den Zettel aus der Hosentasche, den Maren ihr geschrieben hat: Maren, die heute kocht. Die daheim schon das Abendessen vorbereitet. Es gibt Ofengemüse und dazu Quark. Den muss Vela besorgen. Quark und Auberginen. Die Auberginen fehlen noch. Vela schlendert durch schmale Gänge und sieht sich um. Sie ist sich unsicher, was die Mengen betrifft. Wie viele Auberginen? Zwei oder drei. Und wie viel Quark? Vela denkt an den Kühlschrank, der sowieso bis oben hin gefüllt ist, der aus allen Nähten platzt: Wahrscheinlich ist da irgendwo sogar noch Quark versteckt. Vela zählt noch einmal durch, zur Sicherheit. Jo und Karsten. Theo und Ellen. Nat. Darek. Maren. Vela. Eli, aber Eli zählt nicht als volle Person. Vela stapelt viermal Quark in einen schmalen Pappkarton, auf dem das Logo eines Nudelherstellers prangt.

Vor ihr an der Kasse steht eine ältere Dame, die Zeitschriften kauft. Die Kassiererin lässt sich Zeit, grüßt freundlich, spricht deutlich und laut. Fragt, wie's geht. Die ältere Dame hat keinen Grund zu klagen. Und keinen Grund für Hektik, für zu schnelle Bewegungen. In Zeitlupe piepst der Scanner, in Zeitlupe werden Münzen gesucht und Zeitschriften verstaut.

Vela zahlt mit der Gemeinschaftskarte und packt alles in den Rucksack. An der Bäckereitheke muss sie warten, bis eine Verkäuferin aus dem Hinterraum nach vorn kommt und bereit ist, Wünsche entgegenzunehmen. Noch einen Wunsch? Nein, das wär's. Vela kauft alle Baguettes, die noch übrig sind. Drei. Sie ragen aus ihrem Rucksack heraus. Sie wirft den Einkaufszettel am Eingang in den Müll.

Über den Parkplatz geht's noch. Da rollt es noch. Da denkt Vela noch, es ist einfach ungewohnt: Ein ungewohntes Fahrrad, das sie da fährt. Nach zweihundert, nach dreihundert Metern wirft sie dann einen Blick zurück, nach unten. Zum Hinterreifen, der schleift, der schlurft. Der Hinterreifen ist platt. Vela atmet aus und steigt ab, und dann hört sie auch das Zischen. Wie noch vorhandene Luft entweicht. Sie begutachtet das Problem, den Reifen, sie dreht am Ventil herum: Das Ventil ist nicht der Grund. Es zischt an anderer Stelle. Sie legt den Kopf in den Nacken für einen kurzen Moment. Was tun jetzt? Es gibt keinen Bus, keine Bahn, nirgendwo kann sie einsteigen, kein alternatives Verkehrsmittel wählen, es bleibt nichts anderes übrig als: schieben. Aus Vela zischt es jetzt. Sie ist genervt. Warum passiert das denn ausgerechnet jetzt, warum nicht beim Losfahren, zu Hause, warum nicht wenigstens auf halber Strecke zurück?

Sie ergibt sich, muss sich ergeben. Sie schiebt. Mit schnellen Schritten bewegt sie sich durch den Ortskern, trotzig. Widersteht dem Impuls, das Rad in den Straßengraben zu stoßen. Irgendwo anzuketten, um es später zu holen, mit dem Auto. Warum ist sie nicht einfach in den Kastenwagen gestiegen. Sie schiebt vorbei am Blumenladen, vorbei an der Metzgerei, vorbei an der Bank. Schiebt durch Wohngebiet, vorbei an

Einfahrten und parkenden Autos, an Gartentörchen vor Gärten. Sprinkleranlagen laufen, tuckern. Irgendwo wird Rasen gemäht.

Der Rückweg dauert fast zwanzig Minuten. Zu Fuß zieht es sich den Berg hoch, jedes Mal. Am Rad rattert es, die Klingel gibt leise Töne von sich im Takt, der platte Reifen schlurft über Asphalt. Als Vela die Kurve schon sieht, die Büsche, Bäumchen, die Mülltonnen vorn an der Straße, fühlt sie sich erleichtert. Sie schließt das Rad nicht an, lehnt es bloß gegen die anderen, lässt es lieblos zurück.

In der Küche werkelt Maren schon. Vor ihr eine Salatschüssel voller Zucchini. Im Ofen zwei Bleche mit Karotten, in Scheiben, mit Süßkartoffeln. Maren schneidet Zwiebeln und unterhält sich mit Nat. Sieht kaum auf, als sie sagt: Ah, Vela, da bist du ja! Wieso hat denn das so lange gedauert?

Später dann, beim Essen. Ofengemüse in rauen Mengen und Quark mit Kräutern aus dem Garten darin. Alle sind da, und alle sind guter Dinge. Sogar Eli sitzt im Hochstuhl und strahlt. Wie schön, sagt Theo dazu und nickt anerkennend in die Runde. Als hätten sie hier etwas richtig gemacht. Lasst's euch schmecken, sagt Maren, und ringsum dann: Danke fürs Kochen, danke fürs Essen, Maren, wie schön.

Wir sehen uns so selten, grade, alle zusammen. Wir sind alle ganz schön viel unterwegs, sagt Theo. Er spricht mit halb vollem Mund, schwenkt seine Gabel dabei in der Luft. Hält inne und lässt den Blick schweifen. Dann sagt er: Findet ihr nicht?

Vela kaut und verlangsamt jetzt die Bewegungen. Sie schluckt ein Stück Süßkartoffel runter und ahnt schon, dass da jetzt was kommt: dass Theo irgendetwas nicht passt. Es wirkt, als wäre er unzufrieden. Sandwichmethode. Erst ein wenig Lobhudelei, wie schön, wir alle beisammen, und dann wird's kommen. Oder nicht? Er hat doch auch diesen Blick. Seine Stimme klingt so getragen, wie eine Ankündigung. Vela denkt das und trinkt einen Schluck Apfelschorle aus ihrem Glas. Maren, ihr gegenüber, zuckt mit den Schultern. Ansonsten Gemurmel. Hier und da Nicken. Geräusche, mhmmhm, aus vollen Mündern.

Jedenfalls, sagt Theo dann, hab ich mir was ausgedacht.

Hör auf, sagt Nat, im gespielten Schock sagt sie das. Du hast dir was ausgedacht, ausgerechnet du?

Sie grinst.

Eli jauchzt, und Jo streicht kauend dem Kind über den Kopf. Theo ignoriert Nats Witzelei, er legt behutsam seine Gabel an den Tellerrand.

Wir haben uns da immer gegen gewehrt, aber ich glaube, es wäre gut, das mal auszuprobieren.

Was meinst du?, fragt Karsten.

Ich meine: eine Art festes Treffen. Einmal die Woche. Wir könnten heute damit anfangen. Es sind ja alle da. Nach dem Essen erzählen wir, wie es uns grade so geht. Was so ansteht, was so geplant ist. Wisst ihr? Um uns gegenseitig auf Stand zu bringen.

Karsten verschluckt sich, weil er auflachen muss, er unterbricht Theo: Du meinst ein Gespräch?

Theo sieht ihn streng an. Gibt ihm zu verstehen,

dass er sich heute nicht aufziehen lässt. Nicht bei dieser Idee. Er hat hier etwas mitzuteilen, zu verkünden, da braucht es keine spöttelnden Kommentare. Theo seufzt und schüttelt sachte den Kopf.

Ich meine: einen richtigen Austausch. Sich bewusst zusammensetzen, um zu reden. Nicht nur so ein Geplänkel, wie geht's dir, jaja, und dir, das bringt ja niemandem was. Ich meine echten, ehrlichen Austausch.

Oh Gott, sagt Nat und zieht die Augenbrauen hoch. Du meinst eine Art Plenum.

Ist ja egal, wie wir's nennen, sagt Theo. Ihr wisst schon, was ich meine. Ein fester Termin, festes Treffen, einmal die Woche.

Aber ganz ehrlich, sagt Maren dann. Wir reden doch auch so miteinander. Auch offen. Und ehrlich. Und so. Also, ich zumindest versuche immer mitzukriegen, was bei euch so los ist. Und ich öffne mich auch! Vor euch.

Dass sie das sagt. Es klingelt nach in Velas Ohren, irgendwas daran stört sie. Findet sie seltsam. Maren, die sich öffnet. Die ihr Herz ausschüttet beim Abendessen.

Hm, fällt Ellen ihr in die Gedanken, ich kann total verstehen, was du meinst, Theo. Es geht ja auch um eine Art Raum, oder? Dass wir alle unseren Raum bekommen, in dem es nur um uns geht.

Und Karsten: Wie praktisch, Ellen, du könntest das doch eigentlich anleiten, oder? Wie so eine, wie heißt das? Wie so eine Mediatorin.

Ellen verdreht die Augen. Karsten sagt: Ich mein das ganz ernst!

Und Theo gibt Ellen dann recht. Er lächelt sie an und

sagt: Ja, genau. Und ich will auch, dass wir mehr voneinander mitkriegen. Ich hab zum Beispiel keine Ahnung, was bei – er macht eine Pause, er stockt kurz. Er sieht sich nicht um dabei, er lässt nicht den Blick schweifen auf der Suche nach einem Beispiel, er fährt fort: Ich hab keine Ahnung, was bei dir eigentlich grade los ist, Darek. Ich meine: Darek war ja sogar schon mal verschwunden! Wir reden nicht richtig miteinander. Das ist doch schade.

Darek hustet. Er sagt: Bei mir ist alles okay.

Seht ihr, genau das ist es, sagt Theo. Er lehnt sich zurück. Bei Darek ist alles okay. Karsten geht morgen bouldern, oder übermorgen? Keine Ahnung. Und Jo? Jo, startet nicht bald dein Kurs? Und Vela, was ist bei dir überhaupt los?

Er schaut sie an. Vela, verunsichert, weiß nicht: Soll das jetzt schon die Runde sein, der Austausch? Ist sie jetzt schon an der Reihe, zu erzählen, wie es um sie steht? Vor ihr der halb volle Teller, um sie herum weiterhin Kauen, Gabeln, die zum Mund geführt werden.

Sie sagt: Ich würd gern erst essen.

Klar, ruft Theo. Er klatscht in die Hände und sagt dann: Mein ich doch. Ich auch.

Aber danach find ich das gut, schaltet sich Jo ein. Jo nickt heftig mit dem Kopf und lächelt. Das ist eine gute Idee, Theo.

Wisst ihr, Gemeinschaft ist ein Prozess, sagt Theo, nickend. Wir müssen da alle ein bisschen was für tun.

Ich bin voll bei dir, sagt Ellen.

Und wann?, fragt Nat. Immer am gleichen Tag, gleiche Uhrzeit, oder was?

Heute fangen wir erst mal damit an, sagt Theo. Und dann müssen wir uns eben alle einen Abend freischaufeln. Ein Abend pro Woche, das ist ja auch wirklich nicht viel. Das kriegen wir schon organisiert.

Nach dem Essen also: vor ihnen Teller mit Resten. Mit Krümeln vom Brot in angetrocknetem Quark. Theo lächelt zufrieden. Hat erreicht, was er sich gewünscht hat. Alle sitzen und warten und wissen nicht: Wie fängt das jetzt an?

Na schön, sagt Theo. Ich fang dann mal an.

Er lehnt sich auf seinem Stuhl zurück. Bei mir lief's, ganz ehrlich, bei mir lief's überhaupt nicht gut in den letzten Tagen.

Fassen wir uns nicht vorher alle an den Händen?, fragt Nat. Nat hat den Ernst der Lage offensichtlich noch nicht erkannt. Sie hört nicht auf, Theo zu necken: Sagen wir nicht erst unseren Namen? Ich bin Theo, und ich habe ein Problem.

Sie prustet, hält sich die Hand vor den Mund. 'tschuldigung, murmelt sie.

Nein, Natalie, machen wir nicht, sagt Theo. Er klingt jetzt genervt. Richtet sich wieder auf. Karsten schaltet sich ein, beschwichtigend: Nat, es geht doch auch um den Raum jetzt, um unseren Raum. Dass wir uns nicht gegenseitig unterbrechen und so was.

Ellen räuspert sich und nickt. Nat wirft ihren Blick an die Decke, ergeben. Theo macht eine große Geste in Karstens Richtung, beide Hände streckt er dem alten Freund entgegen, er nickt: Danke, Karsten.

Dann fährt er fort: Also. Ich hab drei Tage lang umsonst gearbeitet, quasi. Ich musste alles wieder über den Haufen werfen, weil sich gewisse Dinge geändert haben. Weil neue Werte festgestellt wurden und weil die Gegebenheiten ganz andere sind. Die haben Mist gebaut vor Ort, die waren nicht gründlich genug und haben mir falsche Werte durchgegeben, und ich hab tagelang eine Bepflanzung geplant, die auf diesem Boden gar nicht möglich ist. Und ich weiß, dass ich trotzdem gute Arbeit mache. Und gemacht habe! Aber ich hab so viel Zeit verloren. Das ist ätzend. Ich hab gedacht, ich kann das Projekt morgen abschließen, und siehe da? Kann ich nicht.

Es entsteht eine Stille. Die Stille wabert so über den Tisch, niemand traut sich, etwas zu sagen. Alle sitzen und warten ab. Zollen Respekt? Wissen nicht, ob Theo schon fertig ist. Oder ob es noch weitergehen soll. Dann sagt Nat, leise, vorsichtig: Ich würd gern einen rauchen, kann ich Eli rüberbringen?

Haben wir nicht gesagt, im Sommer wird generell draußen gekifft?, fragt Jo.

Und Theo seufzt. Jetzt sind wir schon wieder ganz woanders. Kannst du damit nicht warten, Nat, bis wir fertig sind?

Karsten erhebt sich, er sagt: Machen wir trotzdem kurz Pause, und ich bring Eli ins Bett.

Eli kriegst du doch jetzt noch nicht zum Schlafen, sagt Jo. Eli ist noch hellwach.

Nat legt demonstrativ ihr Tabaktäschchen auf den Tisch.

Ellen greift ein, sie sagt: Okay, Eli bleibt hier. Nat, du musst dich gedulden. Ich bin sicher, das kriegst du hin. Theo, du machst jetzt weiter. Und wenn du sagst, dass du fertig bist, sind wir dran. Maren, dann Vela, dann Jo, Karsten, dann du, Nat, dann Darek, dann ich. Okay?

Karsten grinst: Seht ihr! Ellen regelt das. Ellen ist unsere Mediatorin.

Notiert jetzt noch jemand die Reihenfolge?, fragt Nat, noch immer spöttelnd. Ein bisschen gereizt.

Und Darek: Vielleicht brauchen wir auch noch eine Tagesordnung?

Was ist denn mit euch los?, will Theo wissen.

Herrje, ich mein das nicht ernst, sagt Nat und reißt die Augen auf. Ich mache Witze, Theo. Keine Sorge. Niemand hier will dir was Böses.

Und Theo: Das hab ich auch gar nicht gedacht.

Ich bin jetzt ganz geduldig und höre dir zu. Schieß los.

Theo räuspert sich. Es nervt mich einfach momentan sehr, dass ich so viele Projekte machen muss, um Geld zu verdienen. Wisst ihr? Dieser verfluchte Dreckskapitalismus. Ich hätte gern mehr Zeit für das Eichelprojekt. Vielleicht bin ich deswegen auch hin und wieder so ein bisschen gereizt. Gut möglich.

Er lächelt. Verzieht den Mund ganz versöhnlich. So, das war's tatsächlich auch schon, von mir.

Er schaut auffordernd nach links, schaut Maren an, die neben ihm sitzt.

Und Maren, zögernd: Tut mir leid, Theo, dass das so blöd läuft für dich, grade. Tja, und ich. Ich hab tatsächlich was anzukündigen, ich bin nämlich bald ein paar Tage nicht da. Wir fahren zum Tanzfestival, mit der

Schule. Eine meiner Gruppen ist für einen Preis nominiert.

Maren lächelt, Maren strahlt: von einem Ohr zum anderen.

Hey, Glückwunsch, ruft Jo. Das ist ja super!

Ja, ich freu mich riesig, sagt Maren. Das ist genau, was ich jetzt brauche.

Wann ist das?, fragt Vela.

Vela, die ganz bemüht ist, sich für Maren zu freuen.

In drei Wochen, sagt Maren. Also sorry, vielleicht verpasse ich dann einmal das Plenum, sagt sie. Grinst Theo an, streckt ihm die Zunge heraus.

*

Es ist normal, dass Maren später zurückrudert, dass sie sich entschuldigt. Vielmals. Im Treppenhaus hängt sie an Vela und bittet um Verzeihung. Ist außer sich, weiß auch nicht, kann nicht erklären, wie sie schon wieder in diese Rolle gefallen ist. Erst gleich, erst in der Wohnung wird sie sich trauen, wird sie kleinlaut zugeben, dass sie selbst auch angespannt ist unter ihren Bekannten, unter den Tanzleuten, Kunstleuten, denen sie alte Zufriedenheit vorgaukelt. Dass sie sich daran festhält, während ihr von Engagements erzählt wird, von Erfolgen. Vela schließt die Tür auf. Es ist klar, dass sie sich nachher vertragen, sie finden schnell wieder zueinander, hier. Aber nicht sofort. Maren, mit piepsiger Stimme: Es tut mir leid, leid, leid, leid, leid. Und Vela, während sie Maren nicht ansieht, ganz bewusst in andere Richtungen blickt: Ich komm einfach in Zukunft nicht mehr mit. Und schnell noch hinterher: Das ist eh zu teuer.

Vela, ich wollte doch nur, dass wir was zusammen machen. Dass wir mal hier rauskommen.

Vela hebt die Hände, sie ist immer noch beleidigt, noch nicht bereit, gut sein zu lassen: Ist natürlich alles meine Schuld, ich hab den Spaß verdorben.

Hast du nicht, sagt Maren. Hey, wir werden hier noch verrückt. Ich glaub wirklich, wir werden verrückt.

Du wirst verrückt, sagt Vela. Und schnaubt jetzt dabei. Sie sagt: Du kannst doch nicht dauernd so tun, als wär alles super.

Ich kann aber auch nicht dauernd drüber nachdenken, wie scheiße alles ist, sagt Maren.

Das ist ein Punkt. Das kann doch keine. Und draußen, verlässlich, eine Fuhre Sirenen. Mindestens vier Fahrzeuge, fünf, in kurzen Abständen. Geräusch jagt durch die Wohnung, bricht sich an Wänden. Maren, Blick nach oben, stöhnt.

Ich werd wirklich verrückt hier. Wirklich. Ich werde wahnsinnig.

Dann sitzt sie auf dem Stuhl, abgekämpft. Sie zieht das Jackett aus. Ihr Gesicht ganz verzogen. Vela putzt sich die Zähne, wäscht das Gesicht, hat es eilig, ins Bett zu kommen. Ist noch immer genervt, als dann auch Maren unter die Decke kriecht, schuldbewusst, ihr Blick leidend: Hey, wir dürfen uns nicht verlieren, sagt sie.

Vela schüttelt den Kopf, natürlich nicht. Wir sind ein Team, sagt Maren.

Dann kannst du mich nicht immer so wegstoßen, sagt Vela, und jetzt schüttelt Maren, ganz heftig, den Kopf. Seufzt.

Ich will dich nicht wegstoßen.

Sie nähern sich, unter der Decke rücken sie eng aneinander. Liegen dann bald umschlungen mittig im Bett, spannen Muskulatur an, drücken fest. Sie streiten nie richtig. Entfernen sich nur voneinander, zwischendurch. Vorübergehend. Jetzt hängen sie Gedanken nach, schweigend, bis Maren der Arm einschläft, bis sie ihre Positionen verändern. Maren seufzt wieder, tief. Vela legt sich eine Hand auf die Stirn, zur Faust geballt. Sie wissen jetzt wieder, was die andere denkt. Nicht nötig, irgendetwas laut auszusprechen. Das ist ohnehin oft genug geschehen.

Sie gehen spazieren, am Sonntag. Weil die Sonne rauskommt. Zwischen Wolkenbergen etwas Helles, das blinzeln lässt. Ein paar Schritte gehen, laufen, wird guttun, nicht den ganzen Tag in der Wohnung hocken. Wir werden sonst verrückt. Sie versichern sich gegenseitig, dass das eine gute Idee ist, und verlassen das Haus dennoch mit mulmigem Gefühl. Was soll das schon bringen? Sie können Kilometer zurücklegen, sie sind trotzdem so festgefahren, es gibt keinen Handlungsspielraum. Sie sitzen fest in einer Art Falle, in einer Übergangslösung, die schon lang keine mehr ist. Die Übergangslösung ist das höchste der Gefühle. Mehr ist nicht drin für sie, und da können sie auch nichts dran rütteln. Das ist es: Ihnen sind die Hände gebunden.

Wollen wir zu viel?, fragt Vela. Hat sich das selbst schon öfter gefragt.

Maren schüttelt den Kopf.

Wir wollen doch kein verdammtes Loft.

Am Abend arbeitet Vela. Übernimmt die Sonntagsschicht für eine Kollegin, die krank ist, kopfschmerzgeplagt. Sie ist ganz allein im Büro. Bloß Vela inmitten der Bildschirme, vor Fensterfront, vor Leuchten und Blinken auch draußen. Dort, auf der anderen Seite, die Stadt. Die sie abstößt. So fühlt sich das an. Jeder unangenehme Geruch, der kurzzeitig Übelkeit auslöst, jedes zu grelle Licht ein Beweis. Jede Böe zwischen Gebäuden, in Häuserschluchten, die ihr Dreck, kleinste Partikel in die Augen jagt. Auch jetzt, der Himmel, von unten angeleuchtete Wolkenberge, gespenstisch. Vela hat keine Ruhe beim Arbeiten, sie sieht ständig auf die Uhr, wirft ihren Blick hin und her. Nach draußen, gegen Scheiben, durch den Raum. Dann, Vela erschreckt sich, brummt ihr Telefon. Es liegt neben der Tastatur. Berührt das Wasserglas, die Vibration wird verstärkt. Maren schreibt. Hat geschrieben. Sie hat geschrieben: Ich hab eine Idee.

*

Jo und Karsten fahren am frühen Abend in die Stadt: mal rauskommen, was unternehmen. Zusammen. Als Paar. Jo und Karsten gehen was essen und danach noch ins Kino, der Klassiker. Sie fahren mit dem Auto und nehmen Ellen mit, die zu einem Vortrag will. Psychotherapeutenkammer. Ellen, die sich fortbilden, weiterbilden und austauschen möchte. So eine ist Ellen. Platzt ins Date hinein. Sagt: Ach kommt schon, als würde die Autofahrt schon dazugehören! Aber natürlich ist das kein Problem. Alles kein Problem für Karsten, der abwinkt, für Jo, natürlich, gern nehmen sie Ellen mit! Jo trägt Lippenstift, Himbeerton, sie sieht wirklich schicker aus als sonst. Ausgehjo, in karierter Stoffhose, in luftiger Bluse. Und Karsten, zur Feier des Tages trägt er ein Hemd, das nicht nach Outdoor und Wanderschaft aussieht. Es fällt ganz locker und ist nachtblau.

Ihr riecht gut!, ruft Maren, die mit Eli herumalbert. Eli und Maren im Wohnzimmer, auf der Couch. Inmitten von Büchern aus dicker Pappe, kleinen Tierchen aus Stoff, und daneben, zwischen quietschenden Dingen aus Gummi und Plüsch, Vela. Jo präsentiert und tänzelt umher, dreht sich um sich selbst und schwingt die Hüfte. Ihr kommt zurecht?, fragt sie dann, ganz lässig, weil sie weiß, natürlich kommen sie zurecht. Maren und Eli. Und Maren sagt dann auch: Klar. Wir hängen ja nicht zum ersten Mal zusammen rum. Sie schaut auf, große Augen, sie lächelt. Strahlemaren, die sagt: Und Vela ist ja auch noch da.

Jo küsst Köpfe, sie ruft: Tschüss, mein Kind! Küsst Eli, küsst Maren, küsst Vela. Karsten winkt, dann brechen sie auf.

Später kocht Vela Wasser in der Küche. Für Tee. Steht vorm Herd und hört zu, wie das Rauschen im Kessel lauter wird.

Hey, na. Das ist Theo. Der die Küche betritt. Er greift sich ins Haar, kratzt sich am Kopf.

Hast du bis grade gearbeitet?, fragt Vela, und Theo nickt schwerfällig.

Mehr oder weniger, sagt er.

Der Kessel pfeift, und Vela gießt Wasser in Tassen.

Reicht das auch noch für mich?, fragt Theo, seine Stimme ganz sanft. Er schaut Vela an, irgendwie prüfend. Oder zumindest sehr lang. Was liegt da? Irgendwas liegt da in seinem Blick. Seine Mundwinkel, die sich so kräuseln. Irgendwas ist da in seinem Gesicht, es ist nicht zu deuten.

Vela sagt, zögernd: Denk schon.

Und dann kommt Maren herein. Kommt dazu und seufzt, hebt die Hände zu Fäusten geballt in die Luft, Siegerinnenpose, und sagt: Eli schläft! Ungefähr zwei Stunden zu spät, aber Eli schläft.

Drei Menschen in der Küche also, Vela, Maren und Theo. Zufällig, unbeabsichtigt zur selben Zeit, kurz nach zehn Uhr am Abend. Theo rührt sich Honig in den Tee, und zwischendurch schaut er auf. Sieht aus, als wolle er etwas sagen. Sein Blick verliert sich dann irgendwo im Raum. Er pustet in seinen Tee. Habt ihr noch einen Moment?, fragt er dann.

Maren sagt: Klar! Sie balanciert ihre Tasse zum Tisch und setzt sich. Und Vela, eigentlich müde, ist plötzlich ganz wach. Oder wenigstens hellhörig. Sie fühlt sich bestätigt. Sie hat da etwas richtig gedeutet in Theos Blick.

Er sagt: Wisst ihr was, ich hab mir was überlegt.

Dann räuspert er sich, die Hand vor dem Mund, und setzt sich Maren gegenüber an den Tisch. Vela sagt sich: Okay. Das kann alles bedeuten. Wenn Theo sich etwas überlegt, dann kann das auch sein: Morgen koche ich mein berühmtes Curry, das haben wir lang nicht gegessen, seid ihr morgen da? Es kann etwas völlig Banales sein oder etwas, das sich ausschließlich um ihn dreht, wisst ihr, ich hab mir überlegt, dieses Projekt im Süden abzugeben. Ich muss mich um die Eichelsache kümmern, das hat jetzt einfach Priorität.

Sie sitzen am Tisch. Die Glühbirne surrt. Velas Herz klopft schneller, klopft doller, Blut rauscht durch sie hindurch, sie spürt das. Sie sitzt und kann ihren Körper nicht bewegen. Es fühlt sich unnatürlich an, verbogen, wie sie dasitzt, so bewegungslos. Sie ist erstarrt, in Anspannung ist ihr Körper in eine Unbeweglichkeit verfallen. Maren neben ihr schlägt die Beine übereinander, verschränkt die Arme, ist das auch eine Vorbereitung? Und auf was? In jedem Fall ist sie fähig, sich zu regen, wie immer hat sie die Kontrolle über ihren Körper, sie dreht den Kopf hin und her und lächelt kurz in Velas Richtung.

Ich hab mir überlegt, setzt Theo an und macht danach erneut eine Pause. Er starrt auf den Tisch. Als fiele es ihm schwer, zu sagen, was er sagen möchte, als – und das ist doch inzwischen offensichtlich – als ginge es um mehr als um eine bestimmte Art von Abendessen. Er sagt: Also, es geht auch um euch beide. In meiner Überlegung.

Velas erstarrter Körper wippt ein paar Zentimeter nach vorn und dann wieder zurück. Sie schließt die Augen für einen Moment, sie fühlt sich, als hätte sie ein Déjà-vu. Als wüsste sie etwas, als wüsste sie schon, worum es geht. Als hätte sie Theo durchschaut.

Theo räuspert sich. Dann sagt er: Ich will euch natürlich zu nichts drängen, zu nichts überreden. Er hebt die Hände, er ist unschuldig. Wie so oft schickt er eine Entschuldigung voraus, prophylaktisch. Lieber vorher schon einmal die Hände gehoben, die Brauen hochgezogen, die Augen ganz groß, lieber einmal zu oft als zu wenig betont, dass er ein Freund ist. Kein Feind.

Bevor ihr jetzt Tausende Euro ausgebt, sagt er langsam, er lässt die Hände wieder sinken und den Blick schweifen: Von Vela zu Maren, bei Maren verharrt er. Ich sag's jetzt einfach mal so heraus, ja?

Pause. Er wartet. Er wartet wirklich auf eine Erlaubnis, auf ein: Ja, bitte, jetzt sag's schon. Maren nickt ganz leicht mit dem Kopf.

Wie wär's denn, wenn ich der – Erzeuger wäre?

Es ist still. Vela schaltet zu langsam. Maren schaltet zu langsam. Die Worte hängen im Raum, hallen nach in den Köpfen. Sie reagieren nicht, Vela nicht und Maren nicht, Vela sieht, wie jetzt Marens Blick leer in Richtung Tisch starrt. Theo schluckt. Er räuspert sich wieder. Es sind Übersprungshandlungen. Er trinkt aus seiner Tasse, seine Bewegungen verursachen Geräusche.

Dann Maren: Sie lacht. Ein kurzes Auflachen bloß. Ein lautes Ausatmen? Oha, sagt sie. Es klingt neutral. Es klingt überrascht, überrumpelt, überfordert, aber auf eine positive Art. Ihr Körper zeigt keinerlei Abwehrhaltung, sie blinzelt nicht. Zieht nicht die Augenbrauen hoch.

Theo sagt: Das ist nur so eine Idee.

Wir haben – sagt Vela, ihre Stimme ist kratzig, ist rau, klingt wie erkältet. Sie hustet, und dann fährt sie fort: Wir wollen ja unbedingt eine anonyme Spende, damit der Erzeuger tatsächlich nur der Erzeuger ist. Nicht der Vater.

Als käme ihre Stimme aus einem anderen Raum, so klingt das in ihrem Kopf. Als wäre sie ganz weit entfernt.

Absolut, ruft Theo, er ruft es ein bisschen zu laut. Genau so meine ich das auch. Ich würde nicht der Vater sein wollen. Also, natürlich kümmern wir uns hier ja eh alle um – ich meine, ihr seht ja, wie das mit Eli läuft. Aber klar: Ihr wärt die Eltern, ich hätte damit erst mal nichts zu tun.

Na ja, schon, du wärst der Erzeuger, sagt Vela.

Theo nickt: Aber nichts weiter. Versteht ihr, das wäre ja nicht, weil ich ein Kind haben will. Weil ich Vater sein will. Das wäre, um euch zu helfen. Damit ihr euch nicht für, was weiß ich, dreitausend Euro Sperma einfliegen lassen müsst.

Ja, so teuer ist das auch wieder nicht, sagt Maren.

Vela atmet innerlich auf: weil Maren das sagt. Weil

es etwas ist, das Theos Idee viel mehr ablehnt, als sie anzunehmen. Daher rührt ihre Anspannung, jetzt, und daher rührte sie auch schon zuvor: eine Sorge, dass Maren und Theo eine Allianz bilden, einander zustimmen, sich auf einer anderen Seite befinden könnten als Vela.

Je mehr Versuche, desto teurer wird's, oder?, sagt Theo. Das weiß er. Er sagt noch einmal: Nur eine Idee.

Er lächelt. Ihr könnt einfach drüber nachdenken. Dass es sonst ein bisschen komplizierter ist, ist euch doch auch klar. Ich will nur helfen. Ich würde mich aus allem raushalten, ich hätte mit dem Kind genauso viel, genauso wenig zu tun wie mit Eli. Ich meine: Im Zweifelsfall wäre ich natürlich da. Wenn irgendwas – wäre. Das könnte ja schon ein gewisser – Vorteil sein, unter Umständen.

Maren fährt sich mit beiden Händen durch die Haare, von der Stirn zum Hinterkopf. Streicht sich die Haare zurück, hat dabei immer noch einen leer wirkenden Blick, starr nach vorn gerichtet, sie sieht niemanden an. Denkt nach. Ein solcher Blick ist das. Der einer Nachdenkenden.

Aber du weißt ja auch nicht, sagt sie schließlich, wie es denn wäre. Das kannst du dir ja vorher nicht vorstellen. Also, angenommen, das Kind ist dann da, vielleicht entwickelst du dann doch krasse Gefühle, also: Vatergefühle, und du willst der Vater sein, und dann ist es schlimm, dass du nicht der Vater sein kannst. Weißt du, was ich meine?

Ich kenne mich, sagt Theo, nickend, er bestätigt: Er weiß, was Maren meint. Ich kenn mich wirklich gut.

Klar hätte ich irgendeine Art von Gefühlen, dann. Hab ich für Eli ja auch.

Aber es wäre noch mal was anderes, sagt Vela, wenn es tatsächlich dein Kind wäre. Also, du wüsstest das. Die ganze Zeit. Anders als bei Eli.

Ich bin wirklich nicht derjenige, um den ihr euch da Sorgen machen müsst. Für mich wäre das kein Problem. Das verspreche ich. Es geht hier nicht um mich, sondern um euch.

Theo, das ist immer noch mal was anderes, wenn das Kind dann existiert. Das kannst du jetzt unmöglich einschätzen, sagt Vela.

Genau das meine ich, pflichtet Maren ihr bei.

Das ist aber eine sehr biologistische Sicht von Elternschaft, sagt Theo mit schärferer Stimme. In rauerem Ton.

Das stimmt, sagt Maren und sieht auf. Sie sieht Vela an. Hey, das stimmt tatsächlich.

Wisst ihr, ich könnte genauso gut sagen: Was ist dann mit Vela? Was ist mit dir?, sagt Theo und sieht sie dabei an. Wenn du nicht die biologische Mutter bist, wer weiß, ob du dann überhaupt Mutter sein willst?

Komm schon, das ist doch jetzt Quatsch, sagt Maren. Sie richtet sich auf, macht den Rücken gerade und atmet scharf aus. Maren will deeskalieren, und Theo hebt wieder die Hände. Ganz unschuldig. Er sagt: Klar, dass ich das nicht wirklich frage. Oder, Vela? Das ist dir klar.

Velas Körper, der zuvor so erstarrt war, ist jetzt Brei. Pudding. Kraftlos, aber dafür beweglich. Zittrig fühlt sie sich. Sie hebt eine Hand an, um das Gefühl zu überprüfen: Die Hand zittert nicht.

Sagt mal, ihr müsst dann auch heiraten, oder?, fragt Theo jetzt. Wegen der Adoption?

Vela zuckt mit den Schultern.

Was wäre überhaupt mit Ellen?, fragt sie. Hast du mit Ellen darüber gesprochen?

Noch nicht, sagt Theo. Ich wollte natürlich erst mit euch sprechen. Aber ich weiß auch, dass das für Ellen kein Problem wäre. Ellen wäre damit total cool.

Habt ihr mal über Kinder nachgedacht?, fragt Maren. Über eigene?

Theo breitet die Hände aus, die Flächen nach oben, hier, bitte sehr, ich präsentiere euch eine Antwort: Ellen will keine Kinder. Wollte sie nie. Ich ja auch nicht, eigentlich.

Eine Weile bleibt es wieder still. Atemzüge sind hörbar, der Kühlschrank. Ein Knacken im Holz. Ein Windzug, der durchs gekippte Oberlicht weht.

Es ist jetzt so spät, dass jeden Moment diejenigen heimkehren können, die ausgegangen sind. In zwei Minuten schon könnten Jo und Karsten durch die Tür kommen, müde, ein bisschen abgehetzt, ein bisschen aufgekratzt. Ach, ihr sitzt ja noch hier! Ellen könnte hereinplatzen, Ellen würde sagen: Oh, ich will auch noch einen Tee. Vela findet diesen Gedanken beruhigend. Die Möglichkeit. Es würde dieses Gespräch beenden, die Situation. Die drei würden sich Blicke zuwerfen, und dann ginge es um den Film, den Jo und Karsten angesehen haben, es ginge um Ellens Vortrag. Es wäre leicht, sich dann zu entschuldigen: So, jetzt bin ich aber müde, gute Nacht, ich gehe ins Bett.

Wie gesagt, unterbricht Theo das Schweigen, die

Stille. Es ist nur eine Idee. Ich hab drüber nachgedacht, und ich wollte das mit euch teilen. Das Angebot steht. Lasst euch einfach Zeit, denkt drüber nach. Wenn ihr wollt, können wir dann noch mal drüber reden.

Maren nickt und sagt: Danke.

Sie sagt: Grade überrumpelt mich das schon ein bisschen, aber eigentlich find ich die Idee gar nicht so schlecht.

Sie sieht prüfend zu Vela.

Oder?

Darauf kann Vela nichts sagen. Sie zuckt mit den Schultern. Will sich dazu nicht äußern. Sie will diesen Gedanken, diese Idee überhaupt gar nicht fortführen, im Kopf. Nicht drüber nachdenken. Es ist doch klar, dass das keine reale Möglichkeit ist. Bis gerade dachte sie, dass Maren es genauso sieht. Vielleicht sieht Maren es genauso. Vielleicht ist sie freundlich. Vielleicht ist das ein Weg aus der Unterhaltung hinaus: nicken, sich bedanken, der Idee wohlgesonnen sein, offiziell. Und gleich, im Schlafzimmer, ohne Theo, dann. Wird Maren den Kopf schütteln, die Stirn runzeln und sagen: Theo als Samenspender? Also bitte. Nein. Nein, auf gar keinen Fall.

Sie werden sich darüber amüsieren, über diese Idee, die ja schon, natürlich, sehr nett ist. Das ist ein ausgesprochen nettes Angebot. Aber stell dir mal vor, wird Maren sagen, wir mit dem Erzeuger unter einem Dach, das ist ja ungefähr das Gegenteil von allem. Von allem, was wir wollten.

Sie wird lachen. So ein quietschendes, kehliges Geräusch machen. Sich die Hand auf den Kopf legen, auf die Augen. Dann wird sie sagen: Wir kriegen das schon hin. Oder? Und Vela wird bestätigen. Natürlich. Die Ausgangssituation ist doch besser als jede andere. Vela wird noch einmal aufzählen, was sie alles haben. Sie haben: die Ärztin, die wirklich toll ist. Sie haben die Gewissheit, dass sie zusammengehören. Sie haben schon ein bisschen Geld gespart, da fehlt nicht mehr viel. Da sind bald schon zwei Versuche drin.

Und dann haben wir noch meinen Uterus, wird Maren sagen. Sie wird grinsen, ein bisschen übertrieben, dann wird sie flüstern: Der nur so nach Befruchtung schreit!

Küssen werden sie sich. An den Händen halten. Verträumt. Sie werden womöglich ein bisschen ins Schwelgen verfallen. Sie werden dann ganz entschlossen sein: Hey, ich ruf gleich morgen an und mach einen Termin. Scheiß auf den zweiten Versuch, wir versuchen's beim nächsten Eisprung. Wir kriegen das hin.

*

Es hat so viele lose Ideen gegeben, Spinnereien. Es hübsch machen, einfach selbst renovieren, das ist so eine Idee gewesen. Schmirgeln, streichen, die Fenster abdichten. Wie so etwas geht, lässt sich herausfinden. Raus mit dem Teppich und dann Laminat hinein, Holzimitat, irgendetwas, das nicht so sehr fluselt und riecht. Geld sparen und es dann in die Hand nehmen, um eine Person zu bezahlen, die auf Heizungen spezialisiert ist. Aber jeder anfängliche Ansporn wird dann gefressen von zu wenig Zeit, von Mieterhöhungen, vor allem von Letzteren. Auswandern, in ein Land ohne die Möglichkeit von Schnee, in den Süden und ans Meer, ebenfalls eine solche Idee. Alles kündigen und fort. Oder umschulen, einen richtigen Job ergreifen. Einen, der ermöglicht, eine andere Wohnung zu mieten. Was könnten wir machen, Vela, wir könnten: Lehrerinnen sein. Wir könnten tatsächlich einmal Lotto spielen, statt immer nur davon zu schwärmen, was mit einem äußerst unwahrscheinlichen Gewinn anzustellen wäre. In den vergangenen Monaten ist jedes Gespräch, jedes Zusammensitzen von Vela und Maren ein Brainstorming, ein Durchforsten. Immer ein Abgleichen, die Realität versus das, was sie eigentlich wollen.

Und jetzt eine weitere Idee. Es ist nicht das erste Mal, dass Maren euphorisch ist. Diesmal legt sie noch eine Schippe drauf: Mehr als bloße Idee sei das, diesmal möchte sie gleich eine Lösung präsentieren. Sie ist aufgekratzt, als Vela nach Hause kommt. Sie schiebt sich großflächig Haar aus dem geröteten Gesicht. Jetzt sag schon, sagt Vela, bemüht sich um Neugier in der Stimme.

Bei meiner Schwester, legt Maren los. Baut Spannung auf. Große Augen, sie ist Strahlemaren. Bei meiner Schwester ist was frei. Wir könnten da einziehen.

Vela steht starr, starrt. Guckt und bewegt sich dann ruckartig, schüttelt den Kopf. Sie ist überrumpelt, ist irritiert. Muss erst einmal dekodieren, einordnen, sie schaltet nicht gleich: Einziehen? Wo?

Maren lächelt. Ihr steht Erleichterung im Gesicht, winzige Fältchen um die Augen, die leuchten. Sie sagt: Im Hausprojekt. Da ist jemand ausgezogen. Da ist was frei. Und Jo hat gefragt, ob wir einziehen wollen.

Vela schüttelt den Kopf: ungläubig. Das mag stimmen, natürlich, was Maren da sagt, aber das heißt ja noch lange nichts weiter. Denn genau so, aus dem Nichts, taucht doch nicht plötzlich eine Lösungsmöglichkeit auf, die real ist. Das klingt bloß nach vorprogrammierter Enttäuschung, nach weiterem Scheitern. Deswegen sagt Vela, skeptisch: Moment mal. Um Zeit zu schinden.

Sie schlüpft aus den Schuhen und geht in die Küche. Ich muss was trinken, sagt sie. Ich hab Durst.

Und während sie trinkt, sammelt ihr Hirn bereits vorliegende Informationen.

Sie weiß von diesem Haus, das ein Projekt ist, aber sie war noch nie dort. Sie hätte mitfahren sollen, Maren begleiten, zu Geburtstagen ist sie eingeladen gewesen, zum Beispiel, zu einem Fest. Es hat dann nie hingehauen. Es kam immer etwas dazwischen. Sie kennt Jo, Marens Schwester, und auch Karsten, den Freund. Und auch Eli, das Kind der beiden. Vela weiß, Jo und Karsten sind in dieses Haus eingezogen, noch bevor Jo schwanger wurde, vielleicht vier Jahre wird das her sein inzwischen. Und ansonsten weiß sie, dass dort auch andere Personen leben. Sie weiß nicht die genaue Anzahl, sie weiß nicht, wer. Sie hat womöglich einmal Namen aufgeschnappt, aber die hat sie sich nicht gemerkt, sicher dachte sie sich: Wozu? Ein Haus, am Stadtrand. In einem Ort, der schon nicht mehr dazugehört zur Stadt. Eine Bahnstation ist erreichbar, ansonsten wirkt es recht dörflich drum herum, was hat so ein Haus mit Vela zu tun?

Nun reicht es Maren, nun fordert sie Reaktion: Sag mal, hast du mir grade zugehört?

Vela schüttelt ganz leicht den Kopf. Sie sagt: Ja, aber wir können doch jetzt nicht einfach in irgendein Hausprojekt ziehen, Maren.

Das ist nicht irgendein Hausprojekt.

Vela verdreht die Augen: Wir können doch nicht einfach ins Hausprojekt deiner Schwester ziehen.

Doch! Maren protestiert. Rauft sich die Haare. Sie hat rote Flecken an der Stelle, die man Dekolleté nennt. Vela, es ist jemand ausgezogen, es gibt Platz. Wir können dort einfach einziehen. Tatsächlich!

Vela, die längst nicht mehr durstig ist, trinkt noch ein Glas Wasser. Sie stehen in der Küche, Vela gegen die Spüle gelehnt. Maren, wie im Aufbruch, in der Tür, ausgestreckte Arme, die Handflächen nach oben. Stell dir mal vor, Vela, sagt sie. Wir hätten einen Garten. Es gibt dort einen riesigen Garten.

Vela will eigentlich schlafen. Will eigentlich zügig ins Bett, schlafen, aufwachen und dann merken, dass es mit Sicherheit einen Haken gibt, einen Grund, aus dem es dann doch nicht klappen würde – den gibt es bestimmt. Vela will den Haken kennen, bevor sie sich freut. Sie stellt ihr Glas ab und sagt: Wo ist das? Ist das nicht viel zu weit weg?

Und denkt dabei an Arbeit, die Tanzschule, die Redaktion. Maren verschränkt die Arme, lehnt sich gegen den Türrahmen und liest Gedanken dabei: Wir könnten weiter hier arbeiten. Man fährt vielleicht eine Stunde?

Eine Stunde, sagt Vela.

Maren flüstert: Und das Haus ist so schön.

Sie lächelt und nähert sich Vela. Will anstecken, will überzeugen. Maren freut sich für zwei. Doch Velas Stirn liegt in Falten, das kann sie nicht wegzaubern. Das bleibt auch so, während Vela sagt: Also weg aus der Stadt?

Zweifelvela, die sich herantastet. Die wissen will: Wie fühlt sich das an, diesen Satz zu sagen? Der Gedanke erscheint unwirklich, traumhaft. Es erscheint ihr, als wäre es keine reale Option. Nachdem sie die Worte ausgesprochen hat, sieht sie in Marens Gesicht. Sie sieht darin etwas, das abfällt: Sorge, ein Fragezeichen. Maren sieht aus, als sei sie sich sicher.

Es bringt doch nichts, hier, sagt sie. Wir drehen hier am Rad. Vela, wir müssen dort einfach mal hinfahren.

Uns das mal anschauen.

Okay?

Marens Augen leuchten.

Und Vela, schulterzuckend, nicht, weil ihr das egal wäre, sondern weil sie sich nicht anders auszudrücken weiß, Vela macht uneindeutige Bewegungen mit dem Kopf.

Wir fahren hin, sagt Maren, und schauen uns das an. Du lernst die anderen kennen. Es steht noch nichts fest. Aber wir fahren hin. Vela, okay?

*

Weißt du, ich wünsch mir das einfach so sehr, sagt Maren.

Das weiß Vela. Und wie Vela das weiß! Was Maren sich wünscht, denn sie wünscht es sich ja auch. Ein Baby. Ein Kind.

Sie umarmt Maren, die einfach bloß sitzt, dasitzt auf der Kante des Betts. Küsst sie im Gesicht, auf die Wange, sie küsst ihr die Haare, das Ohr.

Wir könnten, sagt Maren, wir könnten das doch wenigstens versuchen. Einmal. Wer weiß, vielleicht klappt's eh nicht direkt.

Maren, diejenige, die immer so sicher gewesen ist, dass es sofort klappt. Die immer gesagt hat, weißt du, ich spür das. Ich hab das einfach im Gefühl. Vela zieht die Nase hoch. Sie hält inne in ihrer Bewegung, sie küsst Maren nicht mehr. Und weiß nicht so recht, wie reagieren, sie weiß nicht, was sie davon hält.

Das wäre ein Versuch, der nichts kostet, weißt du?, sagt Maren.

Maren weint. Oder nicht? Maren kommen die Tränen. Da sammelt sich etwas in ihren Augen.

Aber wenn's klappt –, sagt Vela. Und weiß dann nicht, wie sie diesen Satz beenden, wohin das führen soll. Ich meine, sagt sie, das ist ja schon das Ziel. Dass es klappt.

Klar, sagt Maren mit brüchiger Stimme.

Also, wenn es klappt, und Theo ist – Theo wäre der

Erzeuger. Dann wären wir. Ach, Maren, ich weiß nicht. Dann wären wir an Theo gebunden.

So ein Quatsch, sagt Maren. Wir wären an Theo nicht mehr gebunden als an jeden anderen auch.

Maren regt sich, Maren kratzt sich am Kopf. Sie stützt sich auf, die Hände auf der Matratze, hinter ihrem Rücken.

Es geht halt nicht ohne eine verdammte dritte Person, sagt sie. Das wäre immer der Fall. Egal wie.

Aber so wär's genau das, was wir nicht wollten, sagt Vela. Und wird, versehentlich, laut. Maren sieht sie an, fast erschrocken. Über den Ton, darüber, dass Vela plötzlich so vehement widerspricht. Wir wollten das so nicht, sagt sie. Wir wollten niemanden, den wir kennen.

Wir wollten, sagt Maren. Sie betont das zweite Wort. Aber Dinge ändern sich halt. Ich weiß, dass wir das nicht wollten, Vela. Das brauchst du mir nicht zu sagen. Aber was willst du machen? Jetzt noch mal ein Jahr lang warten und Geld sparen? Weißt du, ich hab keine Ahnung, wie lang ich überhaupt schwanger werden kann.

Für einen Versuch reicht's doch schon fast, sagt Vela. Oder, sagt sie dann noch, oder wir leihen uns was. Von den anderen!

Das ist doch Schwachsinn, sagt Maren. Sie stöhnt. Und dann fragt sie: Was ist dein fucking Problem mit Theo?

Ich hab kein Problem mit Theo, sagt Vela sofort. Viel zu schnell. Sie klingt nicht überzeugend. Sie ist nicht überzeugend dabei, sie kauft sich das nicht einmal selbst ab. Ich will einfach nicht, dass wir den Erzeuger kennen. Ich will das nicht, Maren. Tut mir leid.

Aber warum? Maren jetzt, laut. Marens Augenbrauen hochgezogen, Marens Stirn in Falten, ihr ganzes Gesicht angespannt. Und es sammelt sich wieder Flüssigkeit in ihren Augen, da sammeln sich Tränen, die sie wegwischt mit hastigen Bewegungen. Sie sieht Vela an, sie fixiert sie, sie fordert etwas ein: eine Antwort.

Vela seufzt. Vela in einer Bredouille. Weil sie sich das selbst nicht beantworten kann. Sie verknotet ihre Finger, sie verkeilt ihre zittrigen Hände ineinander, nervös. Sie will Maren so nicht sehen, nicht so traurig, nicht so enttäuscht. Das bricht ihr das Herz. Sie will die Situation auflösen, will, dass sie sich auflöst, in Luft.

Ich hab dabei kein gutes Gefühl, sagt sie langsam. Ich hab ein scheiß Gefühl dabei. Und das ist einfach nicht die beste Voraussetzung.

Du willst das überhaupt gar nicht mehr, oder?, fragt Maren.

Ihr rollt eine Träne übers Gesicht.

Und Vela kann gar nichts sagen. Was soll sie sagen: Doch? Ich will das, unbedingt. Sie denkt das. Sie will mit Maren ein Baby. Sie wollen doch beide ein Kind. Sie denkt daran, wie sie sich das ausgemalt haben, immer wieder, so oft, zuvor. Wie Maren von dieser Sehnsucht erzählt. Ganz tief. Ein Baby, so klein, eines, an dessen Köpfchen sie riechen, das sie sich auf die nackte Brust legen, das sie beschützen und großziehen, gemeinsam. Sie denkt an winzige Hände und Finger, die sich um ihre Zeigefinger legen. Schon kräftiger sind, als man denkt. Vela denkt, sie stellt sich vor, wie sie einem Kind Sandalen anzieht. Rote Sandalen zu blauen Söckchen, sie kämmt ganz vorsichtig duftende Haare. Sie hilft dem Kind in eine Regenjacke aus Wachs. Das Kind hat Krümel in den Mundwinkeln, Pausbäckchen. Es brabbelt, wirft mit Tönen um sich, mit gerade neu erlernten Wörtchen, deren Bedeutung sich ihm allmählich erschließt. Vela sieht kein Gesicht in dieser Vorstellung, genaue Äußerlichkeiten malt sie sich nicht aus, das ist ein Fantasiekind, um das es hier geht. Es ist nicht echt. Und Vela spürt so eine Ahnung von Gefühl, eines, das vom Bauch ausgeht, das sich verbreitet, ganz warm. Sie denkt an eine winzige Hand in der ihren, der Duft nach Wald, nach feuchter Erde. Da entsteht ein Gefühl, wenn sie sich das vorstellt. Wenn sie sich vorstellt, sie und das Kind sammelten irgendetwas, Stöcke, Tannenzapfen, Kastanien. Und sie brächten die Sammlung nach Haus, präsentierten sie stolz vor dem Abendbrot. Zeigten sie Maren, die sich alles ganz genau ansehen, dem Kind über das Köpfchen streichen würde dabei. Die Vela einen Arm um die Schultern legte.

Maren steht auf. In ihrer Hand ein Päckchen Taschentücher. Sie schnäuzt sich die Nase. Läuft auf und ab im Raum, sie setzt sich schließlich auf die Fensterbank. Zwischen zwei Töpfen mit Pflanzen darin, zwischen zweimal ganz prächtig gedeihender Pilea sitzt sie. Ein nasser Sack. Maren ganz schief, die Wirbelsäule gebogen, die Schultern nach vorne gerollt, und ihr Blick ganz leer, fast apathisch. Vela, die noch auf dem Bett sitzt, weiß nicht, wohin. Sie weiß nicht, was zu tun ist, sie fühlt sich verkrampft. Als könnte sie nie wieder aufstehen, sich nicht mehr bewegen. Ihr Mund ist ganz trocken, und sie ringt nach Speichel. Befeuchtet die Lippen, so gut es geht.

Sie weiß, was Maren durch den Kopf geht. Sie kennt Marens Gedanken besser als ihre. Marens Gedanken sind die: dass doch eigentlich alles stimmt. Jetzt, gerade, momentan. Endlich. Die Voraussetzungen sind die richtigen. Sie haben eine Basis geschaffen. Hier sitzt sie, auf der Fensterbank in ihrem geräumigen Schlafzimmer, der Dielenboden glänzt. Sie sitzt da, und eine Tür weiter könnte das Kinderzimmer sein. Maren sitzt in diesem Haus, in dem sie wohnen, ein riesiges Haus, genug Platz. Und drum herum ein gigantischer Garten. Die Eiche, die hier seit Jahrzehnten steht und Schatten spendet im Sommer. Ruhig ist es hier, friedlich. Und schön. Hier könnte Maren spazieren gehen und einen Kinderwagen schieben. An Feldern vorbei. Durch den Ort.

Maren, sagt Vela. Sie fragt diesen Namen in den Raum, und obwohl Maren nicht reagiert, spricht sie weiter: Lass mich noch mal drüber nachdenken, ja? Ich brauch noch ein bisschen mehr Zeit.

*

Irgendwann denkt Vela: dass es kaum einen Unterschied macht. Es ändert sich natürlich etwas, aber im Prinzip ist es bloß so wie früher. Wie vorher, vor der Bruchbude, wie in Marens WG ist es, würde es sein, bloß dass es sich diesmal nicht um eine verwohnte Wohnung im Seitenflügel handelt. Sondern um ein Haus. Ein ganzes großes Haus, mit Garten. Und mit Menschen darin.

Das ist, wovon Maren schwärmt, schon immer.

Vela tastet sich an die Vorstellung heran, für ihre Verhältnisse schnell. Sie hat es nicht so mit Veränderungen. Entscheidungen. Oder? Manchmal weiß sie das selbst nicht. Das Haus, jedenfalls, das Haus in ihrer Vorstellung und Vela darin. Vela im Haus in drei Jahren. In fünf. Sie sieht sich und Maren in einer gemütlichen Küche stehen, viel Holz, ein Chaos, der ganze Raum ein wenig überladen. Aber nicht zu sehr. Dampf hängt überm Herd, Menschen kochen: Sie rühren in einem Topf, sie höhlen Paprika aus. Jemand deckt einen Tisch, es brennen Kerzen. Es sieht behaglich aus, um sie herum. Heimelig. Da sind Kinder, mindestens zwei, Kleinkinder, die plappern, die Fragen stellen, die herumtoben. Es sieht aus, so stellt Vela sich das vor, wie eine Mischung aus einem schwedischen Bauernhaus und Marens alter WG mit der zusammengewürfelten Küche, mit dem geklauten Verkehrsschild an der Wand.

Und wie sie anderen davon erzählt. So etwas probiert Vela gern aus, in Gedanken. Gespräche. Wie sie von etwas aus ihrem Leben berichtet, welche Formulierungen sie da wählt. Weißt du, würde sie sagen. Könnte sie sagen. Sie könnte sagen: Wir haben damals einfach die beste Entscheidung getroffen. Wir sind eine große Familie, wir sind füreinander da. Es ist etwas anderes als allein in der Stadt. Diese Anonymität. Man kennt kaum die Nachbarschaft. Kümmert sich bloß um sich selbst, hat andauernd zu rennen. Der Zeit hinterherzujagen. Überstunden zu machen. Wir sind alldem entkommen, könnte Vela sagen. Würde sie sagen, und lachen: Gerade noch rechtzeitig.

Und außerdem fällt ihr keine Alternative ein. Vela hat keine andere Idee. Sie weiß nur, so wie jetzt geht's nicht weiter. Das ist kein Zustand mehr, und Maren fiebert sowieso schon darauf hin. Maren entrümpelt schon die Wohnung, mit Blicken, sie legt bereits fest: Das bleibt hier, das können wir mitnehmen, das da können wir verschenken. Maren ist dauerhaft aufgeregt, und Vela weiß, es liegt bloß noch an ihr, und was haben sie denn zu verlieren? Dort hinfahren, die anderen kennenlernen und alles anschauen, das meißelt noch lang nichts in Stein.

Vela, nach der Arbeit, steigt aus dem Nachtbus. Sie läuft von der Haltestelle zum Haus, die Treppen hinauf, vierter Stock. Im Schlafzimmer brennt die Nachttischlampe, in Marens Gesicht stehen die Augen noch offen, sie streckt Vela wortlos die Arme entgegen. Vela, den kalten Kopf an Marens Brust, hört ihr

Herz schlagen. Oder fühlt es. Marens oder ihr eigenes. Das ist eigentlich egal. Sie hebt den Kopf etwas an, sie riecht Zahnpasta aus Marens Mund. Draußen mehrere Sirenen. Draußen Motorengeheul. Dann sagt Vela: Lass uns hinfahren. Lass uns so schnell wie möglich dorthin.

*

Unruhe. Und dieses lang bekannte Gefühl von Zerfall. Vela sitzt bei der Arbeit und kann an nichts anderes denken. Kann nichts anderes fühlen, da ist sonst nichts übrig, in ihr.

Sie fragt sich plötzlich: Wie sie sich das überhaupt vorstellen. Mit welcher Naivität sie da rangehen, an die ganze Sache. Von vorn bis hinten. Denken sie wirklich, sie gehen einmal kurz hin, zur Ärztin, am Tag des Eisprungs, und dann ist alles gut? Dann ist Maren sofort schwanger und ganz glücklich dabei. Keinerlei Komplikation, stolze Ärztin, stolze Maren, glückselige werdende Familie. Maren dann bald mit rundem Bauch, mit leuchtender Haut, mit glänzenden Haaren, und Vela hält ihr die Hand.

Vela denkt: Es könnte genauso gut nicht klappen. Es könnte einen ersten, einen zweiten, einen dritten Versuch geben. Einen vierten, und keiner davon klappt. Keiner ist erfolgreich. Sie könnten vier-, fünf-, sechstausend Euro ausgeben für das Sperma fremder Männer. Aus Dänemark. Für Sperma von Ole, Emil und Carl. Sich verschulden. Sich Geld leihen bei den anderen, vom Gemeinschaftskonto, und das alles für nichts. Und wieder nichts. Vela denkt an Frustration. An Maren, die nicht mehr kann. Die dann irgendwann ihre Geduld verliert, und die Nerven. Die sind ja jetzt schon zum Zerreißen gespannt.

Oder, anders, angenommen, es klappt, denkt Vela.

Wie stellen sie sich das denn überhaupt vor? Wie soll das gehen, mit so einem Kind? Natürlich wüssten sie, was zu tun ist. Das wissen sie, sie sind vorbereitet. Sie kümmern sich, hegen und pflegen, und die anderen sind ja auch noch da. Jo. Und Karsten. Sie hätten Unterstützung, sie profitierten von Erfahrung, da säße Eli irgendwo, wie ein Beweis.

All das hilft nicht, Vela steigert sich hinein. Gedankenspirale. Kann nicht aufhören zu denken, dass doch sowieso alles zerfällt: Was ist, wenn das Kind fünf ist? Oder zehn? Wenn es pubertiert, einen Schulabschluss macht? Falls es einen Schulabschluss macht. Wie sieht es dann aus, um dieses Kind, um diesen Menschen herum? Wie sieht die Welt aus, in der sie dann leben? Niemand weiß, was in einer Dekade passiert, oder in zwei. Wovon wird so ein Kind träumen als fast erwachsene Person, mit siebzehn, mit achtzehn? Welche Möglichkeiten sind dann vorhanden, welche sind vielleicht nicht mehr da? Alles ist stets zum Zerreißen gespannt. Es fehlt nie viel für eine Eskalation. Vela ist sich sicher, dass sie da gerade nicht übertreibt. Obwohl sie sich damit schon so oft beruhigen, ihre Atmung verlangsamen konnte, weiß sie jetzt, sie übertreibt nicht, sie malt nicht den Teufel an die Wand. Sie ist realistisch. Das sind Dinge, über die nachgedacht werden muss, man kann nicht einfach so ein Kind in die Welt setzen, ohne sich zu fragen, was für eine Welt das überhaupt ist.

Sie weiß, was Maren da vorschwebt, bei diesem ganzen Plan. Schon von Anfang an. Für Maren bedeutet es Sicherheit, dieses Baby. Dieses Kind. Sie denkt nicht viel weiter, sie will bloß endlich anfangen, ihre Vorstellung in Realität umzuwandeln, und alles Weitere wird sich ergeben. So läuft es doch schon immer. Man kann nie alles bedenken, das ist nicht möglich. Und Vela mit ihrem Gefühl, mit ihrer Ahnung, auf die sie sich so versteift, das kann doch nicht ernsthaft ein Argument sein. Es ist absurd, dass wir leben, absurd, dass wir hier so vor uns hin existieren, Vela. Nichts ist vorhersehbar. Wir könnten morgen tot umkippen. Vom Bus überfahren werden. Uns könnte irgendwas auf den Kopf fallen. Wir wissen das alles nicht, glücklicherweise, und du weißt es auch nicht, Vela, du hast da keine Ahnung, die sonst niemand hat, du hast einfach nur Angst.

In Gedanken stimmt Vela ihr zu. Darin, dass sie Angst hat. Aber nicht davor, etwas zu wagen, eine Entscheidung zu treffen. Das ist Angst vor etwas Existenziellem.

Sie denkt. Sie weiß: Es ist nicht möglich, sich eine Zukunft vorzustellen mit so einer Leichtigkeit. Mit dieser Zuversicht, wie Maren sie hat. Das ist nicht möglich, es sei denn, man verschließt ganz bewusst die Augen. Will Zusammenhänge nicht sehen. Der Gedanke ist plötzlich ganz klar: dass Maren die Augen verschließt. Maren will bloß ihr Baby, will Mutter sein und aufgehen in dieser Rolle. Sich kümmern. Sich aufopfern. Und alles andere ausblenden, denn was ist das Wichtigste auf der Welt? Die Familie, die Menschen, die man liebt. Maren will ein Nest bauen, und dieses Nest ist eine Blase. Dieses Haus ist eine Blase, denkt Vela, es ist nichts als eine Blase, in der alles ganz schön erscheint, warm. Das Leben, die ganze Welt.

Wir pflanzen überall ein paar Eichen, um den Welthunger zu stillen, und dann kommt Jo und versprüht Lavendel, sorgt für ausreichend Achtsamkeit. Lasst uns alle zusammen meditieren. Dann erzählt Karsten vom Klettern, von Felswänden und wilder Natur, und sie träumen gemeinsam vom Reisen, von südamerikanischen Wäldern, von Mittelmeerinseln. Alles so faszinierend, die Landschaft, die Leute. Das ist doch, worum es geht: Begegnungen, echte Begegnungen, sich wahrhaftig zu verbinden mit den Menschen, die man trifft. Wahrhaftig! Davon schwärmen sie mit glänzenden Augen und sehen einander nicht an. Sitzen dabei in ihrer Blase. Im Haus, das eine Blase ist.

Vela schüttelt den Kopf. Sie sieht auf die Uhr: acht Minuten vor eins und Feierabend. Es reicht jetzt, Vela hat genug. Muss diesen Ort verlassen und ihre Gedanken. Auf die paar Minuten kommt's nicht an, sie loggt sich aus. Ein Brausen im Rechner, der heiß ist. Vela trinkt auf dem Weg durch den Raum ihr Glas Wasser aus. Läuft vorbei an blinkenden Geräten, Klebezetteln an Bildschirmen, Keksverpackungen auf Tischen, Tisch neben Tisch neben Tisch. Kaffeereste in Tassen, gestapelt im Spülbecken. Türme aus Geschirr. Modriger Geruch aus dem Mülleimer, der voll ist, Mittagessensreste darin. Fauliger Salat, durchweichtes Brot, Fettstückchen vom Fleisch. Irgendwann in der Nacht wird der Mülleimer geleert, wird sich jemand die Mühe machen, aufzuräumen, damit diejenigen, die in frühesten Morgenstunden hier ankommen, sich wohlfühlen können im sauberen Büro, in der Teeküche blitzeblanker Essiggeruch.

Vela im Fahrstuhl, Vela im Flur. Vela verlässt das Gebäude, atmet noch immer warme Nachtluft und wird dann gleich überrascht. Von Darek. Der steht vor dem Eingang und wartet. Als er Vela sieht, löst er seine verschränkten Arme. Madame, sagt er grinsend. Gehen wir noch auf ein Getränk in eine Bar?

Die zweite Überraschung, dieser Vorschlag. Im ersten Moment ist sie nicht sicher, ob er ernst gemeint ist, ob Darek hier bloß einen Scherz macht, ob er gleich sagt: Das ist ungefähr das Letzte, was ich jetzt will. Aber es liegt auch eine seltsame Dringlichkeit in seinen Worten, in der Art, wie er sie gesagt hat. So schnell. Wie einstudiert. In Velas Kopf rast es noch immer. Ihr schlagen die Gedanken gegen die Knochen, gefühlt. Rauskommen. Ablenken, denkt sie, und dann sagt: Warum nicht? Sie fügt hinzu: Aber für dich nur alkoholfreie Cocktails.

Virgin Mojito, here I come! Darek reckt die Hände in die Luft.

Sie laufen ein Stück, schweigend. Biegen dann in eine belebtere Straße ein, Lokale, Kneipen, Restaurants mit Stühlen und Tischen davor. Um sie herum Menschen, die ihre Fahrräder schieben, die in Grüppchen unterwegs sind, die Bierflaschen tragen. Überall ein Geschnatter, Gelächter, Musik, die aus den Innenräumen dringt, die voll sind. Voller Menschen. Vela und Darek blicken durch Scheiben und geöffnete Fenster, suchen nach freien Plätzen auf Terrassen. Es riecht süßlich, nach Bier, nach Wasserpfeife, nach Schweiß, es riecht nach Gegrilltem, ein bisschen verbrannt. Maschinen rühren rhythmisch in roter, fester Flüssigkeit.

Hier rein?, fragt Darek, und sie betreten eine Kneipe. Alles aus Holz. Eine gezimmerte Bar, es soll sicher selbst gemacht aussehen. Von der Decke baumeln an kupferfarbenen Kabeln einzelne, runde Glühbirnen, die ein schwaches Licht auf die Tische werfen, orange. Es dudelt ganz unaufdringlich Musik, es wirkt allgemein etwas zu gewollt. Es ist nicht voll, es sind bloß wenige Tische besetzt. Sie bestellen zwei Bier und setzen sich an einen Tisch ans Fenster, sie prosten einander zu: Frohen Feierabend.

War's nervig, bei dir?, fragt Darek. Vela zuckt mit den Schultern, lächelt schwach: Ach, wie immer. Und bei dir?

Viel los. Heute war Dernière.

Sie trinken. Es ist Dienstagabend, es ist Nacht, eigentlich ist schon Mittwoch. Auf dem Gehweg dröhnen lärmend Menschengruppen vorbei, suchen nach Orten, die lauter sind, suchen nach Action und Party. Vielleicht Touris, diese Ecke der Stadt ist ihnen vorbehalten, es ploppen hier ständig neue Bars und Kneipen auf, austauschbar, sie bieten sieben Tage die Woche Zerstreuung und schlechte Musik, bieten teure Getränke, bieten den Touris die authentischen Erlebnisse, nach denen sie angestrengt suchen.

Weißt du was?, sagt Vela und macht es kurz spannend. Ich bin richtig froh, grade hier zu sein.

Sie stellt ihr Bier ab, legt die Unterarme auf den Tisch und beugt sich näher zu Darek, der ihr gegenübersitzt, sie zischt: In dieser unpersönlichen, schrecklichen Kneipe.

Darek sieht sie an und lächelt. Er geht nicht ein auf

diese Vorlage, auf so ein Spiel: Jetzt könnten sie im Flüsterton sammeln, was alles schrecklich ist an diesem Ort, sich lustig machen über das hippe Barpersonal, über die seltsame Musik.

Vela beunruhigt das. Er wirkt, als würde ihn etwas bedrücken, als gäbe es einen Grund, warum sie hier sind, noch auf ein Getränk in einer Bar. Dann bricht er sein Schweigen und gestikuliert: Okay, ich geb's zu, der Laden gehört mir.

Ihr Scherzen, Herumalbern ist nicht wie sonst, es verliert sich. Sie verlieren Fäden. Kein Schlagabtausch. Ein Spruch, ein Witz, sie lachen, verhalten, sie schweigen. Darek trinkt schnell. Und Vela zögert zu sehr. Vela könnte einfach aussprechen, was sie gedacht hat, die ganze Zeit. Woran sie, jetzt gerade, immer noch denkt. Sie könnte sagen: Darek, ich weiß nicht mehr weiter. Könnte von Theo erzählen. Und von Marens verzerrtem Gesicht, von einer Maren, die heult, die so sehr will, dass Vela zustimmt. Keine Bedenken mehr hat. Von ihren Bedenken könnte sie erzählen, aber wo anfangen. Womit fängt man da an. Damit, dass Maren vielleicht sogar recht hat damit? Dass Vela das gar nicht mehr will.

Ich werd ausziehen, sagt Darek dann. Ganz ohne Vorwarnung. Ohne Zusammenhang. Er sagt es einfach. Und reißt Vela zurück in die Kneipe, ins Jetzt. Ins Gespräch. Vela versteht, hat verstanden. Vela hört zu. Hat zugehört. Oder nicht? Blut rauscht. Und irgendwie ist das seltsam: Vela fühlt sich, als hätte er das schon einmal gesagt. Als wäre das gar nichts Neues. Ist das ein Schock, ist sie überrumpelt? Überrumpelt, mit Sicherheit, ja. Aus Gedanken gerissen. Aus den Spiralen. Es erscheint ihr als eine angemessene Reaktion, zu nicken und zu sagen: Oh, ja, klar.

Aber sie ist sich nicht sicher, ob sie das nun gesagt hat. Ob sie ein Wort, zwei, drei Worte gesagt hat, gerade. Oder genickt? Ihr Nacken fühlt sich steif an. Verhärtet. Nicht so, als hätte gerade Bewegung stattgefunden.

Ich hab mit den anderen noch nicht gesprochen, sagt Darek. Aber ich hab schon ein Zimmer, in der Stadt. Bei einem Freund. Das hat sich jetzt so ergeben. Zufall. Oder Glück.

Er sagt: Ich hab so lange hin und her überlegt, und es bringt einfach nichts. Es bringt nichts, im Haus zu bleiben

Niemand hat da was von.

Ich muss mich hier mal wieder – orientieren. Mal schauen, was so geht. Am Theater. Mich da irgendwie reinmanövrieren.

Jetzt, jetzt aber, Vela merkt es, sie registriert: wie sie nickt. Ganz leicht, ganz langsam. Darek sieht sie an, er saugt ihr Nicken auf, ihre Zustimmung zum Gesagten. Große Augen macht er dabei, er empfängt ihre Legitimation und fährt dann fort: Weißt du, ich hab das Gefühl, ich stecke dort irgendwie so fest. Und Theo – das mit Theo ist auch nicht wirklich gut. Das war von Anfang an bescheuert. Mit Theo unter einem Dach, Gott.

Darek lehnt sich zurück und schüttelt den Kopf, kurz und heftig. Vela schluckt. Trinkt Bier. Das Bier schmeckt schon schal, abgestanden, als säßen sie seit Stunden hier.

Es findet sich bestimmt jemand anderes, sagt Darek. Oder das Zimmer bleibt erst mal frei. Ist ja auch nicht schlimm. Aber ihr kennt ja alle Leute, die sich dafür interessieren.

Und Vela wieder: nicken. Ja, bestätigen. So sieht es aus, sie kennen alle Leute, das finden viele spannend, interessant, viele möchten das gern ausprobieren, ein solches Leben im Hausprojekt. Gemeinschaft. Es ist nicht nötig, dass Vela Nachfragen stellt, Darek räumt alle Unklarheiten fort, er hakt alles ab: Das Zimmer bei meinem Freund ist jetzt schon frei. Ich weiß, das ist alles superknapp. Aber wenn ich mit Theo spreche – Theo wird das schon verstehen.

Vela, ist alles okay?

Darek grinst, lacht. Weiß sich nicht anders zu helfen. Flüchtet sich wieder in Späße, in etwas, das nicht ernst gemeint ist: Bist du eingeschlafen, fragt er, glucksend.

Hey, ich bin ja dann nicht aus der Welt. Wir sehen uns trotzdem noch, Vela, hörst du? Wir sind nur keine Mitbewohner mehr.

Wann hast du das entschieden?, fragt Vela.

Was auch immer Darek jetzt sagt. Sagt er: Spontan, erst heute, gerade eben hat mich mein Freund gefragt wegen des Zimmers. Sagt er: Seit zwei Wochen. Seit einem Monat. Schon eine ganze Weile. Es ist egal, was er sagt, die Antwort spielt keine Rolle, ist unwichtig, Vela weiß nicht, warum sie das fragt. Aber sie weiß, wusste, sie wusste schon länger, dass Darek ausziehen wird. Das wird ihr klar, jetzt. Ist ihr bewusst. Es ist keine Neuigkeit. Es ist natürlich eine Neuigkeit. Es schockiert sie, und es überrascht sie nicht.

Sie trinken das Bier aus und stehen dann auf. Es ist erledigt, was zu erledigen war, Darek hat verkündet, was er sagen wollte. Sie schlagen den Weg durch eine Seitenstraße ein, um dem Lärm zu entkommen, der durch viele Menschen angewärmten Luft, die zwischen den Gebäuden steht, wabert. Sie laufen und kommen dann beim Auto an. Velas Hand an der Tür, während Darek aufzuschließen versucht, es braucht zwei, es braucht drei Anläufe. Im Auto kaut Darek Kaugummi. Sie fahren, verlassen die Stadt. Fahren zurück in den Ort.

*

Es zerrt an ihnen, und es drängt sich zwischen sie. Maren geht es nicht gut. Das merken bald auch die anderen. Jo sieht ihre Schwester auf so eine Art an, mit schief gelegtem Kopf. Maren sagt, sie fühlt sich körperlich nicht so prächtig, sie sagt, sie hat Kopfschmerzen, seit Tagen. Vielleicht eine Migräne, wer weiß. Das ist ihre Entschuldigung, mit der sie sich meistens zurückzieht, sie möchte mit niemandem sprechen. Auch mit Vela nicht, nein. Sie versucht es, Vela versucht es mehrere Male, sie versichert ihr immer wieder aufs Neue: Ich will das auch, Maren, ich will das immer noch. Wir wollen das beide. Zusammen.

Maren tut sich schwer damit, sich zu verstellen. So zu tun als ob. Sie versteckt nichts, sie hält nichts zurück. Das macht die Dinge oft leichter: Man weiß, woran man ist bei Maren. Da ist nichts gespielt, nichts gekünstelt. Sie sagt, was sie denkt, und sie folgt ihrem Bauchgefühl. Es trügt sie selten, eigentlich nie. Sie vertraut diesem Gefühl, ohne zu zögern, und überhaupt: Sie vertraut, hegt ein unerschütterliches Vertrauen in die Welt. In den Lauf der Dinge.

Jetzt ist sie in diesem Vertrauen gestört, als sei etwas aus einer Spur geraten. Zerfallen. Und schuld daran ist sie. Vela. Sie fragt sich, ob es um Schuld geht, sie fragt sich, was all das eigentlich ist, woran es liegt. Sie versucht, Marens Frage wenigstens für sich selbst zu beantworten, warum will sie das nicht. Warum hat sie dieses Gefühl? Warum, warum, warum nicht Theo? Warum es nicht einfach versuchen?

Weil es jemand ist, den sie kennen? Weil es einem anfänglichen Plan widerspricht. Weil sie Theo nicht traut. Weil da irgendetwas ist. Weil Theo sich zwar, natürlich, so gibt, als wäre er selbstlos, als interessierten ihn hauptsächlich andere. Weil er aber eigentlich gar nicht so ist? Theo hat Hintergedanken, oder Pläne, Theo tut nichts ohne Grund. Ist das eine Unterstellung, unterstellt sie ihm etwas, das nicht stimmt?

Theo, der Landschaftsarchitekt. Theo, wie er sich eine Zigarette dreht und sie dann hinters Ohr klemmt. Wie er die Treppe herunterläuft, beschwingt. Sich unten im Garten dann streckt, die Arme in der Höhe, er macht sich ganz lang und atmet gut durch, atmet frische Luft. Er zieht den Reißverschluss seines Rollkragenpullovers hoch, bis unters Kinn. Oder er streicht sich das Shirt glatt, streicht über Streifen, schwarz-weiß. Streicht sich über den Bart. Dann hellgraue Rauchschwaden aus seinem Mund, die sich schnell verflüchtigen. Die vom Wind in eine Richtung davongeweht werden. Theo, der beim Rauchen auf und ab läuft, der einen Arm anwinkelt vor der Brust. Der den anderen Arm darauf stützt, die Zigarette in der Hand. Der sich umsieht im Garten. Prüfende Blicke wirft er umher, um nachzuschauen, ob alles auf dem richtigen Weg ist, ob alles so wächst und gedeiht, wie er sich das vorstellt. Vela beobachtet ihn, und sie denkt sich: Wenn man ihn so sieht, sieht er einfach bloß nett aus. Ganz freundlich, und harmlos, ganz klar. Ein Mann, der eine Pause macht. Der in seiner Pause gemütlich raucht und in den Himmel sieht, in die Wipfel der Bäume. Der versucht, zwischen Zweigen und Laub einen Vogel zu erkennen, der zwitschert. Immer so ein leichtes Lächeln hat er dabei auf den Lippen, ein Lächeln in Ansätzen, das zeigt, er ist ein zufriedener Mensch. Es läuft so weit alles nach Plan. Dann macht er schnelle Bewegungen. Er tritt die Glut der Zigarette aus, geht zur Seite zu den Mülleimern und wirft die Kippe in den Restabfall. Er reibt sich die Hände. Fährt sich, im Gehen, mit den Fingern, mit beiden Händen durch dichtes, durch dunkles und grau meliertes Haar. Leise ist das Geräusch der Tür zu hören, die Tür, die immer leicht quietscht. Im Glas spiegeln sich Teile des Gartens, spiegelt sich Grün, und dann fällt sie hinter ihm zu. Theo ist wieder drinnen, er geht die Treppe hinauf und räuspert sich, er hustet, mit einer Faust vor dem Mund. Oben am Schreibtisch verschafft er sich einen Überblick. Er trinkt aus der Tasse, die dort steht, einen kalten Schluck Tee. Er liest sich durch einen Berg E-Mails, die er bekommen hat, prüft im Kalender seine Kapazitäten. Dann muss er aber wieder ans Werk. Es gibt Landschaften zu planen. Das aktuelle Projekt muss bald abgeschlossen sein. Theo hat zu tun, er ist gefragt und beschäftigt. Er ist ein erfolgreicher Mensch. Einer, der Gutes tun will mit seinen ambitionierten Plänen. Theo ist gut. Niemand würde so schnell etwas anderes denken von ihm.

Maren steht Kummer im Gesicht, nicht zu übersehen, während sie ihren Rucksack packt. Vom Wäscheständer klaubt sie Leggings, Socken, T-Shirts, die sie zusammenlegt, faltet, und dann verstaut. Dabei schnieft sie, in unregelmäßigen Abständen. Sie zieht die Nase hoch, als würde sie weinen. Als wäre etwas sehr anstrengend für sie. Sie reibt sich mit beiden Händen durchs Gesicht, sie steht vor dem Schrank und wirft prüfende Blicke hinein. Zerrt Strumpfhosen hervor. Ein Kleid. Ihr Jackett. Das Jackett, das glitzert. Sie streicht vorsichtig über Pailletten. Und ignoriert Vela dabei. Bei allem, was sie tut. Sie steckt schicke Schuhe in eine Plastiktüte, die knistert. Sie geht ins Bad und kommt wieder zurück. Betritt den Raum und sieht aus, als müsste sie überlegen. Als würde sie überlegen, was jetzt noch fehlt. Kein Blick zu Vela, die auf dem Bett sitzt. Maren verhält sich, als wäre Vela nicht da.

Vela seufzt schließlich und steht auf. Geht aufs Klo. Denkt im Bad an Vergleiche, an Beschreibungen, die ihr bisher eingefallen sind. Aus dem Gleichgewicht, aus der Ruhe gebracht. Eine verschobene Balance. Als wären sie Fremde, als gäbe es keinerlei Basis zwischen ihnen, kein Vertrauen.

Vela geht zurück. Steht in der Tür. Maren steckt Dinge in einen Stoffbeutel, ihren Kalender. Ein Buch, das sie liest. Das Ladekabel für ihr Telefon, eine Tube Handcreme, die auf dem Nachttischchen steht. Maren seufzt, aber nicht so, wie es üblich ist für sie. Kein Marenseufzen, kein Ton der Entspannung. Im Gegenteil. Sie sieht auf, sieht Vela an: bloß ein paar Sekunden lang. Sie sagt: So, ich muss los.

Vela hebt ihre Hände. Will Maren umarmen, sie anfassen. Ihre Schultern. Arme. Ihren Körper berühren, der bepackt ist. Rucksack und Beutel. Und das Jackett, das sie sich über den Arm legt.

Hey, sagt sie, lang gezogen, ein Versuch. Ein Wort, das bedeuten soll: Geh doch nicht einfach so. Nicht in dieser Stimmung. Nicht mitten in so einem seltsam unausgesprochenen Streit.

Maren schüttelt den Kopf. Geschlossene Augen. Sie sagt: Vela, ich muss jetzt wirklich los.

Soll ich dich fahren?, fragt Vela schnell. Worte wie aus der Pistole. Und Maren schüttelt wieder den Kopf.

Ich fahr dich, zum Bahnhof, sagt Vela. Beharrlich. Ich fahr dich in die Stadt.

Maren atmet aus. Dann sagt sie: Das geht nicht. Weil Theo mich fährt. Theo nimmt mich mit, er muss auch in die Stadt.

Und Vela, behutsam, ihre Stimme ganz leise. Ganz ruhig sagt sie: Okay. Gut, dann sehen wir uns Sonntag. Okay? Wir sehen uns Sonntag und reden dann.

Und Maren: Ja, klar.

Es klingt ein bisschen verächtlich. Es klingt nicht so, als wäre Maren das ernst. Sie geht an Vela vorbei, durch die Tür, durch den Flur. Ist dann nicht mehr zu sehen.

*

Am Abend badet Vela. Lang gestreckt, den ganzen Körper unter Wasser. Sie sieht Haut. Dunkle Haare. Das Wasser ist grünlich, es schimmert. Es soll nach Thymian duften. Die Wanne ist rutschig, Velas Haut hat an der Keramik keinen Halt. Sie lehnt sich zurück, ihr Po rutscht etwas zu weit nach vorn, über die Mitte der Wanne hinweg, sie stemmt die Füße gegen die Wannenwand. Im Nacken ist ihr Haar nass geworden. Vela sagt sich: Nicht schlimm. Es geht doch hierbei um Entspannung. Wärme für die Muskeln, für den Rücken, die Glieder. Um Wasser geht's, da ist es nicht schlimm, wenn die Haare nass werden.

Nach ein paar Minuten, vielleicht sind es ein paar Minuten, zeitlich hat sie den Überblick verloren, beginnt es im Rücken zu pulsieren. Zwischen den Schulterblättern. Ist das Blut, angewärmtes Blut, das ihr durch den Körper rauscht? Die Wirbelsäule, die Flüssigkeit darin. Oder das Wasser ist zu heiß. Sie kontrolliert. Streckt einen Fuß aus dem Wasser, es plätschert. Die Haut ist nicht gerötet, nicht gereizt.

Draußen bewegt sich jemand die Wendeltreppe hinab. Die Treppe schwingt ganz leicht, verursacht ein metallisches Geräusch. Vela lehnt sich aus der Wanne, sie schaut zur Tür und überprüft, ob sie abgeschlossen ist. Da sind jetzt Schritte zu hören in der Küche. Oder im Flur. Und das Pulsieren in Velas Rücken, sie kann sich jetzt nicht mehr entspannen. Noch einmal legt sie den Kopf zurück, gegen die Wanne, schließt die Augen und atmet bewusst durch die Nase, sie riecht. Keinen Thymian.

Es tropft und plätschert, als Vela ihren Körper herausmanövriert aus der Wanne. Noch immer grünliche Wellen, als sie sich schon in ein Badetuch gewickelt hat. Sie zieht den Stopfen aus dem Abfluss, es gurgelt, und es klopft an der Tür.

Vela, bist du da drin? Das ist Theo.

Wieso geht er nicht ins andere Bad.

Bin gleich fertig, sagt Vela und merkt, dass sie sich nicht beeilen kann. Sie ist verlangsamt durch die Hitze, sie schwitzt. Trocknet ihre Haut ab, und sogleich ist darauf schon wieder ein Schweißfilm, ganz deutlich.

Kein Problem, lass dir Zeit.

Schritte entfernen sich. Gehen sogar wieder die Wendeltreppe hoch. Vela hält inne und horcht.

Sie fühlt sich getrieben, überhaupt nicht entspannt. Sie fühlt sich, als hätte sie zu viel Zeit für sich beansprucht in diesem Raum. Das Gefühl überschüttet ihren Körper. Vermischt sich mit ihrer Unruhe, mit ihrer Angespanntheit. Die Unruhe drängt von innen ins Außen, und von außen greift sie in Velas Inneres hinein. Sie hat das Gefühl, im Weg zu sein. Sie blockiert Raum. Blockiert Möglichkeiten. Für Maren, für Theo, für sich selbst, Vela ein Hindernis. Ihre körperliche Existenz und ihre Gedanken, die immer zu viel sind, immer zu besorgt. Paranoid. Würde Maren das nennen. Sie sieht Maren vor sich, sie hört Maren fragen: Wieso bist du so misstrauisch? Warum zweifelst du so? Es ist jetzt möglich, dieses Gefühl einzuordnen.

Es zu interpretieren. Es sitzt ihr in der Brust. Im Kopf. Überall. An verschiedenen Orten. Als wäre sie zu viel.

Mit einem lautstarken Gurgeln verschwindet der letzte Rest grünliche Flüssigkeit im Abfluss. Vela lässt klares Wasser nachlaufen. Das Handtuch rutscht ihr vom Körper, sie wickelt es sich wieder um. Horcht. Ob jemand draußen ist, vor der Tür. In der Küche. Im Flur.

Durch den Flur geht sie ins Schlafzimmer, setzt sich aufs Bett und lässt den Oberkörper zurückfallen, sie liegt da, noch schweißnass, im Handtuch. Hände auf der Stirn. Hände über dem Gesicht. Ihre Hände, jetzt riecht sie's, duften nach Thymian.

Um sich zu beruhigen, stellt Vela sich vor, was Maren gerade erlebt. In jedem Fall hat sie jetzt bessere Laune. Ist abgelenkt. Sie ist Tanzmaren und denkt vielleicht gar nicht mehr an Streit. An eine ausstehende Entscheidung. An Hindernisse, an Vela.

Maren sitzt höchstwahrscheinlich in einem dunklen Raum und ist ganz gebannt. Stößt eine Kollegin in die Seite, um ihr etwas zuzuflüstern. Spürt selbst schon ein Zucken im Körper, sagt so etwas wie: Ich kann die Workshops gar nicht erwarten! Der Raum ganz erfüllt von Musik. Klavier, verzerrte Klänge, ein Bass, eine Snare-Drum. Vielleicht wird die Musik live gespielt, während stark geschminkte Menschen in beachtlichen Kostümen ihre Körper bewegen. Maren in ihrem Element. Voll bei der Sache, hoch konzentriert, dennoch entspannt, sie genießt. Vielleicht wird auch schon genetzwerkt, bei Sekt und bei Häppchen, bei lauterer Musik. Sie dröhnt in den Ohren, aber den Scharen macht das nichts, die Tanzmeute ist glückselig darüber, dass sie die Bässe fühlen können, während sie fachsimpeln über Rhythmen und Bewegungsabläufe, über Choreografien und Absichten. So stellt Vela sich das vor: ein Fest, ein gelungener erster Abend, alle paar Minuten ein Toast, ein Anstoßen auf irgendetwas.

Sie vermisst Maren. Vermisst ihre physische Anwesenheit, ihr Seufzen. Plappern. Ihr Schwelgen. Stell dir vor, Vela. Stell dir mal vor. Sie hätte gern Marens Arme um sich, jetzt. Ihre Haut. Daran riechen will sie, die Nase vergraben. Und es tut ihr so leid. Das will sie sagen. Wird sie sagen, am Sonntag: Dass es ihr leidtut, ihr Zögern und Zweifeln. Maren, ich will, dass du glücklich bist. Dass es dir gut geht. Wir probieren das aus, meinetwegen. Sie sagt sich den Satz leise vor: Wir probieren das aus. Es fiept so in Velas Ohren. Es rauscht so in ihrem Kopf.

Sie schüttelt sich dann, schüttelt all das ab. Vermissen. Die Unruhe. Sie steht auf. Es knackt in ihrer Wirbelsäule. Sie dreht den Kopf, beugt ihn schief nach rechts, nach links. Vela zieht sich schnell etwas an, T-Shirt, Leggings, sie geht schulterkreisend in Richtung Küche. Sie wird etwas trinken. Sich einen Tee kochen. So.

Sie lässt Wasser in den Kessel laufen und hört dann: eine Stimme, die etwas ruft. Eine andere Stimme dazu. Vela hält inne und stellt den Wasserhahn aus. Wer ruft da, und weshalb klingt das wie ein Streit. Die Stimmen kommen aus Richtung des Wohnzimmers, und sie klingen wie die von Theo und Jo. Oder Karsten? Vela ist sich nicht sicher. Es könnte genauso gut Karsten sein, der da gerade lauter geworden ist. Vela versteht nicht, was gesagt wird. Oder gerufen. Sie hört bloß, dass es angespannt klingt, geladen. Und dann Karsten, wie er Jo beruhigt? Oder Theo. Sie hört mehrfach etwas, das klingt wie ein lang gezogenes: Hey. Und Jo, die eindeutig weint. Sie hört Jo sich räuspern und husten.

Vela sagt sich: Das geht mich nichts an. Sie atmet tief durch und stellt den Kessel auf den Herd, auf das Gitter. Sie dreht die Gasflamme an, die klackert und dann zischt in einem gleichmäßigen Ton. Sie angelt einen Teebeutel aus der Schublade, eine Tasse aus dem Regal. Es ist eine Tasse mit dem Schriftzug der Schule im Ort, Karstens Schule, und dann fällt ihr ein: Das muss Theo gewesen sein, gerade, Karsten ist heute nicht da. Er ist beim Elternabend. Vela sieht auf die Uhr, es ist kurz vor zehn. Wahrscheinlich, ziemlich sicher, ist er noch dort. Das Wasser im Kessel brodelt, aus der Öffnung dampft es und pfeift. Vela dreht das Gas aus und gießt Flüssigkeit in ihre Tasse, gießt ihren Tee auf und stellt den Kessel wieder ab, auf dem Herd.

Sie horcht. Es ist nichts mehr zu hören. Es ist jetzt wieder ganz still. Nur ganz leise erahnt sie von unten, aus Dareks Zimmer, Musik. Bässe. Sie steht und erschreckt sich, als das Surren des Kühlschranks einsetzt neben ihr. Und dann öffnet sich die Terrassentür.

Jo steht darin, die Hand an der Klinke, und zuckt zusammen, als sie Vela sieht. Fuck, oh mein Gott, sagt sie, außer Atem. Ich hab dich gar nicht gesehen.

Vela presst die Lippen aufeinander und ist unschlüssig, was sagen oder was tun? Sie setzt eine Art entschuldigenden Blick auf, um zu zeigen: Das tut ihr leid, dass sie hier so steht.

Jo atmet schwer, und ihr Blick ist ganz glasig. Ihre Haare sind irgendwie zerzaust. Sie greift nach dem Weinglas, das auf dem Tischchen neben dem Sofa steht, und geht damit in Richtung des Surrens, in Richtung Kühlschrank, und sie öffnet die Tür. Schüttet einen Rest Weißwein ins Glas, und dann hält sie die leere Flasche in Velas Richtung, ohne sie anzuschauen. Sorry, wolltest du auch?, sagt sie. Sie lallt es ein bisschen. Jo wirkt, nein, Jo ist betrunken. Sie schwankt etwas und lehnt sich dann an die Kante, stützt sich ab an der Arbeitsplatte neben dem Kühlschrank. Sie setzt das Glas an und neigt ihren Kopf, nach hinten, und im Glas bleibt danach bloß noch ein Schluck.

Jo?, fragt Vela, und sie fragt vorsichtig weiter: Ist alles – okay?

Jo nickt ganz langsam, und dann schüttelt sie in Ansätzen den Kopf. Sie hält sich die eine Hand vors Gesicht, sie bedeckt es damit fast komplett. Ihre Schultern zucken. Sie weint. Sie bemüht sich, dabei ganz leise zu sein.

Hey! Vela stellt ihre Teetasse ab. Sie geht auf Jo zu und versucht, ihr die Arme um die Schultern zu legen, sie versucht, sie an sich zu drücken: Nein, lass, protestiert Jo mit ganz heiserer Stimme. Lass, ist schon gut, ist okay.

Was ist denn passiert, fragt Vela, behutsam.

Jetzt schüttelt Jo heftig den Kopf, ihr Gesicht ist zusammengezogen. Sie kneift die Augen zu, presst die Lippen aufeinander, ehe sie dann angestrengt ausatmet. Die Nase hochzieht. Ach, fuck, es ist nur wegen Eli.

Was? Was ist denn mit Eli, ist was passiert?

Vela spürt, wie ihr plötzlich das Herz klopft. Fast unangenehm, in einem viel zu schnellen Rhythmus fühlt sie das Pochen, sie ist auf einmal nervös.

Jo macht eine Geste, die abwinken soll, dann greift sie wieder nach ihrem Glas. Vela hält ihre Hand fest, sie versucht es zumindest, ganz sanft.

Hey, Jo, was ist passiert? Was ist mit Eli?

Nichts, sagt Jo ganz lang gezogen. Auf eine ganz seltsame Art klingt es gequält. Sie sagt: Es kotzt mich nur manchmal alles so an.

Vela ganz irritiert, verwundert. Es arbeitet in ihr. Jo, die immer so gelassen ist, so bemüht darum, in ihrer Mitte zu sein. Bei sich. So bemüht darum, dass alles gut läuft. Und Vela denkt sich: Natürlich. Natürlich kann so etwas nicht funktionieren. Nicht auf Dauer, jemand kann doch nicht dauerhaft, permanent, alles Negative so von sich wegschieben, nichts zulassen, das keine Glückseligkeit ist. Natürlich muss Jo das auch alles einholen, von Zeit zu Zeit. Und Vela ist fast beruhigt, auf einmal, sie ist fast erleichtert, sie so zu sehen: Das macht sie gerade so nahbar. Das macht sie menschlich, irgendwie.

Vela muss lächeln. Sie legt Jo vorsichtig eine Hand auf die Schulter und sagt: Das ist doch nicht schlimm, Jo. Hey, hörst du? Das ist ganz normal.

Und sie denkt sich: Das ist Überlastung. Na klar, so ist das mit einem Kleinkind. So ist das als Mutter, die ständig unter Druck steht, die ständig besorgt ist, permanent alarmiert. Eigentlich. Auch wenn Jo immer so tut, als wäre sie ganz gelassen, als würde sich schon alles fügen, ganz von allein.

Und dann schaut sie plötzlich in ihre Augen: Jo sieht Vela an mit durchdringendem Blick. Vela, du hast überhaupt keine Ahnung, sagt sie, und ihre Stimme klingt beinah böse dabei. Du hast keine Ahnung, was schlimm ist und was nicht, und was normal ist, was redest du da.

Alles okay, sagt Vela langsam. Alles okay, denkt sie sich einmal mehr, sie denkt sich und sagt sich: Jo ist betrunken. Jo weiß gerade nicht, was sie tut.

Es ist nicht alles okay, sagt Jo, ihr bricht die Stimme beim letzten Wort weg. Sie dreht den Oberkörper etwas in die andere Richtung und leert ihr Weinglas. Sie hustet.

Vela sagt: Weißt du, Karsten und du, ihr macht das so super. Und Eli, ich meine, schau doch, wie gut –

Ich lüge Karsten an, und ich lüge mein eigenes Kind an, sagt Jo, sie sagt das ganz monoton.

Und Vela versteht nicht. Vela kommt jetzt wirklich nicht mehr ganz mit. Sie schüttelt den Kopf und zieht die Augenbrauen zusammen.

Jo flüstert. Jo zischt die Worte dann bloß: Eli ist von Theo. Verstehst du? Eli ist nicht Karstens Kind. Sie sieht Vela nicht an, diesmal starrt sie. Sie starrt ganz geradeaus. In ihren Augen sammeln sich Tränen, die Tränen laufen ihr dann durchs Gesicht.

Vela sagt, und jetzt klingt sie heiser, sie sagt bloß: Oh.

Und dann reißt sich Jo zusammen. Sie stellt das Glas ab, ein bisschen zu heftig, es poltert, aber es geht nicht zu Bruch. Jo wischt sich mit beiden Händen durch ihr Gesicht, sie wischt Tränen beiseite, fährt sich kräftig mit den Fingern durchs Haar. Sie sagt etwas lauter, ihre Stimme klingt auf einmal ganz fest: Fuck, fuck, fuck. Dann fixiert ihr Blick wieder Vela, sie schaut ihr direkt in die Augen: Vela, du hältst deine Klappe. Du hast das grade nicht gehört.

Sie kann dazu gar nichts sagen. Vela, sie steht da und weiß nicht, wohin. Mit den Händen, die sie noch in Jos Richtung gehalten hat, vorhin, um Jo, die weinende Jo zu umarmen.

Jo greift nach der leeren Weinflasche, sie dreht sich um und geht. Sie wankt ein bisschen kurz vor der Tür zur Terrasse, die sie aufreißt, durch die sie hindurchgeht, nach draußen. Vela hört das Geräusch von Glas auf Stein, ist nicht sicher, ob die Flasche zerbricht, gerade, oder ob Jo sie nur mit zu viel Schwung abstellt, so wie vorhin auch ihr Glas. Sie schaut durch die Fensterfront nach draußen, aber sie sieht nur, gespiegelt, sich selbst.

*

Vela schläft schlecht. So ein unruhiger Schlaf, aus dem sie immer wieder hochschreckt, hellwach ist für einen Moment und dann meint, noch überhaupt gar nicht geschlafen zu haben. Sich die ganze Zeit nur zu wälzen, von einer Seite auf die andere, und keine Liegeposition ist bequem. Sie sieht Gesichter vor sich, Menschen. Plötzlich ist da Theo, der klopft. Der mit geknicktem Zeigefinger gegen eine Holztür schlägt: Hallo? Hallo? Lass mich rein, lass mich jetzt rein. Plötzlich. Jos Gesicht anstelle von Theos. Vela ist desorientiert. Durcheinander. Sie fragt sich, wo sie hier liegt. Tosen von Autos auf der Straße, Rattern. Sind da aufheulende Motoren zu hören. Sirenen von Krankenwagen, Polizeiautos an der Kreuzung. So viele Einsätze in der Nacht, so viele Notfälle, so viel Verkehr. Vela, die plötzlich die Augen aufreißt und nichts sieht, alles ist dunkel, fragt sich für einen Moment, wo sie ist. In der Wohnung, in der Stadt? Sie wühlt mit einer Hand über die Matratze, streicht über Laken und Kissen. Da liegt niemand außer ihr. Marens Seite im Bett ist leer. Sie braucht, um sich zu sammeln, um sich die Situation zu erklären. Erkennt dann Umrisse, Kanten. Die Anordnung der Möbel im Raum. Sie sieht sich von außen, von oben. Im Bett liegen. Sich unruhig wälzen, drehen. Sie hört ein Knacken im Holz. Das Fenster steht offen, und es ist trotzdem ganz still. Irgendwo entfernt bellt ein Hund. Sie ist noch halb in einem Traum, deswegen ist sie so konfus.

Am Morgen brennen ihre Augen. Sie brennen, als hätte Vela an einem Feuer gelegen, als wären ihr über Stunden Rauch und Ruß ins Gesicht geweht worden. Sie sitzt im Bett und rekapituliert. Reibt sich dabei die brennenden Augen. Und es zuckt so ein Gedanke durch ihren Kopf: Ob Maren was weiß. Dass sie stillhalten soll, schweigen, so weit verstanden. Das leuchtet ihr ein. Aber Maren, die eigene Schwester. Mit der Jo doch so eng ist, schon immer, ist das nicht, was Maren seit jeher erzählt? Sie und Jo, die unzertrennlichen Schwestern, unter einer Decke, im wahrsten Sinne: Sie verkriechen sich zusammen unter Bettdecken und flüstern. Stehen zusammen auf Schulhöfen, Spielplätzen, vor Festzelten. Vertrauen einander alles an, so erzählt das Maren: Weißt du, ich hab nie Tagebuch geschrieben, denn ich hatte ja Jo.

Da reicht immer ein Wort, ein Blick, ein jahrealtes heimliches Zeichen, und schon treffen sich die Schwestern in einem der Kinderzimmer. Krisenbesprechung. Sie treffen sich im Garten, am Rand, an hochgewachsenen Sträuchern, zwischen Stachel- und Johannisbeeren. Sie drehen eine Runde durch den kleinen Ort, bewegen sich im Schneckentempo durch Dämmerung und Frühsommerluft. Sie hören am Sportplatz ein paar Jungs mit dem Ball kicken. Setzen sich ins hohe Gras und rauchen geklaute Zigaretten. So hat Maren das erzählt: Die hat Jo mitgehen lassen. Jo hat alles Mögliche geklaut.

Vela stellt sich das vor: wie Maren sich heimlich mit Jo trifft, in der Stadt. In einem Café oder in der Wohnung, wenn Vela nicht da ist. Wenn sie im Büro sitzt.

Jo holt Maren in der Tanzschule ab und fällt ihr, schon heulend, in die Arme: Maren, ich hab den größten Mist gebaut. Den größten Mist aller Zeiten.

Ob das eine Affäre gewesen ist, so eine Liebelei wie die zwischen Theo und Nat? Wie die zwischen Theo und Darek, schiebt Vela gleich noch hinterher. Theo und sie alle. Theo, lechzend nach Liebe, nach Anerkennung. Körpern. Einer, der begehrt werden will. Es könnte auch ein einmaliger Ausrutscher gewesen sein. Karsten auf Klassenfahrt, nichts ahnend und guter Dinge in einer Jugendherberge, Kilometer entfernt, und währenddessen. Zu Hause. Im eigenen Schlafzimmer. In seinem eigenen Bett, womöglich, sein bester Freund. Seine Lebensgefährtin. Zwei, die sich in eine Laune hineingesteigert haben, die vielleicht betrunken sind. Bekifft. Die sich denken: Ach, warum nicht.

Dass es wie eine Soap ist, denkt Vela, wie albern. Wie lächerlich. Jo, das Klischee der achtsamen Frau, so bedacht darauf, dass auch alles im Einklang ist, Jo hatte einen unachtsamen Moment. Oder, wer weiß, vielleicht hat sie erst danach begonnen, sich da so hineinzufiebern. Um zu kompensieren, um zurechtzukommen damit. Ich kriege ein Kind von jemand anderem, was hilft dagegen? Ölziehen am Morgen. Ayurvedischer Tee. Yoga und Meditation.

In der Küche sitzt Nat mit ihrem Laptop. Sie sitzt an der Insel und liest, sie scrollt sich durch einen Artikel. Guten Morgen, sagt sie und schaut bloß kurz in Velas Richtung. Vela, die die Küche betritt. Nat klingt gut gelaunt. Sie klingt so wie immer, beschwingt. Vela sagt gar nichts, sie lächelt nicht mal, dafür ist sie zu müde. Auf der Stelle könnte sie umfallen, könnte sie den Schlaf nachholen aus zehn Nächten, zwanzig.

Vela schüttet kalten Kaffeerest ins Becken, spült die Kanne aus, lässt Wasser in die Kanne laufen. Sie stellt die Kanne auf die Platte, in die Maschine, und nimmt sie gleich wieder heraus: um das Wasser oben hineinzugießen. In den dafür vorgesehenen Behälter. Sie schüttelt, ganz langsam, den Kopf, bemüht sich um etwas mehr Konzentration. Sie hört Nat tippen auf der Tastatur. Sie hört Nat leise auflachen. Als hätte sie gerade etwas Witziges gesehen. Eine nette Nachricht gelesen. Vela denkt: Was auch immer, und löffelt Pulver in den Filter, zwei, drei, vier, fünf. Sie stützt sich mit beiden Händen auf der Arbeitsplatte ab und wartet, dass die Kaffeemaschine ihr Gluckern beginnt.

Hey, Nat, hört sie dann jemanden sagen. Jo. Das ist Jo.

Was machst du denn noch hier?

Nat sagt: Ich hab heut Vormittag frei. Ich muss gleich zur Zahnärztin, hatte ich doch gestern erzählt.

Ach ja! Jo, ganz zerstreut. Stimmt ja, stimmt, hattest du erzählt. Ja.

Oh, und zwar muss ich so ziemlich sofort los.

Nat klappt den Laptop zu. Vela hört, im Rücken, wie ein Hocker verschoben wird. Sie hört das Klimpern von Schlüsseln. Hört ein Räuspern, ein Hüsteln, hört Reißverschluss, den jemand zuzieht. Hört, wie Nat dann wispert, wie sie witzelt und sagt: Schau mal, ich glaub, Vela ist gar nicht wach. Ich glaube, Vela ist Schlafwandlerin.

Dann ruft sie: Tschau, bis später!

Vela dreht sich um. Jo sieht geschafft aus, sie sieht aus, als wäre ihre Nacht ähnlich verlaufen wie die von Vela, als hätte sie ähnlich furchtbar geschlafen. Jo bewegt den Kopf, sie wirft ihren Blick hin und her. Sie schaut nach links, nach rechts, schaut zur Decke, als würde sie damit rechnen, dass da irgendwo jemand sitzt, eine Person, die etwas mitbekommen könnte. Die sie belauscht. Eine Person, die sich versteckt, die sie beobachtet, wie sie hier stehen: zwischen sich die Kücheninsel. Ein Puffer zwischen Vela und Jo. Jo räuspert sich knapp und zögert. Ihr ist anzumerken, dass sie etwas sagen will, unbedingt und sofort, dass es ihr schwerfällt, außerdem. Sie atmet kräftig aus, durch die Nase. Dann sagt sie, ganz schnell: Vela, ich denke, das ist eh klar, aber du musst mir versprechen, das für dich zu behalten.

Vela nickt. Sie nickt reflexartig. Ihre Stimme ist heiser, sie sagt: Ja.

Versprichst du's?

Und Vela: Ich versprech's.

Kein Wort, auch nicht zu Maren.

Vela presst die Lippen aufeinander.

Erst recht nicht zu Maren, betont Jo und hält sich zwei Finger an die Stirn. Drückt sie in Punkte über den Brauen und schließt die Augen dabei, angestrengte Jo, sie wirkt, als herrsche um sie, in ihr ein Lärm, Geschrei.

Karsten ist Elis Vater, und das bleibt auch so, sagt sie.

Vela nickt.

Und weißt du, es geht dich ja auch gar nichts an,

sagt Jo und muss plötzlich auflachen, als wäre ihr diese Erkenntnis gerade gekommen; sie schnaubt, sie schüttelt ein wenig den Kopf: Das geht nur mich etwas an. Und Theo.

Vela sagt: Jo, ist schon gut. Ich sag nichts.

Ich mein das auch überhaupt nicht böse oder so, fährt Jo fort. Und es ist ja auch – sowieso alles irgendwie locker. Wir kümmern uns alle um Eli, Eli hat sowieso mehr als zwei Eltern. Das ist genau das, was wir wollten.

Sie fügt schnell hinzu: Karsten und ich.

Vela nickt. Noch mal. Dann dreht sie sich um. Greift nach einer Tasse, um Kaffee hineinzugießen. Sie muss diesen Raum verlassen, und das Gespräch. Sie erträgt das plötzlich nicht mehr: Jo, wie sie dasteht. Wie sie guckt. Wie sie redet, was sie da sagt, wie sehr sie beteuert: Karsten und ich. Karsten und ich. Wie ihre Fingerkuppen jetzt auf die Steinplatte tippen. Trommeln. Jo in Hektik, Jo ist nervös und versucht, ihren Zustand als Müdigkeit zu verkaufen, als irgendetwas anderes. Die Nervosität greift um sich, hat schon längst Vela befallen, sie spürt das im unteren Rücken. Da wird es ganz warm. Vela kann nicht noch öfter bestätigen, nicht noch öfter mitteilen, dass sie versteht. Dass sie schweigen wird wie ein Grab, Jos Lebensgeheimnis hüten, als wär es ihr eigenes. Vela am Kühlschrank, es klirrt und klackt, sie gibt einen Schuss Milch in ihre Tasse dazu, die Tasse, die ohnehin schon voll ist bis zum Rand, jetzt tropft es milchig an den Seiten herunter. Vela, zittrige Hände, greift nach dem Lappen, der noch nass und ganz kalt am Spülbecken liegt, Vela wischt und findet sich auf einmal selbst in so einer Hektik, sie muss hier raus. Sie spürt, wie Jo sie ansieht, wie sie starrt. Vela trinkt einen Schluck ab und balanciert dann die Tasse mit beiden Händen. Da muss sie hinschauen, damit nichts passiert: ihr Blick auf die Tasse gerichtet, auf die Flüssigkeit darin. Sie sagt: Jo, tut mir leid, ich muss jetzt. Sie bewegt sich durch den Raum, so schnell es ihr möglich ist. Ich muss jetzt gehen.

*

Vela lauscht: Was gibt es zu hören. Sie sitzt auf dem Bett und schaut schräg, ihr Blick schneidet diagonal durch den Raum bis zum Fenster. Und hinaus. Die Scheiben sind schmutzig, verschmiert, jetzt, wo die Sonne so von der Seite einfällt, ist das deutlich zu sehen. Draußen geht ein Wind, er schaukelt ganz leicht die Blätter hin und her. Lässt die Zweige ein bisschen zittern fast rhythmisch. Vela meint, Stimmen zu hören aus dem Garten. Ist sich nicht sicher, sie könnten auch von drinnen kommen. Sie hört da etwas entweder auf der anderen Seite des Fensters oder auf der anderen Seite der Tür.

Velas Beine sind angewinkelt. Da ist ein Ansatz von Schmerz in den Knien, aber sie bleibt so. Verharrt in Position.

Dann ist etwas zu hören. Sie hört, ganz deutlich, Nats Stimme, Nats Lachen. Nat läuft auf der anderen Seite der Wand durch den Flur. Ihre Stimme wird leiser und hüpft die Treppe hinunter, dann hört Vela eine Tür, die zufällt. Nat hat Feierabend und kommt nach Hause. Kommt schwatzend, kommt telefonierend ins Haus, befreit sich unten in ihrem Zimmer einhändig aus den Arbeitsklamotten, aus staubiger Hose, aus durchgeschwitztem Shirt. Als Nächstes kommt Ellen von der Arbeit. Sie erledigt nach der letzten Sitzung meist noch Papierkram. Sitzt noch eine halbe, eine Dreiviertelstunde an ihrem Tisch in der Praxis, ehe sie dann hinter sich zuschließt. Und ansonsten? Karsten ist schon wieder da. Seit dem frühen Nachmittag, er hat unterrichtet bis zur siebten Stunde. Karsten ist womöglich gerade mit Eli unterwegs, vielleicht machen sie einen Spaziergang. Vielleicht schubst er Eli auf der Schaukel an, sieht zu, wie Eli buddelt im Sand. Während Jo im Schlafzimmer sitzt mit dem Laptop. Oder oben, im Studio. Sich um die Steuer kümmert, um E-Mails, irgendwas.

Darek ist vorhin zur Arbeit gefahren. In die Stadt. Und Maren ist nicht da. Vela seufzt. Sie schluckt und bemerkt dann: Irgendwie ist ihr Hals ganz geschwollen, ganz trocken, da fühlt sich etwas nicht richtig an. Sie tastet vorsichtig nach Lymphknoten, mit spitzen Fingern, so eine Gewohnheit. Und versucht sich gleich wieder abzulenken, sie denkt dann wieder an Maren. Aber es ist auch unmöglich, heute, jetzt, in diesem Moment an Maren zu denken, ohne zeitgleich an Theo, an Jo, ohne parallel an alles zu denken. Vela lehnt den Kopf an die Wand und denkt sich: dass sie nicht aufstehen will, nicht mehr, heute, dass sie sich auf keinen Fall später an den Tisch setzen wird. Zu den anderen. Zu Ellen, die sich viel zu lange, viel zu viel Zucker in Kräutertee rühren wird, so meditativ, Klack-klack-klack, Löffel gegen Porzellan. Zu Nat und ihrer zu guten Laune, ihrer Angriffslustigkeit. Zu Karsten und seinen Sprüchen, seinen viel zu naiven Fragen. Zu Jo, die rotwangig, die vielleicht noch ein bisschen zerstreut Bericht erstatten wird: Folgendes hat sie heute erreicht, außerdem gibt es schon eine Menge Anmeldungen für ihren Kurs, schon wieder mehr als gestern. Achtsam, achtsam, achtsam. Vela erträgt das alles nicht mehr. Nicht heute. Nicht Theo, Theos Nicken, Theos so seltsam durchdringender Blick, durch Augen, durch Gesichter hindurch schaut er. Er schaut woandershin. Er sieht alles und nichts.

Theos Lächeln. Theo, die Unschuld in Person. Vela sitzt und fragt sich, was Theo eigentlich will. Was ist sein Ziel? Was treibt ihn an. Will er tatsächlich einfach nur gut sein? Ein netter Mensch, der anderen hilft. Der viel zu geben hat. Viel Liebe. Also gibt er. Was ist schon dabei? Das alles passt nicht. Sein Blick, dieses Kräuseln um seinen Mund, so als wüsste er etwas, was Vela nicht weiß. Als wüsste er mehr als alle anderen. Was er ja theoretisch auch tut. Worum geht es ihm hier? Wie stellt er sich das vor: Alle wohnen hier in diesem Haus, das ihm gehört. Das alte Haus seiner Großeltern. Wie war Theo vorher, früher, ist er immer schon so gewesen?

Was würde Karsten sagen. Karsten, der ihn am längsten kennt. Karsten und Theo, Freunde seit dem Ende der Schulzeit. Seit dem ersten Semester? Seit ihrem ersten Aufeinandertreffen in jedem Fall. Ich vertraue ihm. Einhundertprozentig, wirklich, auf Theo lasse ich nichts kommen. Vela hört Karsten das sagen. Karsten ist jemand, der so etwas sagt. Er nickt dazu und lächelt. Schaut in die Ferne. Und fügt hinzu: Theo würde umgekehrt auch für mich die Hand ins Feuer legen, weißt du?

Und Ellen. Ob Ellen wirklich nichts weiß. Nichts ahnt. Ellen, die Therapeutin. Psychologin. Die immer so ein bisschen auf alle herabschaut, oder bildet sich

Vela das ein? Ellens gerunzelte Stirn. Ellens Rühren in Tassen, ihr Blick, der an allen vorbeigeht. Und erst ihr Blick, wenn er dann jemanden trifft. Wie sie mustert und sich ihren Teil dazu denkt. Sie durchschaut. Sie muss doch auch Theo durchschauen.

Vela sieht so ein Bild vor sich, diese Küche, dort sitzt Theo. Und um ihn herum dann die anderen. Ellen, Nat und Jo. Und Maren. Die Schwestern jeweils mit einem Kind im Arm. Bei Jo ist es Eli, schon etwas größer, bei Maren ein Baby. In Deckchen gewickelt, Pastelltöne. Und dann ist da noch Darek, der grätscht so ins Bild. Wirft Theo einen Blick zu, schräg von unten. Ergeben. Und ohne dass es jemand bemerkt. Da ist noch Karsten, der ahnungslos lächelt. Der ganz beseelt in die Runde blickt. Steht da und kriegt nichts mit von all dem, das ihn umgibt. Ellen. Theo. Nat. Jo. Darek. Theo, der Ellens Freund ist, Partner, Lebensgefährte. Und Nats Liebhaber. Und Dareks auch. Theo, der Vater von Eli. In diesem Bild auch der des Babys in Marens Arm. Vela wird schlecht, als sie das registriert: Diese Kinder wären Halbgeschwister. Ohne das jemals zu ahnen, ohne es ahnen zu dürfen. Vela kann kein Kind großziehen, dem sie so eine Lüge zu erzählen hat, gleich von Anfang an. Das geht nicht. Und wenn sie's sich genau überlegt, kann sie auch nicht hier wohnen. Im Haus. Mit all den anderen. Sie kann hier nicht sein.

*

Es fühlt sich jetzt an wie ein Versteckspiel: Vela spielt es mit sich selbst. Gegen alle anderen. Sie wartet am Morgen, am Vormittag, bis sie aus der Küche nichts mehr hört. Kein Gespräch, kein Hantieren. Kein Plappern von Eli. Niemand mehr da, keine Person, die die Spülmaschine ein- oder ausräumt. Sich räuspert beim Abwischen des Tischs.

Trotzdem ist sie verunsichert. Als stünde sie unter Beobachtung. Als würde hier gleich jemand überprüfen, was sie tut. Sie nimmt sich eine Banane. Sie isst schnell eine Scheibe Brot. Trinkt ein Glas Wasser. Will es noch einmal auffüllen, da ist es zu spät. Da hört sie schon Schritte. Da hört sie die Tür. Da hört sie die Treppe, da ist Theo. Kommt aus seinem Zimmer, er läuft die Wendeltreppe hinab.

Hey, Vela, sagt er. Freudig? Fragend. Hast du Lust, ein Stückchen zu laufen?

Sie überprüft jedes Wort, jede Silbe. In ihrem Kopf hallen sie allesamt nach. Das ist beeindruckend, denkt sie, wie wenig Theos Worten anzuhören ist. Seiner Stimme. Die klingt ganz neutral. Klingt freundlich und so, als hätte ihn einfach eine Laune gepackt, als wollte er wirklich bloß ein Stückchen spazieren.

Vela steht da, in der Küche, das Glas in der Hand, und zuckt mit den Schultern. Sie sagt: Ich hol meine Jacke, sie murmelt dann, als sie ins Schlafzimmer geht: Jesus fucking Christ.

Und fühlt sich dabei wie ein Teenager, fühlt sich wie geladen zum ernsten Gespräch mit den Eltern. Fühlt sich, als hätte sie irgendetwas verbrochen, als läge die Schuld bei ihr. Was sie nicht tut. Vela tut nichts. Vela hat nichts getan. Sie beißt sich auf die Lippe, sie denkt sich: Was zur Hölle?

Warum hat sie nicht einfach Nein gesagt.

Sie zieht die Jeansjacke an. Mit den Händen in den Taschen geht sie zurück in die Küche. Theo steht schon an der Tür: Wie wär's, wir gehen in den Wald, und dann führst diesmal du mich wieder raus? Theo grinst, und Vela denkt, das gibt's nicht. Er macht tatsächlich einen Scherz.

Sie versucht, ganz locker zu werden, versucht, ganz gelassen zu sein. Kreist unauffällig die Schultern nach hinten, aber das nützt nichts. Sie bleibt angespannt, sie ist nervös, obwohl sie sich denken kann, was gleich passiert. Er will einfach nur sichergehen, will sie noch mal bestätigen lassen, versprechen. Will noch mal betonen, wie wichtig das ist. Er wird von Dynamik sprechen und davon, dass Dinge manchmal eben einfach passieren. So, wie auch passiert ist, dass Jo sich verplappert, wird er sagen und lachen dabei. Die kleine Schnapsdrossel. Als hätte sie zu früh verraten, was als Geburtstagsüberraschung geplant ist. Als ginge es wirklich um nichts, um etwas vollkommen Banales.

Theo und Vela, sie schlendern. Raus aus dem Ort, Richtung Wald. Gehen ganz langsam, gemütlich, links an der Straße entlang, bis sie dann einbiegen auf den Feldweg. Theo atmet tief und reckt sein Gesicht in die

Höhe: Mhm!, macht er. Genüsslich. Was für 'ne wunderbare Luft.

Vela neben ihm nickt und schaut auf den Boden. Weicht Unebenheiten aus. Fahrrillen von Traktoren, von Geländewagen, Motorrädern. Zentimeterhoch türmt sich getrockneter Matsch. Theo läuft auf der Mitte des Wegs, dort wo Gras wächst und Gestrüpp. Er macht noch immer keine Anstalten, etwas zu sagen, und Vela denkt kurz, dass er womöglich doch von überhaupt gar nichts weiß. Theo, die Unschuld in Person, die tatsächlich bloß spazieren gehen will. Oder er weiß es, und das hier ist seine Taktik. Verunsicherung, er will Vela verwirren. Er will, dass sie genau so etwas denkt. Oder dass sie selbst etwas sagt, um Verzeihung bettelt, aber wofür? Sie fragt sich, ob das sein Ziel ist. Dass sie selbst etwas sagt, von ganz alleine verspricht, für sich zu behalten, zu schweigen. So ein Psychotrick: Nichts sagen, einfach bloß warten, bis es irgendwann aus der anderen Person so herausbricht. Das hat er von Ellen, denkt Vela, und dann denkt sie an sie. Und weshalb, wenn sie doch sowieso nicht exklusiv sind, die beiden, so wie Darek gesagt hat? Wo dann eigentlich das Problem liegt, fragt sie sich. Bei Karsten? Wohl kaum. Wahrscheinlich wäre Karsten derjenige, der es nicht mal auf Anhieb verstünde, durch Andeutungen. Dem man es Wort für Wort erklären müsste: Eli. Ist. Nicht. Dein. Kind. Eli ist das Kind von deinem besten Freund, so sieht es aus. Und wahrscheinlich wäre er nicht mal erschrocken. Er wäre nicht böse oder geschockt. Verwirrt vielleicht, er bekäme diesen Blick. Er würde sagen: Moment mal, das müsst ihr mir jetzt noch mal erklären. Aber Karsten ist einer, der würde sich dann mit dieser Information abfinden. Anfreunden würde er sich damit. Er würde sagen: Ach, ich bin trotzdem Elis Papa. Er würde sagen: Für mich ändert sich dadurch nichts. Oder, oder, oder, denkt Vela. Vielleicht schätzt sie ihn da falsch ein. Vielleicht ist das nichts, was man beurteilen kann anhand von typischen Reaktionen, anhand von Charaktereigenschaften. Karsten, der so ein bisschen naiv ist, nein, das ist falsch – der gutgläubig ist, etwas zu sehr, vielleicht würde er ausrasten, wenn er das erfährt.

Alles okay bei dir, Vela?, fragt Theo dann plötzlich, fragt das in ihre Gedanken hinein. Du wirkst so nachdenklich.

Vela spürt ein Stechen im Magen. Sie sagt: Ich bin nur müde.

Sie hat plötzlich ein komisches Gefühl. Als hätte sie etwas verpasst. Als hätte Theo ihr etwas gesagt, etwas von ihr verlangt. Und sie hat es bloß nicht gehört, nicht mitbekommen. Sie zieht die Nase hoch und schüttelt den Kopf. Das ist unmöglich. Sie ist zu alarmiert. In einer solchen Alarmbereitschaft kann man abdriften, in Gedanken, und man kriegt trotzdem mit, was passiert.

Ja, sagt Theo dann, lang gezogen. Ich hab heut Nacht auch nicht so gut geschlafen.

Ist das jetzt ein Zeichen für Vela? Das ihr bedeutet, er weiß natürlich Bescheid, er weiß alles, Jo hat es ihm gesagt? Hat ihm gebeichtet, was ihr da passiert ist, nach all dem Wein, nach ihrem Streit. Sie sieht sie vor sich mit diesem glasigen Blick, mit ganz wässrigen Augen, vor Tränen: Vela weiß es. Sie weiß Bescheid. Fuck, was machen wir jetzt.?

Und Theo, der darauf nichts sagt. Der Jo nicht tröstet, der sie bloß anschaut: Wie konntest du. Bist du wahnsinnig geworden. All das in seinem Blick, aber er sagt nichts. Er geht dann, legt sich ins Bett und schläft schlecht, in der Folge. Wovon er jetzt Vela erzählt.

Vela schluckt. Sie beißt sich auf die Lippe. In ihr ist etwas gespannt, zum Zerreißen. Sie muss es ansprechen. Oder ist das gar nicht nötig, verrennt sie sich hier gerade in etwas? Das meiste spielt sich in ihrem Kopf ab. Alles, wenn man's genau nimmt. Sie weiß nicht, was Jo getan hat, vorgestern Abend. Vielleicht ist sie einfach ins Bett. Hat schon tief geschlafen, als Karsten nach Hause kam, und wusste am nächsten Morgen von nichts. Nein, das ist Unsinn. Vela weiß, dass das schon mal nicht stimmt.

Wollen wir umdrehen?, fragt sie jetzt Theo. Und hat damit auch eine Taktik. Je eher der Spaziergang vorbei ist, desto eher spricht Theo es an. Wenn er es überhaupt anspricht, wenn er das vorhat und will.

Er zuckt mit den Schultern und verlangsamt seinen Schritt. Sie drehen um und gehen zurück.

Erst vorn an der Straße. Erst am Ende des Feldwegs sagt Theo etwas. Er fragt: Habt ihr euch das inzwischen eigentlich mal überlegt?

Was?, fragt Vela etwas zu schnell. Fast schon panisch, so klingt sie dabei.

Maren und du, sagt Theo. Das Baby? Also das Baby, das noch nicht existiert.

Er lächelt sie an.

Vela holt tief Luft und atmet sie dann wieder aus. Räuspert sich und schüttelt den Kopf. Sie ist unsicher, wie ihre Stimme dann klingt, sie hört sie in sich drin so überdeutlich, als wären ihr die Ohren verstopft. Ähm, macht sie. Schindet Zeit. Nein. Also, ja. Wir denken noch drüber nach.

Ja, überlegt's euch, sagt Theo. Ich bin auf jeden Fall weiterhin dabei.

Vela nimmt die Hände aus den Taschen. Versucht, Muskulatur zu entspannen. Schwitzt unter den Achseln. Spürt, ihr T-Shirt ist da ganz nass.

Ehrlich! Macht euch da keine Sorgen. Ich halte mein Wort. Ist ein Versprechen.

Er sagt das, wie sagt er das? Vela ist sich nicht sicher: etwas süffisant. Wissend? Als wolle er prahlen. Als hätte er gern Lob und Anerkennung dafür. Vela räuspert sich wieder, all das schlägt ihr auf die Stimme. Und sie sagt: Danke.

Theo winkt ab: Ach, doch nicht dafür. Du weißt ja, ich mach das gern.

Als sie zurück am Haus sind, dreht er sich kurz zu ihr um. Für den Bruchteil einer Sekunde. Für fünf Sekunden. Oder zehn. Und schaut sie an. Theos Augen in Velas. Vela zwingt sich zu einem Lächeln.

Was ist?

Und Theo dreht sich wieder nach vorne.

Ich hab grade nur was gedacht, sagt er. Nicht wichtig. Alles gut. Lass uns reingehen.

Und sie gehen rein. Als wäre nichts passiert.

*

Maren kehrt zurück, wie nur Maren zurückkehren kann: Zur Tür herein stürmt sie und ruft, auf dass alle sie hören im Haus. Hallo? Hallo! Ich bin wieder da.

Maren, wie ausgewechselt, ein Strahlen in ihrem Gesicht. Sie ist behangen mit Tasche und Rucksack, die Haare geknotet, oben auf dem Kopf, sie poltert durch den Raum und hat jemanden mitgebracht. Sie hat da wen im Schlepptau, Vela hört sie mit jemandem sprechen, mit einer anderen Person.

Und Vela, die die Küche betritt, wird überschwänglich begrüßt. Maren ruft: My love!

Sie ist aufgekratzt, sie ist Tanzmaren, klar. Drei Tage Festival hinterlassen da etwas, die gehen nicht sang- und klanglos an Maren vorüber. Die machen, dass sie augenscheinlich vergisst, wie sie und Vela. Vor ein paar Tagen. Wie sie auseinandergegangen sind. Sie tänzelt in ihren Bewegungen, sie tänzelt auf Vela zu, umarmt sie so fest, küsst sie auf den Mund, auf die Nase. Auf die Stirn. Geräuschvoll. Sehnsüchtig küsst sie, als hätte sie wochenlang darauf hingefiebert. Sie küsst Velas Ohren, bis Vela den Kopf dreht, bis sie sich windet und wehren muss. Ivana, this is Vela, sagt Maren dann, strahlend und stolz. Sie präsentiert die Freundin, schiebt sie vor, sie drückt in Velas Rücken hinein. Vela, Ivana. Ivana is a dancer and she's flying back home tomorrow.

Und Ivana, natürlich eine Tänzerin, Ivanas Haltung, ihr Körper lassen das schon vermuten: wie sie da steht. Sie hat ganz hell geschminkte Augen, weiße Striche um ihre Lider, ihr Haar ist ganz glatt und fast silbern. Es leuchtet und glänzt und fällt ihr so um das schmale Gesicht. Thanks for having me, sagt sie mit zuckersüßer Stimme, ganz glockenhell, was für eine Erscheinung. Vela und sie schütteln Hände, während Maren so schnelle Bewegungen macht um sie herum: Sie hievt ihre Taschen aufs Sofa, sie angelt Gläser aus dem Schrank. Füllt sie mit Wasser, balanciert drei davon zur Insel und stellt sie Ivana und Vela hin.

Ist doch okay, oder?, sagt sie, wirft Vela einen sekundenbruchteilkurzen Blick zu und dreht dann den Kopf, zur Tür, durch die Jo hereintaumelt, sie wirkt kurz irritiert. And this is my beautiful sister!, ruft da schon Maren, Jo, this is Ivana, we met at the dance festival, she's staying overnight.

Menschen aufsammeln, Menschen mit- und zusammenbringen, sie anderen vorstellen, das ist, was Maren so liebt, seit jeher. Zufallsbekanntschaften, Maren ist nicht genervt, wenn man sie anspricht, irgendwo: im Zug, in der U-Bahn, im Bus. In der Kassenschlange oder an einer Bar. Maren ist interessiert. Sie freut sich über Konversation, freut sich über einen Input und über Fragen, die man ihr stellt. Austausch, Begegnung. Begegnungen, Vela denkt an dieses Wort. Sie sitzen am Tisch, gemeinsam mit Jo und mit Nat, wo die anderen sind? Will Maren wissen. Wo ist denn Theo, wo ist Karsten, wo ist Darek, und ist Eli schon im Bett?

Eli is my child, sagt Jo mit erklärendem Nicken, mit einer Handbewegung in Ivanas Richtung.

Und Nat: Okay, someone up for a beer?

Oh, ich muss passen, sagt Jo.

Jo meidet jeden Blickkontakt, sie meidet vollkommen Velas Richtung. Maren fällt so was heute nicht auf. Sie ist ganz begeistert von Nats Idee mit dem Bier, Wir haben nur noch zwei!, ruft Nat vom Kühlschrank. Let's share, sagt Maren. Und strahlt.

Sie berichten dann, ergänzen sich, fallen sich gegenseitig in Worte, ins Schwärmen: Von den Workshops, Performances, von Kontakttanz, von so fantastischen Menschen sprechen sie. Begegnungen, jetzt sagt Maren dieses Wort, tatsächlich. Sie sagt: So many beautiful people, so many inspiring encounters.

Nat ist ganz Ohr, Nat hat diese Gabe, sich auf so etwas einlassen zu können. Sie stellt die richtigen Fragen, und sie hört angeregt zu. Nickt. Ach, wisst ihr was, sagt Jo dann auf einmal und lächelt, steht auf. Sie sieht Vela noch immer nicht an. Who wants some white wine?

Ich, bitte! Das ruft Karsten, der die Küche betritt. Eli pennt, sagt er, und dann: Oh, English, of course. So entwickelt sich der Abend zu einem kleinen Gelage, und zwischendurch schauen die anderen vorbei. Theo, der Ivana gleich um den Hals fällt, der sie gleich so innig umarmt, als wären sie alte Bekannte. Make yourself at home, sagt er ganz großzügig und entschuldigt sich dann. Theo muss an den Schreibtisch. Theo hat heute Abend noch zu tun.

Und Darek, der irgendwann zur Haustür hereinkommt, er wirkt etwas abwesend, aber er setzt sich dazu. Zögert zunächst noch ein bisschen. Ist dann aber bald auch involviert ins Gespräch, er kann dazu etwas beitragen: Toulouse, Dareks Geschichte, im Zweifel kann er vom Zirkus erzählen. Artistik und Tanz, irgendwelche Energien, damit kennt er sich aus.

Vela beißt sich auf die Unterlippe, als sie das denkt, warum verurteilt sie denn plötzlich Darek? Als hätte er ihr irgendetwas getan.

I always feel such a strong energy at places like that, sagt gerade Ivana, und ihr Blick geht dabei ins Weite, verklärt.

Und Maren nickt, legt den Kopf schief, sie seufzt. Life is beautiful, sagt sie dann.

Wie absurd all das ist, denkt Vela. Was für ein Theater. Karsten, der vorhin ein Kind ins Bett gebracht hat, von dem er annimmt, dass es sein eigenes ist. Maren, gute Miene, Strahlemaren, alles so schön!, die eigentlich unglücklich ist. Vor drei Tagen noch ein Häufchen Elend, und jetzt: Life is beautiful, ist das ihr Ernst? Und Jo neben ihr, die sie anlächelt, die die Schwester liebevoll an der Schulter berührt. Und dann Darek, der sich grinsend an den Kopf fasst, Darek, der ausziehen will. Ausziehen wird.

Im Bett hängt Maren an Vela. Sie klebt ihr am Körper an unzähligen Stellen. Ich hab dich vermisst, haucht sie, sagt sie, immer noch so voller Energie. Und ich hab nachgedacht, weißt du, wir finden eine Lösung.

Wir lassen uns so viel Zeit, wie du willst.

Sag mal, sprichst du heute eigentlich nicht?

Vela presst den Mund zusammen, sie bemüht sich aber wenigstens um ein schmales Lächeln dabei, und sie schüttelt den Kopf. Das ist, das weiß sie, was Maren beruhigt. Darauf springt Maren an. Warum sprichst du denn heute nicht?, fragt sie mit gespielt gequälter Stimme, süßes Stimmchen, ein bisschen zu hoch.

Dann liegt sie auf Vela, sie hält ihre Handgelenke fest neben dem Kopf. Küsst sie. Küsst Vela. Marens Zunge überall in ihrem Mund. Ihr Atem, ganz warm, beinah heiß an Velas Nacken, am Hals. Maren dann seitlich auf Vela, ganz dicht an ihr dran, und Vela seufzt, atmet schwer. Sie kneift die Augen einen Moment fest zusammen. Um dann zu entspannen. Loslassen muss sie. All das fühlt sich gut an, mit Maren, so schön. Und was soll sie tun, was soll sie erzählen? Vela stürzt sich hinein in einen Kuss, sie wird dann fordernd, sie drückt dann Maren in die Matratze, Maren, die schmunzelt, die ihr ins Ohr atmet, stöhnt. Die nichts ahnt. Das denkt Vela, einige Male. Dass Maren nichts ahnt. Dass Maren von nichts eine Ahnung hat und auch nicht haben darf. Sie schüttelt kräftig den Kopf, schüttelt ab, schüttelt weg. Vela macht hektische Bewegungen und zerrt Maren die Kleidung vom Körper, das T-Shirt, die Unterhose. Sie ist grob und erschrocken darüber, für einen kurzen Moment. Dann konzentriert sie sich. Sie konzentriert sich darauf. Auf ihre Hände an Maren, auf Marens Körper, der zuckt. Weiche Haut, die ganz warm ist, Maren windet sich. Und Vela denkt nicht mehr an irgendwas anderes. Denkt nicht mehr daran. Jetzt nicht mehr. Jetzt nicht.

Bei einer Gelegenheit, es wird bestimmt eine Gelegenheit geben. Am nächsten Morgen ist ihr in jedem Fall klar: dass sie es Maren erzählt. Sie ist wütend über diese Forderung, über das, was Jo von ihr will. Unter anderen Umständen wüsste Maren längst Bescheid, wäre Jo zum Beispiel nicht ihre Schwester. Aber so. Maren fällt frisch geduscht auf sie drauf. Plumpst aufs Bett. Ich bin ganz erledigt, murmelt sie mit geschlossenen Augen. Du kannst dir nicht vorstellen, was ich für einen Muskelkater hab.

*

In der Küche sitzt schon Ivana. Sitzt da und trinkt ein Glas Saft. Sie plaudert mit Theo, der sich ein Ei brät, er klopft beim Reden mit dem Pfannenwender auf die Innenfläche seiner Hand. Lässig lehnt er da am Herd, und Vela kann das Gespräch gleich einordnen.

Ivana fragt ganz begeistert: And you want to grow oak trees all over the world?

Right now I'm preparing a talk about it. A presentation, you know? Er unterbricht sich kurz, hustet. Lächelt Ivana an. Dann sagt er: Vela, Spiegelei?

Was? Oh, nein danke, sagt Vela. Kurz irritiert. Sie sieht Theo an, sie nickt Ivana zu. Lächelt. Sie versucht es zumindest, ihr Mund fühlt sich seltsam erstarrt an. Es ist, als wäre sie in etwas hineingeplatzt, hier. In Theos und Ivanas Gespräch. Vela versucht unauffällig zu mustern, schaut in Ivanas, in Theos Gesicht. Auf dem Sofa liegt keine Decke. Kein Schlafsack, soweit Vela das sieht. Im Wohnzimmer, sagt sie sich, in Gedanken. Im Wohnzimmer hat sie geschlafen.

In der Kanne mal wieder kein Kaffee, aber die Platte darunter ist noch ganz heiß. Es riecht ein bisschen verbrannt. Vela in ihrer Routine, füllt Wasser auf, löffelt Kaffeepulver, und wartet. Es gluckert, und Theo verspeist im Stehen sein Ei.

Arbeitest du heute?, fragt er Vela, und es klingt ernsthaft interessiert. Vela nickt. Sie schüttelt den Kopf. Muss kurz nachdenken, muss sich kurz ordnen, die Frage verwirrt sie, sie fühlt sich davon beinah überfallen. Nein, sagt sie dann. Heute ist Montag. Ich arbeite morgen. Sie fügt noch hinzu: Alles wie immer.

Und weiß selbst nicht, was sie damit meint.

Marens Stimmung kippt erst am Nachmittag. Mit aufziehenden Wolken verändert sich ihr Gesicht. Sie sitzt mit krummem Rücken in der Küche, an der Insel. Der Essbar. Sie ist dann ganz plötzlich bedrückt.

Theo kocht. Es gibt Suppe. Kürbissuppe aus dem größten Topf.

Wo sind denn eigentlich alle, fragt Theo. Vela deckt den Tisch. Soll ich mal schauen?, fragt sie, und Maren steht auf. Schaufelt sich zusammen, drückt ihren Rücken durch und sagt schwerfällig, seufzend: Ich geh schon.

Vela wird sofort mulmig. Jetzt ist sie mit Theo allein und überlegt hektisch, was könnte sie sagen. Irgendetwas Belangloses, was die Zeit nicht so sehr zerdehnt. Sie atmet und legt dabei Löffel neben Suppenschalen. Theo sagt nichts. Theo rührt. Er schmeckt ab. Er verbrennt sich die Zunge, zumindest macht er ein solches Geräusch. Er beachtet Vela nicht weiter, hat ihr nichts zu sagen. Zwischen ihm und Vela ist offenbar alles geklärt.

Es dauert Minuten, zwei, drei zu lange, ehe dann Maren zurückkommt. Sich wieder genauso in einen Stuhl fallen lässt. Maren, zusammengesackt. Was ist los, Maren, schlechte Laune?, fragt Theo und trägt, ächzend, den Topf.

Stellt ihn auf den Untersetzer, auf den Tisch.

Und Maren: Ach, ist nur das Tief nach so einem Wochenende.

Sie lächelt matt. Bemüht sich darum.

Es fehlen, unentschuldigt: Darek und Nat.

Und wo ist denn Ellen?, fragt Jo. Sie pustet auf ihren Löffel, sie salzt dann noch einmal nach.

Wieder bei so einem Vortrag, sagt Theo. In der Stadt.

Karsten verschränkt die Hände hinter dem Kopf, so als denke er nach. Wollte Nat nicht irgendwann auch in die Stadt, diese Woche?, fragt er dann, mehr sich selbst. Mehr in seine Suppe hinein als in die Runde.

Und Eli jammert, Eli quengelt auf Jos Schoß. Jo, die den Kopf schüttelt und abwinkt: Ist doch jetzt auch egal.

Und Theo: Na ja. Hätten zumindest mal Bescheid geben können. Auch Darek. Also, ist doch nicht zu viel verlangt.

Und Jo: Theo, lass doch gut sein.

Es herrscht eine seltsame Stimmung, es fühlt sich an, als würde hier etwas erzwungen. Als wäre plötzlich jedes gemeinsame Essen lästige Pflicht. Denkt Vela. Dass sie hier sitzen muss, wird ihr bewusst, sie muss hier sitzen und löffeln und essen, gemeinsam mit Theo und Jo. Mit Karsten, der dann bald schon eine Geschichte auspackt, der von seinem Tag berichtet, als wäre nichts anders als sonst.

Und Ivana?, fragt Jo in Karstens Sätze hinein. Ist sie gut angekommen, Maren?

Maren zuckt mit den Schultern. Denk schon, sagt sie.

Ach so, ja, Ivana, sagt dann Theo. Das ist ja völlig okay, wenn mal Leute hier schlafen.

Aber?, kommt ihm Maren zuvor.

Vielleicht auch einfach kurz Bescheid geben? Damit sich alle drauf einstellen können.

Waren wir dir zu laut, gestern Abend? Karsten grinst. Karsten nimmt das nicht so schwer, er sagt: Also, Eli hat jedenfalls gepennt wie ein Stein.

Das kommt mir heute ehrlich gesagt nicht so vor, sagt Jo, fast anklagend, aber wen klagt sie hier an, doch nicht sich selbst? Sie legt Eli die Hand auf die Stirn.

Und Maren sagt: Klar, Theo. Das war eben nur wirklich sehr spontan. Sie hätte sonst irgendwo im Hotel schlafen müssen, in der Stadt.

Der Kopf ist ganz schön heiß, oder bild ich mir das ein?, sagt dann Jo, Karsten lehnt sich hinüber zu Eli und befühlt den Kopf, mit seiner Hand misst er Temperatur. Mhm. Er macht bloß Geräusche. Ach. Er winkt ab. Vielleicht ein bisschen erhöht, sagt er dann. Theo wirft ihnen Blicke zu, und dann kehrt er zum Thema zurück, er beteuert: Alles gut. Er hebt den Löffel, beschwichtigend, er macht große Augen. Ich sag's nur. So für die Zukunft.

Und dann wird Vela plötzlich irgendwie schlecht. Irgendwie schmeckt sie auf einmal zu viel Säure, und da ist etwas im Raum, in der Luft. Da ist sie sich nicht so sicher.

Zukunft. Das Wort hallt nach in ihrem Kopf. Wie sie hier sitzen, sich unterhalten, wie Theo seine Regeln durchzusetzen versucht. Ohne Nat, die entspannt vor sich hin plappert, ohne Darek, der Vela zwischendurch Blicke zuwirft, ist das hier irgendwie komisch. Es kommt Vela vor wie eine ganz bizarre Ansammlung von Menschen. Maren mit schlechter Laune, mit so gedrückter Stimmung, dass sie kaum etwas sagt. Und Jo, völlig unausgeglichen, Jo, so angestrengt und genervt von ihrem Kind, Eli, zappelnd und unruhig. Eli mit Kürbissuppe im ganzen Gesicht, das verzogen ist, kurz vorm Weinen, Eli mit heißem Kopf. Und Karsten, der in lang gezogenen Worten spricht, der sich erinnert und Zeit lässt dazu. Er sagt: Ach, nee, Moment. Warte mal. Er greift sich an den Kopf, und er wirkt, als rede er bloß mit sich selbst.

Vela zwingt Suppe in sich hinein, sie schluckt, ohne wirklich etwas zu schmecken. Ihr ist, als türme sich da was in ihr auf. Ihr ist schwindelig. Ist das der Kreislauf, was ist das? Sie trinkt Wasser aus ihrem Glas. Alles hier hat so eine Schwere. Sie alle sitzen hier in diesem riesigen Haus, so gemütlich haben sie's an der langen Tafel aus Holz. So schummrig ist es dank indirekter Beleuchtung. Das Haus am Ortsausgang, dahinter bloß Felder, bloß Wald. Sie sitzen hier, als wäre alles Theater. Als würde das gerade jemand schlecht inszenieren. Ein Abendessen unter Leuten, die sich für etwas Besseres halten. Ein Beisammensitzen von Personen, die einander gar nicht kennen.

Vela fügt in Gedanken hinzu: Außer sie und Maren. Sie und Maren kennen sich. Sie und Maren betrifft das nicht zu sehr.

Dann muss sie aufstehen. Sie muss hier raus. Ins Bad. Sie schiebt den Stuhl zurück und lässt ihre Schale stehen, ihr Glas, und als sie sich aufrichtet, schaut Jo sie direkt an: Sie funkelt ihr in die Augen, als wäre sie eine Gefahr. Als wäre Vela ein problematischer Faktor, als wäre Vela diejenige, die nicht hineinpasst ins Bild.

Als hätte sich etwas verschoben. Womöglich war das auch immer schon so? Vela, im Bad neben der Küche. Sie hört die anderen, hört Löffel, die Schalen auskratzen. Hört ein Räuspern, ein Hüsteln, hört Karsten, wie er irgendetwas erzählt. War seine Stimme immer schon so schwerfällig, so träge? Und überhaupt, was ist vorher, was nachher. Woher rührt diese Unterteilung, die Vela da macht, was soll dieses Zerschneiden von Zeit.

Sie stützt sich am Waschbecken ab und schaut in den Spiegel. Es ist alles vollkommen falsch. Vela weiß, was niemand wissen darf, und Vela ist an einem Ort, der sie abstößt. Der Ort sie und außerdem Vela den Ort.

Dann hört sie Stimmen, die jemanden begrüßen. Sie hört die Haustür, die ins Schloss fällt. Hinter Darek. Darek ist da.

Willst du Suppe?, fragt Karsten.

Vela öffnet die Tür. Verlässt das Bad, setzt sich wieder an ihren Platz. Greift nach dem Löffel. Sie sieht Darek kurz an, der sich räuspert. Der sich dann auch hinsetzt und sagt: Nein, nein, vielleicht später.

Nach dem Essen räumt Theo den Tisch ab. Jo und Karsten wollen schon gehen. Jo sagt: Ich mess jetzt zur Sicherheit doch noch mal Fieber. Dann sagt Darek: Leute, wartet mal kurz.

Und Vela weiß, was jetzt kommt. Jo dreht sich nur

ungern um, widerwillig. Was hat Darek denn jetzt plötzlich noch mitzuteilen? Karsten wiegt Eli auf seinem Arm.

Theo lässt sich nicht aus der Ruhe bringen, er unterbricht sich nicht in dem, was er tut: Er schafft Ordnung in der Küche. Er ist da sehr gründlich. Bestimmte Bewegungen, er wischt jeden Winkel der Arbeitsplatte ab, wischt den Herd. Er fährt damit fort, als hätte niemand ein Wort gesagt. Und Maren bleibt sitzen, sie verschränkt bloß die Arme vor der Brust. Als stelle sie sich auf etwas ein, als rüste sie sich. Sie sieht Darek an. Darek, der da so schräg steht, hängt, einen Arm an einer Stuhllehne, die Beine überkreuzt. So befinden sie sich im Raum. Vela setzt sich auf einen Hocker vor der Kücheninsel. Jo und Karsten mit Eli stehen mittig, zwischen Tisch und Tür. Eng beieinander. Und Theo ganz beschäftigt, Theo hebt nicht seinen Blick.

Darek nimmt tief Luft, und dann zögert er nicht lange, dann sagt er einfach: Ich werd ausziehen.

Er schaut Vela an, er hält sich fest an ihrem Blick, und Vela schaut mit festem Blick zurück. Traut sich nicht. Wagt nicht, sich umzuschauen, in die Gesichter der anderen zu sehen. Die Erste, die reagiert, ist Jo. Jo sagt: Was?

Und dann gleich Maren, ein wehklagender Tonfall: Aber warum?

Das Bild löst sich auf: Jo und Karsten bewegen sich. Jo rückt einen Stuhl zurecht, setzt sich. Stützt beide Ellbogen ab auf dem Tisch. Karsten, hinter ihr wie ein Heiliger, wie ein Beschützer mit Kind auf dem Arm, macht große Augen.

Ich weiß, das kommt jetzt sehr plötzlich, sagt Darek.

Ja, allerdings. Theo sagt das. Theo dreht sich jetzt um, unterbricht jetzt endlich doch seine Arbeit. Er hält den Lappen noch in der Hand.

Darek wirkt nicht nervös. Er hat sich das alles zurechtgelegt, er hat das ordentlich durchdacht. So wirkt das: Als würde er ein Skript wiedergeben. Er gestikuliert, während er spricht, einhändig wirbelt er durch die Luft. Es ist für mich momentan einfach nicht sinnvoll, nicht in der Stadt zu wohnen, sagt er.

Ich muss mich dort grade um sehr viel kümmern. Jobmäßig, versteht ihr? Es gibt so ein paar Optionen, aber ich muss vor Ort sein. Also, nicht nur abends, nicht nur, wenn ich arbeite.

Da ist doch so eine winzige Unsicherheit in seinen Augen. Vela erkennt das. Jetzt wird er doch noch nervös, es ist schwer einzuschätzen, was die anderen denken: Jo und Maren, ganz schockiert. Und Karsten, der noch immer langsam den Kopf schüttelt. Und Theo, der nur so dasteht: Verschränkte Arme, den Lappen in der Hand. Zusammengezogene Augenbrauen. Verengter Blick. Darek hebt jetzt beide Hände. So wie Theo das immer macht: eine Geste der Unschuld. Ich kann nichts dafür. Oder zumindest: Ich will euch nichts Böses.

Er seufzt. Seufzt und sagt dann: Tut mir leid, ich wollte schon länger mit euch sprechen. Aber jetzt hat sich eben ergeben, dass ich bei jemandem einziehen kann, und ihr wisst ja, wie das ist. Mit Wohnungen und so.

Wann hat sich das denn ergeben?, fragt Theo. Fragt er ganz monoton.

Bevor er antworten kann, grätscht Jo dazwischen, sie jault beinah, sie sagt: Ach Mensch, Darek. Du darfst nicht gehen.

Ja, sagt Maren, und sie hat auch so ein Leiden in der Stimme. Wir haben uns doch grade erst aneinander gewöhnt!

Es liegt nicht an euch, beteuert Darek und verfällt ins Scherzen. Er legt sich eine Hand aufs Herz und schließt die Augen. Es liegt wirklich nicht an euch, es liegt nur an mir.

Das sind ja mal Neuigkeiten, sagt jetzt Karsten. Als hätte es bis gerade gedauert, dass Information zu ihm durchsickert, dass er verarbeitet. Er wirkt ganz baff.

Und das geht ganz sicher nicht von hier?, fragt Jo. Du kannst nicht einfach morgens hier los, und dann deinen Kram erledigen?

Ich bin ja auch meistens den Tag über in der Stadt, sagt Maren sofort. Darek schüttelt den Kopf. Heftig, bestimmt, das bedeutet: Nein, das geht nicht, keine Diskussion. Er sagt: Leider nein, ich muss – spontan sein. Ich muss – das geht einfach nicht.

Karsten atmet ganz tief, ein und aus, ganz dramatisch. Das ist wirklich richtig schade, sagt er.

Wir brauchen dich doch hier, sagt Jo.

Und Maren steht auf, sie geht auf ihn zu, auf Darek. Umarmt ihn und ruft: Wir haben uns doch erst kennengelernt!

Wenn er ausziehen will, zieht er aus, donnert Theo, wirft Theo mit einer Wucht in den Raum. Und dann noch: Jetzt macht doch nicht so ein Theater.

Entschuldige mal bitte, geht Jo ihn an, dass uns das

nicht scheißegal ist, wenn Darek sagt, er will ausziehen.

Denkst du, mir ist das scheißegal? Theo, die Fingerkuppen auf der Brust.

Das hat sie doch nicht gesagt, Theo, sagt Darek. Schlichtend. Maren noch immer dicht bei ihm, an ihm dran, sie legt ihm einen Arm um die Schultern.

Darek, du weißt, das ist mir nicht scheißegal, sagt Theo.

Und Darek: Hey, ich find's auch echt traurig! Wirklich!

Er beteuert ein bisschen zu sehr.

Darauf können wir uns sicher alle einigen, oder?, meint Karsten.

Und dann fällt die Haustür ins Schloss. Dann stehen da plötzlich Nat und Naim.

Was ist denn hier los?, fragt Nat.

Hey, flüstert Naim, er hebt die Hand und duckt sich so ein bisschen, als wäre es ihm unangenehm, hier zu sein.

Darek zieht aus, sagt Maren sofort.

Er löst sich aus ihrer Umarmung. Ich wollt's dir – tut mir leid, Nat, ich wollt's dir selbst sagen.

Was, warum das denn? Nat fällt alles aus dem Gesicht.

Wieso wartest du denn damit auch nicht, bis alle da sind?, fragt Theo. Wie oft sollen wir das jetzt durchkauen?

Theo, jetzt mach mal halblang, sagt Karsten.

Und Nat: Und wohin?

Darek, jetzt ganz kleinlaut: Ein Freund hat was frei. In der Stadt.

Und Jo: Wegen der Arbeit. Wegen – Darek, ganz ehrlich, weswegen genau?

Und wann überhaupt?, fragt Karsten.

Nat: Das ist doch nicht dein Ernst, Darek!

Theo: Doch, Nat, das ist sein Ernst.

Darek: Es ist jetzt auch wirklich kein Weltuntergang.

Karsten: Du warst jetzt nicht mal ein Jahr hier, oder? Wie lange?

Und Nat: Ich fass es nicht! Sie schüttelt ungläubig den Kopf.

Sie ist wütend. Sie ist binnen Sekunden ganz zittrig geworden.

Naim berührt ihre Schulter, murmelt etwas, Naim redet ihr gut zu. Er sagt, lang gezogen, ihren Namen.

Und sie: Was kommt als Nächstes? Maren, Vela, zieht ihr auch gleich wieder aus?

Nein, ruft Maren, ganz hitzig. Was haben wir denn jetzt damit zu tun?

Sie sieht Vela an, Vela, die bloß so dasitzt. Die noch gar nichts gesagt hat. Warum sagst du eigentlich nichts dazu?

Und wo ist überhaupt Ellen, fragt Nat. Warum kriegt die das nicht mit?

Ruft Ellen doch an und stellt auf Lautsprecher, sagt Karsten. Schlägt das ganz ernsthaft vor.

Ellen ist bei einem Vortrag, sagt Jo.

Vela?, fragt Maren noch mal.

Vela schüttelt den Kopf. Atmet aus. Sie sagt: Ich bin – ich find das auch nicht gut.

Vela wusste es schon, fällt ihr Darek ins Wort. Ich hab's Vela gesagt.

Jetzt mal ehrlich, wie lange steht das schon fest?, fragt Jo.

Was soll das denn?, fragt Nat und schüttelt den Kopf.

Und Maren: Wieso hast du nichts gesagt?

Theo: Wieso sprichst du mit Vela und nicht mit uns?

Wow, sagt Darek. Tut mir leid, Vela war dabei, als das Angebot kam. Das Zimmer. Das war keine böse Absicht, das hat sich so ergeben.

Wieso kriegst du denn überhaupt so ein Angebot?, fragt Nat.

Seit wann willst du schon ausziehen?, fragt Jo hinterher.

Vela setzt an, etwas zu sagen, sie öffnet den Mund. Sie will sagen: Jetzt beruhigt euch doch alle mal. Aber ihr kommt jemand zuvor, jemand grätscht ihr ins Wort. Naim sagt: Also, wenn ich mich kurz einmischen darf, ich finde, ihr solltet alle mal kurz durchatmen.

Oh, hast du hier jetzt auch was zu sagen?, fragt Jo.

Und Theo: Was machst du überhaupt hier?

Nat lacht auf, rasendes Lachen. Erzürnt. Entschuldigung, was ist denn jetzt los? Naim ist mit mir hier. Er ist mein Freund.

Superentspannte Gesprächssituation, Darek, sagt Theo. Verächtlich.

Und Naim: Ich kann auch wieder gehen.

Nein, du gehst nicht!, sagt Nat vehement.

Soll ich Ellen anrufen, oder was?, fragt Karsten.

Und Jo: Karsten, halt bitte den Mund.

Scheiß Timing, ruft Darek. Tut mir leid, aber wirklich, jetzt entspannt euch mal wieder.

Wir sind ganz entspannt, sagt Theo.

Nein, Theo, du ganz sicher nicht, sagt Nat.

Das ist mir jetzt hier echt zu blöd, sagt Naim.

Also, was ist denn jetzt das Problem mit ihm hier?, sagt Karsten und deutet auf Naim. Jetzt lasst doch Nats Freund mal da raus. Und Eli auf seinem Arm beginnt jetzt zu weinen. Elis Köpfchen ganz rot, und übers Gesicht laufen Tränen. Jo steht auf und nimmt Karsten das Kind ab.

Theo will ihn rauswerfen, sagt Nat. Giftig. Sie zischt: Wie er schon Micha rausgeworfen hat.

Was? fragt Vela. Fragt zeitgleich auch Karsten. Jo sagt: Das ist doch Quatsch! Und jetzt hebt Theo die Hände. Seine Stimme ganz fest, ganz laut: Message angekommen. Wir wissen alle Bescheid. Darek zieht aus. Wiedersehen, Darek. Gibst du dann vielleicht auch noch Ellen Bescheid?

Nat greift Naims Hand, zieht ihn zur Tür, in den Flur. Sie murmelt, sie grummelt noch: Tschau.

Und Darek, ganz ruhig: Ich kann Ellen Bescheid geben.

Genau wegen so was, sagt Theo, er sagt es fast schon amüsiert: Genau wegen so was hatte ich vorgeschlagen, dass wir miteinander reden. Wisst ihr? Gemeinsames Essen. Ich hab mir schon was dabei gedacht.

Wir reden doch grade miteinander, sagt Vela, und sämtliche Blicke richten sich auf sie.

Theo. Und Karsten. Jo sieht sie an, zum ersten Mal seit Tagen. Sogar Eli ist kurz ganz still. Und Maren. Marens Augen funkeln. Die Brauen zusammengezogen, Maren guckt mehr als kritisch. Maren sieht aus, als könnte sie das wirklich nicht fassen.

Würden wir hier wirklich miteinander reden, würde Darek nicht plötzlich raushauen, dass er auszieht, so aus dem Nichts, sagt Theo dann.

Also, ich hatte auch keinen Plan, was bei dir eigentlich los war, in letzter Zeit, sagt Karsten in Dareks Richtung. Für mich ist das eine totale Überraschung.

Ist's für uns alle, sagt Jo ganz trocken. Und ich muss jetzt dieses Kind ins Bett bringen.

Sie geht. Und Elis Weinen wird leiser. Theo schüttelt den Kopf.

Es hat sich eben alles sehr spontan ergeben, sagt jetzt Darek. Er klingt inzwischen gereizt. Das war nicht von langer Hand geplant.

Und dann dachtest du dir so ganz spontan, och, du kannst hier ein- und ausziehen, wie du willst, oder was?

Theo, tut mir leid, es ging. Wie gesagt. Alles sehr schnell.

Puh, regelt das mal unter euch, sagt Karsten.

Ja, bitte geht alle, ruft Theo. Er macht ausladende Gesten dazu.

Karsten dreht sich um: Komm du erst mal wieder runter.

Gute Nacht!, ruft Theo. Es klingt manisch. Es klingt so, als steigere er sich in etwas rein. Und gute Nacht, alle anderen.

Er greift nach dem Zigarettenpäckchen auf der Kücheninsel. Greift hinein, eine Kippe, und geht raus.

Maren steht noch da, hängende Schultern. Ein paar Sekunden sieht sie Theo nach. Dann seufzt sie. Schüttelt den Kopf. Ich geh schlafen, sagt sie.

Kein: Kommst du mit, Vela? Kein: Vela, du auch?

Nicht mal ein Blick in ihre Richtung.

Darek zieht die Nase hoch. Er sieht Vela an und sagt: Sorry.

Für was entschuldigt er sich hier?

Ich hab dich da jetzt so mit reingezogen, sagt er, und Vela schüttelt den Kopf, sie steht auf und rückt den Hocker zur Insel, es quietscht. Quatsch, sagt sie. Und will fortfahren: Das ist doch sowieso alles absurd. Ein Theater. Das ist eine Überreaktion. Sie würde gern sagen: Es ist keine Katastrophe, es ist niemand gestorben. Sie schiebt die Sätze hin und her, im Kopf, keiner passt, nichts erscheint ihr richtig. Und: Dass es natürlich eine Katastrophe ist. Denkt sie dann. Zumindest so was in der Art.

Ich hätt's mir denken können, sagt Darek. Seufzt. Er lächelt. Ich hab die Dynamik zerstört.

Er zuckt mit den Schultern. Streicht sich über den Kopf.

Vela grinst. Versucht zumindest das. Sie bemüht sich zu grinsen, und wiederholt, ganz getragen: Die Dynamik.

Die Terrassentür öffnet sich, und im Spalt taucht Theo auf, Theos Gesicht.

Er sagt: Darek, kommst du kurz raus? Seine Stimme klingt ganz ruhig. Klingt regelrecht versöhnlich.

Und Darek zieht den Tabak aus seiner Hosentasche. Er nimmt einen Filter aus der Packung, steckt ihn zwischen die Lippen. Wirft Vela noch einen Blick zu und geht. Geht raus. Hinter sich schließt er die Tür.

*

Maren.

Vela sagt diesen Namen. Sagt ihn zweimal, dreimal. Sie flüstert ihn, direkt an Marens Ohr.

Hey, ich wollte mit dir drüber sprechen, sagt sie. Aber erst war das mit Theo, dann warst du weg – Maren? Es tut mir leid.

Maren, wie ein bockiges Kind. Atmet schwer. Ihre Augen sind jetzt geöffnet, immerhin stellt sie sich nicht mehr schlafend. Verschränkt unter der Decke die Arme. Schaut geradeaus, an die Decke. An Vela vorbei.

Dann zieht sie die Nase hoch. Dann dreht sie ganz kurz den Kopf. Das mit Theo, wiederholt sie. Verächtlich. Du meinst: Theos Angebot, mit dem er uns helfen will?

Und Vela: Maren, sorry, aber du hast ihn doch grade erlebt.

Was soll denn das jetzt schon wieder heißen?

Maren setzt sich auf. Lehnt sich gegen die Wand. Sie sitzen im Dunkeln, keine Lampe eingeschaltet. Marens Gesicht wirkt dadurch ganz grau. Vela ringt nach Worten. Überlegt. Sie entscheidet sich dann für: Na ja.

Sie wiegt den Kopf. Nimmt tief Luft.

Maren: Was, na ja?

Ich dachte, ich könnt's, aber ich traue ihm nicht. Tut mir leid. Ich traue ihm nicht.

Weil er sauer ist, dass Darek urplötzlich auszieht?

Marens Stimme wieder lauter. Wieder stark und so

ungläubig. Wütend. Sie schnaubt. Sie pustet Luft aus und fährt sich einhändig durchs Haar. Schüttelt den Kopf und sieht Vela an: Wir wohnen hier. Ist dir das klar? Wir wohnen hier mit Theo zusammen. Du solltest so langsam mal deine beschissene Paranoia in den Griff kriegen.

Paranoia?

Ja, Vela. Paranoia. Was soll das denn sonst sein?

Maren zischt. Faucht. Maren klingt völlig entnervt. Worte wie ausgespuckt.

Irgendetwas bricht. Ist durcheinandergeraten. Maren sieht Vela an, und Vela sieht Maren an, aber dazwischen liegen Sekunden. Bruchteile. Überhaupt nicht viel Zeit, ein Blinzeln, aber das reicht schon aus, um sich zu verpassen. Sich auszuweichen? Das ist nicht klar. Vela wünscht sich einen kühleren Kopf, wünscht sich, besser denken zu können. Einordnen zu können, worum es hier eigentlich geht.

Um Theos Angebot. Um Velas grundlegendes Misstrauen. Um ihre Intuition? Um Darek, dass sie ihr nichts von Darek erzählt hat? Vela denkt Gedanken, wie zwanghaft in Wiederkehr, in einer Schleife. Sie denkt: Das war's, das war's, das war's.

Alles, was vorher so auf der Hand lag, alle Pläne. Zerfallen. Haben sich aufgelöst. Lösen sich auf.

Du verstehst das nicht, sagt Vela, und zögert. Sie denkt: Und wie sollte Maren auch verstehen?

Nein, stimmt. Ich versteh's nicht. Ich versteh dich nicht, Vela. Ich versteh nicht dein verschissenes Problem.

Theo hat –

Theo hat dir nichts getan. Theo ist einer der nettesten Menschen, die ich kenne.

Maren sagt das auf wie ein Mantra. Sie sagt es mit geschlossenen Augen.

Was war das vorhin, was Nat gesagt hat?, unterbricht Vela. Warum hat Nat das gesagt?

Was gesagt?

Das mit Micha. Dass Theo ihn rausgeworfen hat.

Weil Nat sauer ist! Nat hat schlechte Laune, keine Ahnung, was weiß ich, auf jeden Fall stimmt das nicht, denkst du ernsthaft, Theo wirft hier irgendwen raus?

Denkst du ernsthaft, dass Theo ein Heiliger ist, oder was?

Nein, denke ich nicht. Aber im Gegensatz zu dir denk ich auch nicht, dass er ein Verbrecher ist.

Vela atmet. Schnappt nach Luft. Ihr Herz rast, ihr rauscht es in den Ohren. So ein Flimmern in ihrem Kopf. Und dann sagt sie es einfach. Sie macht den Mund auf und spricht.

Eli ist nicht Karstens Kind, wusstest du das? Eli ist von Theo.

Und Maren, zunächst bloß: Was?

Dann: Was für ein Blödsinn.

Und: Hör auf, so einen Scheiß zu erzählen.

Frag Theo. Frag deine Schwester. Frag vielleicht am besten nicht Karsten. Vela denkt das, sie sagt es nicht mehr. Sagt nichts mehr. Sie schweigen. Dann legt Maren sich wieder hin. Unter die Decke. Sie dreht sich um, dreht sich weg von Vela. Beendet damit das Gespräch.

*

Keine Ruhe. Vela hat keine Ruhe, keine Geduld. Schon die ganze Schicht über ist sie so flattrig. Springen ihr die Gedanken ruckartig umher im Kopf, unkontrolliert. Sie versucht, beiseitezuschieben, bloß um dann zu denken: Dass sie immer bloß beiseiteschiebt, verdrängt, dabei liegt doch auf der Hand, dass sich daraus eine Spirale entwickelt. Was sie beiseiteschiebt, kehrt zurück. Zum Beispiel jetzt, im Büro, während der Arbeitszeit.

Sie denkt in Fetzen.

Muss Kommentare wieder löschen, die sie zuvor veröffentlicht hat: weil ein Wort fehlt. Die Syntax ganz falsch ist. Flüchtigkeitsfehler. Da hat sie ein Komma ganz falsch gesetzt. Mitten im Satz, es ergibt keinen Sinn, es hat keine Daseinsberechtigung.

In Fetzen, abgehackt denkt sie: Verdammt, ich muss mich. Konzentrieren. Zusammenreißen.

Eine Verzweiflungstat. Sie denkt, wie aus dem Nichts, dieses Wort: Verzweiflungstat. Hat das gerade gelesen. Ist sich sofort nicht mehr sicher, ob sie das gerade gelesen hat. Ob das im Titel eines Artikels stand, im Teaser. Bestimmt hat sie es gerade gelesen, überflogen. Ihre Augen zucken bloß über den Bildschirm, bringen Inhalte durcheinander, verrutschen in der Zeile.

Velas Herz schlägt schnell. Sie sieht zu den Fenstern, hinter denen es dunkel ist, die bloß spiegeln, was sich im Raum befindet. Lichter, gelb, rot, orange, hinter der Scheibe, vor der Scheibe. Es spielt keine Rolle. Sie steht auf und geht zur Toilette. Kurz raus aus der Situation, in der man sich befindet: Das hilft doch. Kurz durchatmen. In einen Spiegel schauen. Die Hände, den Puls unter kaltes Wasser halten. Sich so wie im Film, wie in dramatischen Geschichten, Wasser ins Gesicht spritzen, es anschließend trocken tupfen mit Tüchern aus Papier. Vela setzt sich in eine Kabine auf den zugeklappten Toilettendeckel, legt die Hände flach auf ihre Oberschenkel. Atmen. Ruhig atmen. Durch das eine Nasenloch ein, durch das andere aus. Und alle Konzentration darauf richten: wie die Luft in den Körper gesogen wird. Wie sie wieder hinausströmt, mit leichter Veränderung in der Temperatur.

Die Kabinentür vor ihr steht offen, denn: Sonst ist hier ja niemand. Niemand, der oder die sie überraschen, plötzlich vor ihr stehen könnte, Huch, Vela, was machst du denn hier, geht's dir gut? Vela atmet bewusst und denkt an den alten Nachhauseweg. Wie wäre das, wenn sie gleich bloß ein paar Minuten Bus fahren müsste. Wie sie die Treppen hochsteigen würde, das jahrzehntealte Treppenhaus durchschreiten, knarzende Stufen, auf dem Weg in den vierten Stock. Wo dann Maren warten würde. Im Bad, beim Zähneputzen. Im Bett. Nur Maren und sie. Draußen ein Rauschen, Sirenen, die Stadt. Vela lehnt sich gegen die geflieste Wand, sie betätigt mit ihrem Rücken die Spülung. Aus Versehen. Sie erschrickt, ehe sie versteht, woher das Geräusch rührt.

Sie muss zurück an den Schreibtisch, muss sich kümmern, muss ihre Arbeit erledigen. Das Licht im

Toilettenraum ist grell, weißlich, es sticht ihr in die Augen. Die Lüftung rattert. Darek. Sie denkt an Darek. An sein Zimmer, das heute früh leer gewesen ist bis auf die Möbel. Sein Zeug. Seine schwarzen Hemden für die Arbeit, seine Bücher. Die Anlage. Fotos an der Wand. Alles weg, Darek hat sein Zimmer geräumt. Ist verschwunden, ist irgendwo in der Stadt. Vielleicht auch nicht, denkt Vela. Vielleicht ist er auch ganz woanders.

Sie schluckt und steht auf und wäscht sich am Becken die Hände mit Seife, es schäumt. Sieht in den Spiegel, sieht Augenringe, sieht fahle Haut, grelles Licht macht fahle Haut.

Vela befindet sich an ihrem Platz, ist an der Arbeit. Sie atmet tief durch und verschafft sich einen Überblick. Noch eine Stunde, sie muss noch eine Stunde konzentriert bei der Sache sein. Sie liest in einer Überschrift: Verzweiflungstat. Schweift wieder ab, kann gar nichts dagegen tun, ihre Gedanken komplett verselbstständigt: Verzweifelt, sind sie verzweifelt gewesen? Tatsächlich verzweifelt, gab es dazu ausreichend Grund? War es wirklich so schlimm? Es war doch gar nicht so schlimm. Sie hatten zu tun, ein Dach überm Kopf, sie hatten sich. Sie hatten sich arrangiert. Vela schreibt einen Kommentar und erinnert daran, sich bitte an die Netiquette zu halten. In ihren Bauch frisst sich derweil ein Gefühl. Als hätte sie etwas überstürzt. Als hätte sie über etwas nicht lange genug nachgedacht. Als hätte sie übereilt gehandelt, vorschnell, kopflos. Als hätte sie sich in einem Zustand befunden, aus dem sie sich fluchtartig hätte befreien müssen, zum Schutz vor Bedrohung, Gefahr. Verzweifelt. Eine

Verzweiflungstat. Vela trinkt einen Schluck Wasser und erledigt ihre Arbeit, liest Kommentare Korrektur, bevor sie sie veröffentlicht. Ihre Augen flirren, jucken, sie rasen über den Bildschirm auf der Suche nach Ablenkung, Worten, die Nervosität kehrt zurück. Vela denkt, sie ist nicht imstande, den Gedanken beiseitezuschieben, sie denkt: Eine Verzweiflungstat, so fühlt es sich an. Der Umzug. Ins Haus. Ins Hausprojekt. Wie eine Verzweiflungstat fühlt es sich an.

Vom Bahnhof läuft Vela zu Fuß. Eine Viertelstunde, zwanzig Minuten durch Dunkelheit. Vorbei an parkenden Autos. Eine Katze kreuzt ihren Weg, ein lautes Motorrad fährt irgendwo an. Unten, im Ort. Vela läuft, macht ihre Schritte. Einen Fuß vor den anderen, und den Hügel hinauf. Das Tor quietscht wie immer, beim Öffnen. Blätter, Zweige streifen ihren Arm. Nirgendwo ist hier Licht, es brennt keines im Haus. Sie sucht nach ihrem Schlüssel. Steckt ihn ins Schloss, und dann öffnet jemand von innen die Tür.

Jo.

Die herauskommt.

Die die Tür hinter sich wieder zuzieht.

Jo im Schlafanzug, in einem viel zu großen T-Shirt. Einem Nachthemd mit Schriftzug, den Vela nicht lesen kann in der Dunkelheit.

Was bildest du dir eigentlich ein?, sagt Jo.

Vela probiert, Vela formt Worte im Mund, bewegt die Zunge. Sie sagt: Jo. Heiser klingt das.

Ich fass es nicht, zischt Jo, nicht mal drei Tage hältst du dein Wort?

Maren. Maren hat sie gefragt. Mit ihr geredet. Natürlich. Natürlich hat sie das.

Dann öffnet sich, seitlich der Tür, ein Fenster. Ellens Fenster ist das. Sie steckt den Kopf raus, sie sagt: Was ist denn hier los?

In Vela steigt etwas auf. Panik? Sie wird unruhig, sie weicht einen Schritt zurück. Tritt in etwas Weiches. Da ist Erde, ein Beet. Blumenbeet neben der Tür.

Ellens Kopf verschwindet wieder im dunklen Zimmer. Kurz darauf öffnet sie die Tür.

Steht neben Jo. Sie stehen da mit wirren Haaren, in großen T-Shirts. Beide die Arme verschränkt vor der Brust.

Ellen weiß es, platzt Jo dann heraus. Ellen weiß alles.

Und Ellen grinst. Sie lächelt? Zumindest verzieht sie den Mund.

Oder?

Ihr fällt da ein Schatten aufs Gesicht.

Vela schüttelt den Kopf, viel zu hektisch. Was ist denn dann das verdammte Problem?

Ellen geht einen Schritt auf sie zu. Barfuß. Ellen trägt eine seidene Schlafanzughose, die schimmert. Sie legt Vela die Hände auf beide Schultern. Streicht zu den Oberarmen hinab. Vela, du bist grade ganz schön aufgebracht. Es ist wichtig, dass du dich beruhigst.

Vela sagt: Okay. Ich bin ganz ruhig. Lasst mich jetzt rein und ins Bett.

Ellens Hände halten. Halten ihre Arme, streichen, lassen kaum locker. Lassen dann los.

Im Flur zuckt Vela zusammen: Da steht Theo. Er steht da und sieht sie bloß an.

*

Draußen ist es noch düster. Durch gekippte Oberlichter ist ein leises Prasseln zu hören, leichter Regen, dünne Fäden, es geht dazu kaum ein Wind. Der Raum sieht friedlich aus, liegt ruhig bis auf das Surren des Kühlschranks. Vela sieht sich um, sie versucht, sich zu konzentrieren dabei. Nicht so unruhig zu sein. Nicht so flattrig. Sie ist flattrig, ihr Blick jagt kreuz und quer durch die Küche, und ihr Herz klopft schneller, klopft wild. Das ist Schlafmangel, höchstwahrscheinlich. Das liegt daran, dass sie kaum geschlafen hat. Gar nicht. Vela war die ganze Nacht wach.

Sie trägt schon ihre Jeansjacke, und jetzt pflückt sie einen Regenmantel von der Garderobe. Braucht sie einen Schirm, hat der Mantel eine Kapuze? Über so etwas denkt sie nach, sie denkt praktische Gedanken. Und schnell sein muss sie. Sie muss sich beeilen. Sie zerwühlt Stoff, Polyamid, und dann wirft sie sich den Mantel einfach über. Ihr fällt das Haar ins Gesicht, in die Stirn, und sie schultert den Rucksack. Kurz denkt sie, mit einem Anflug von Stechen im Bauchraum, dass es gar nicht ihr Rucksack ist. Das ist Marens alter Wanderrucksack, an einigen Stellen kaputt und wieder zusammengeflickt. Sie überprüft im Kopf den Inhalt, sie verheddert sich und beschließt dann: Alles drin. Es wird schon alles drin sein. Wird schon. Sie klopft die Jeansjackentaschen nach Telefon und Geldbeutel ab. Dann öffnet sie die Tür und geht raus, tritt ins Nasse und stolpert auf dem schmalen Weg zur Straße, auf Betonplatten, dazwischen wächst Moos. Sie atmet Luft, die modrig riecht, nach feuchter Erde, nach einer Art Rostorange. Im Haus gegenüber brennt Licht, auf der anderen Seite von Vorhängen. Vela läuft am Seitenstreifen entlang. Ihre Schuhe streifen hohes Gras, braunes Leder wird nass, kleine Punkte streut der Regen darauf. Es geht kurvig den Hügel hinunter, die Straße führt ins Tal, in den Ort.

Ein Ort, der langsam aufwacht. Hier und da hört Vela Autos, die starten. Da fährt schon jemand zur Arbeit. Und später, so lange dauert's nicht mehr, bringen sie ihre Kinder zur Schule. In den Hort. Später fährt hier ein Bus. Gleich, oder auch schon jetzt gerade, wird hier und da womöglich gefrühstückt. Gurgeln Kaffeemaschinen, oder Menschen in Badezimmern. Schalten Menschen das Radio ein. Überlegen, ob sie sich krankmelden sollen, oder sie drehen sich noch einmal um. Ein Auto kommt Vela entgegen, es zischt über nassen Asphalt. Scheinwerfer blenden, und Vela weicht in einen Vorgarten aus. Der Weg zum Bahnhof geht etwas schneller als umgekehrt der Weg vom Bahnhof zum Haus. Sie läuft vielleicht zwölf Minuten. Sie läuft allerdings auch ziemlich schnell. Ihr ist gleichzeitig kalt und warm. Sie schwitzt unter ihren zwei Jacken, und fröstelt trotzdem, als sie am Bahnsteig steht. Es ist jetzt gleich fünf Uhr dreißig, in ein paar Minuten kommt die Bahn. Vela setzt den Rucksack nicht ab. Sie steht so bepackt neben Mülleimern. Neben einer Bank, deren Sitzfläche feucht ist, von einem Film überzogen. Sie schaut auf Dächer und Bäume, schaut ganz geradeaus. Ihre Hände an den Gurten des Rucksacks, sie ziehen daran, am Gewicht. Sie ist ganz ruhig jetzt, im Kopf, nicht mehr so fahrig. Die Dinge sind ihr völlig klar. Sie steht da, und dann fährt ein Zug ein, verringert sehr schnell die Geschwindigkeit. Kommt zum Halten und öffnet die Türen. Vela steigt ein. Sie fährt in die Stadt.

*

Darek öffnet die Tür, verschlafen. Es ist noch immer so früh. Darek blinzelt aus winzigen Augen und stellt keine Fragen. Er gähnt, und sie folgt ihm durch den Flur. Vollgestellt, überall Schuhe. An den Wänden Regale, da hängen Jacken, lehnt ein Fahrrad. Der Flur ist lang und biegt dann um eine Ecke, hinter der es heller wird. Ein Zimmer mit kleinem Erker, vier Fenster im Eck. Da steht eine Couch.

Vela stellt den Rucksack ab. Stellt ihn neben die Couch. Und Darek ist plötzlich verschwunden. Sie sieht sich um. Es blitzt so vor ihren Augen. Zuckt, als hätte sie direkt in die Sonne geschaut. Darek kommt durch die Tür und trägt einen Schlafsack.

Er sagt: Du musst erst mal schlafen.

Vela zieht die Schuhe aus. Setzt sich. Legt sich auf die Couch. Durchgelegen. Sie spürt ganz deutlich die Federn. Da ist etwas Hartes in der Mitte. Am Rand. Der Schlafsack raschelt bei jeder Bewegung, er ist von außen ganz kalt. Vela dreht sich auf die Seite, an der Wand gegenüber blinkt es rot, blinkt es grün in die Dunkelheit des Raums. Kleine Punkte. Das sind der Router, der Fernseher, sie liegt in einem Wohnzimmer und tut sich schwer, sie tut sich schwer damit, die Augen zu schließen. Es ist draußen inzwischen schon hell.

Wie ihre Eltern liegt sie, schläft sie, denkt Vela. Im Wohnzimmer. Durch das Vela manchmal schlich, in der Nacht. Um sich in der Küche ein Glas Wasser zu holen, um aufs Klo zu gehen. Vorbei an den schnarchenden Eltern, an tiefen, gleichmäßigen Atemzügen. Vela ganz leise, auf Zehenspitzen.

Jetzt liegt sie hier. Auf der Couch, in einer Wohngemeinschaft.

In ihrem Kopf bloß ein Schwirren, wie Spinnweben. In ihrem Kopf überlagern sich die Ebenen, wild. Es vermischt sich alles, aber nichts ordnet sich neu an. Vela liegt da und hat so ein Kribbeln, das ihr über die Haut zuckt. Den ganzen Körper. Es kribbelt an ihrem Ohr, an der linken Wade, es kribbelt dann wieder am Kopf, in den Augen. Die sie nicht geschlossen halten kann. Die Geräuschkulisse ist eine andere, hier. Natürlich, das ist vollkommen logisch. Die Wohnung befindet sich in einem großen Haus, hier wohnen viele Menschen. Familien, Studierende, im Treppenhaus angekettete Kinderwagen und Fahrräder, im Treppenhaus ist es staubig, und überall liegt Müll. Zerrissene, zertretene Werbeprospekte, Zigarettenstummel. Verschüttete Flüssigkeit. Draußen ist die Stadt, ist gleich eine größere Straße, es sind bloß ein paar Meter bis zur U-Bahn-Station. Vela liegt dort, es ist der dritte Stock, und sie meint, das Rattern der U-Bahn unter sich spüren zu können, zumindest zu erahnen ist es.

Schlafen. Vela redet sich gut zu: dass sie schlafen muss. Dringend. Sie braucht das. Um wieder denken zu können. Darek, denkt Vela. Vela, die unbequem liegt mit einem heißen Gesicht. Wie gut das ist, Darek zu kennen. Und ihn jetzt als Freund zu haben, das ist gut. Etwas Gutes. Sie rechnet nach und zählt Sommer. Zählt Winter und Jahre mit Maren. Sie versucht zusammenzukriegen, wie viele Nächte das gewesen sein könnten, so viele Nächte, so viele Abende neben Maren, so oft Marens Seufzen, von dem sie selbst gar nichts weiß, das sie im Halbschlaf nicht mitkriegt. Nie. Irgendetwas reißt sie wieder heraus, ein Gedanke zieht den nächsten schon mit, hinter sich her, bis er sich vorschiebt, drängelt, dazwischen, mitten hinein. Es überschlägt sich in Velas Kopf, so lange, bis es dann schwarz wird. Bis es dunkel wird und verschwommen.

*

Guten Morgen.

Das ist Darek. Er hält eine Tasse in der Hand, eine Tasse mit Werbeschriftzug, den Vela nicht liest. Lesen kann oder will. Sie blinzelt aus müden Augen, sie spürt, wie ihr Haar im Gesicht hängt und klebt.

Darek lächelt. Seine Augen sind wach. Er hockt vor der Couch, stellt die Tasse auf den Tisch und lässt sich zurückfallen, setzt sich im Schneidersitz hin. Seine Nase auf derselben Höhe wie Velas, Vela, die versucht, sich zu bewegen. Die sich in Ansätzen streckt.

Hast du geschlafen?, fragt Darek. Dann gleich hinterher: Du hast geschlafen. Ich hab dich grade geweckt.

Vela schnieft, sie zieht die Nase hoch. Versucht ein Räuspern, das sich erkältet anhört. Als wäre da eine klebrige Schicht in ihrem Hals, um Stimmbänder, bloß ihr Mund ist ganz trocken. Sie greift nach der Tasse und trinkt einen Schluck, und es tropft etwas Kaffee auf den Schlafsack.

Oh Gott, sagt Vela. Tut mir leid.

Nicht so schlimm, sagt Darek. Und grinst.

Sie reibt mit der Hand, versucht, Spuren zu verwischen, sie weiß dann nicht, was sie sagen soll. Also zuckt sie bloß mit den Schultern. Und weint. Ihr kommen, so ganz ohne Ankündigung, Tränen, sie rollen ihr über die Wangen.

Darek, schnell, Darek weiß, was zu tun ist, er sitzt

dann gleich neben ihr. Nimmt ihr die Tasse aus der Hand, stellt sie zurück auf den Tisch, er hat sie im Arm, eine aufgelöste Vela, deren Muskeln ihr gerade nicht gehorchen.

Vela, alles okay, du bist hier, ich bin hier, alles Weitere wird sich ergeben. Er spricht leise, behutsam, er spricht mit weicher Stimme, ganz sanft.

Das ist Anspannung, die sich löst. Tiefe Müdigkeit. Etwas, das sich entlädt. Und rausmuss. Wie spät ist es überhaupt?, fragt Vela. Sie schnieft.

Und Darek sagt: Kurz nach zwei.

Scheiße, sagt Vela. Und was ist Theo bloß für ein Arsch?

Sie versucht ein Grinsen. Macht ihre Lippen ganz schief. Weint und grinst, und Darek lächelt sie an.

Theo ist ein unglaublicher Arsch, sagt er. Aber halt einer, in den ich verliebt war. In den ich dachte, verliebt zu sein. Oder so.

Er zuckt mit den Schultern. Er sagt: Kann passieren.

Dann sagt er: Also, erst mal meldest du dich jetzt krank.

Vela befolgt Anweisungen. Darek sagt ihr, was sie tun soll. Er stellt einen Laptop vor ihr ab. Schreib, du hast dir den Magen verdorben, sagt Darek. Schreib, du kannst heute nicht kommen, und morgen wahrscheinlich auch nicht.

Vela gehorcht. Vela tut, was Darek ihr sagt. Er wirft ihr ein Handtuch zu und befiehlt: Unter die Dusche!

Und dort steht Vela dann. Duscht. In einer Wanne, auf deren Rand die Plastikfläschchen stehen. Vela zählt achtmal Duschgel. Dreimal Pflegespülung. Fünf verschiedene Shampoos. Sie reibt sich ein, es schäumt und duftet nach Zitrone. Es riecht nach Apfel. Nach Kaugummi. Rose.

In ihrem Mund bleibt so ein fauler Geschmack. Sie trinkt, sie putzt sich die Zähne, der Geschmack bleibt. Hartnäckig. Das Gefühl multipliziert sich, das Kribbeln auf der Haut und dieses Schwirren im Kopf, wie Elektrizität. Da blitzt etwas auf und ab, hin und her. Hoch und runter. Vela sitzt auf der Couch und sieht den Menschen zu, die hier wohnen: Durch den Durchgang sieht sie Darek, der in der Küche hantiert. Er kocht ihr Tee, er kümmert sich, er spült unter laufendem Wasser Geschirr ab. Die Mitbewohnerin, die mit nassen Haaren durch den Raum läuft, Telefon am Ohr, sie spricht in einer Sprache, die Vela nicht versteht. Sie lächelt ihr zu und sucht etwas zwischen Büchern, zwischen Ordnern und DVDs im Regal. Der Mitbewohner, der nach Hause kommt, bloß kurz winkt und dann in seinem Zimmer verschwindet. Vela sieht Darek zu, wie er am geöffneten Fenster steht und raucht. Darek, der irgendwann sagt: Ich muss jetzt zur Arbeit. Wenn irgendwas ist, ruf mich an.

Es verschwimmt, alles. Verschwimmt. Vela weiß nicht, wo ihr der Kopf steht. Sie kann nicht mehr einschätzen oder beurteilen, wie sie sich fühlt. Ein Straucheln, obwohl sie bloß dasitzt. Ein Schwindel, es dreht sich, und sie starrt auf einen Fleck an der Wand. Was ist wichtig? Ein Fokus ist wichtig. Irgendeiner. Der Fleck. Sie konzentriert sich darauf.

Fasst sich selbst zusammen, ihre Situation: Sie sitzt.

In einer Wohnung, die sie heute früh noch nicht kannte. Darek hat ihr die Adresse gesagt. Sie saß in der ersten Bahn am Morgen. Jetzt sitzt sie hier. Alle anderen sind fort. Bei der Arbeit, oder einfach unterwegs. Oder ganz still in ihren Zimmern. Vela, die hier nicht wohnt, ist allein. Und sie weiß nicht so recht, was tun. Weiß nicht mehr. Kann hier doch nicht einfach so sitzen, sie muss aufstehen, muss etwas tun. Muss regeln, was zu regeln ist. Es ist doch jetzt etwas zu regeln.

Zu klären.

Sie denkt an Maren. Maren, die alleine im Bett liegt. Als sie aufwacht, und sich dabei noch nichts denkt: Vela steht unter der Dusche. Vela ist kurz aufs Klo. Setzt Kaffee auf, oder verbreitet Intrigen. Ist in jedem Fall irgendwo im Haus.

Ist sie nicht. Vela hat sich herausgestohlen. Ist gegangen, bevor irgendwer wach war. Und irgendwann fällt das auf. Am Mittag. Am Nachmittag. Sagt mal, wo ist denn eigentlich Vela? Habt ihr sie heut schon gesehen? Maren versucht, sie zu erreichen. Zweimal, dreimal ruft sie Vela an. Es meldet sich gleich eine Stimme. Vela ist momentan nicht erreichbar. Womöglich hinterlässt Maren eine Nachricht, vielleicht befiehlt sie: Ruf mich sofort an.

Vielleicht sagt sie sich auch: Ach, Vela ist schon gegangen? Dann erledigt sich diese Geschichte ja ganz von selbst.

Vela denkt an Karsten. Daran, wie er spätestens beim Abendessen sagt: Verschwinden hier jetzt alle, wie sie lustig sind?

Sie denkt an Jo, die die Augen verdreht. Die dann ihre

Schwester umarmt, sie zu trösten versucht. Die sich dann aufregt, auslassen muss: Ich finde das kindisch. Ehrlich, einfach abhauen, was soll denn das bringen? Und Ellen tauscht Blicke mit Theo. Theo tauscht Blicke mit Nat. Nat mischt sich da jetzt nicht ein. Nat ist noch immer beleidigt. Vielleicht fährt Nat auch nach der Arbeit zu Naim. Ellen, in jedem Fall, packt nun aus, verkündet ihr Urteil. Ihre Diagnose lautet: Vela ist so labil. Vela ein Fähnchen im Wind, wenn's ihr ungemütlich wird, dann geht sie. Maren, war das immer schon so? Hat sie versucht, dich zu manipulieren? Und Maren, die abwägt. Die nachdenkt. Die dann sagt: Ja. Eigentlich schon. Ja, Ellen, oh mein Gott, du hast recht. Vela hat mich manipuliert.

*

Wie das hätte laufen, was hätte passieren können. Unter anderen Umständen. Mit mehr Durchhaltevermögen. Mit einer anderen Maren, einer anderen Vela: eine Vela, die keine Journalistin sein will. Die sich endgültig von Hoffnungen verabschiedet hat. Und vom Blinken der Computertürme, vom Büro. Gelöst hat sie sich. Viel mehr als ein Abschied wäre es eine Befreiung. Wie gut das tun würde! Eine neue Vela, die sich einen Job im Café sucht. Ein Café mit großer Terrasse. Vielleicht ein Biergarten? Im Grünen, im Park. Auf einem belebten Platz, wo Tische unter großen Sonnenschirmen stehen. In einer Straße mit stuckverzierten Gründerzeitbauten.

Die neue Vela nimmt Bestellungen auf. Notiert sie in einer Seelenruhe auf einem kleinen Schreibblock. Ein Café Crème, ein Latte Macchiato, zwei Stück Obsttorte. Die neue Vela lächelt und sagt: Kommt sofort. Die neue Vela winkt einem Stammgast zu und riecht drinnen Kaffee und Gelierzucker. Riecht drinnen die Süße der Kuchen und Torten. Nimmt an der Theke hübsche Tellerchen entgegen mit Karottenkuchenstücken darauf.

Die neue Vela ist zum Plaudern aufgelegt. In lässiger Pose bleibt sie an Tischen stehen, beantwortet und stellt Fragen. Nickt und lächelt entspannt. Kommunikation, Austausch, Floskeln. Small Talk. Die neue Vela beherrscht das.

Die neue Vela kannst du rausschicken, kannst du loslassen auf die Gäste, auf Leute aus dem Kiez, Touristen und Touristinnen, auf alle, egal wen, Vela plaudert mit ihnen. Zwischendurch trinkt sie Rhabarberschorle hinter der Theke und scherzt mit ihrem Kollegen. Sie sind ein eingespieltes Team, kennen einander, sie ziehen sich auf, necken sich ein bisschen. Bloß so, dass es noch angenehm ist, sie übertreiben es nicht. Gegen Ende der Schicht rollt Maren an auf ihrem Rennrad. Maren fährt jetzt ein Rennrad. Altmodisch, retro, ein Rahmen in Dunkellila. Sie schließt es an der Laterne an und tut so, als würde sie die Terrasse, das Café zum ersten Mal betreten, sieht sich um, orientiert sich. Wirft ihre Haare zurück. Lehnt sich gegen die Theke, lächelt, grinst, strahlt. Sie bestellt die hausgemachte Limonade, ein großes Glas. Dann, ihr Grinsen schelmisch: Und deine Nummer hätte ich gerne, sagt sie zu Vela, die so tut, als würde sie erröten. Sie küssen sich, die Theke zwischen ihren Körpern.

Maren sitzt mit übereinandergeschlagenen Beinen, trinkt Limonade und liest Zeitung, während Vela Tische abwischt, abkassiert, jemanden verabschiedet. Während Vela Trinkgeld zählt. Rechnet. Während Vela summt, gleich ist Feierabend, während sie mit dem Kollegen spricht und ihn bittet, Klarschiff zu machen und abzuschließen. Ich muss mich um diese Frau kümmern, sagt Vela, augenzwinkernd. Arm in Arm laufen Feierabendvela und Maren die Straße hinunter. Maren schiebt einhändig ihr Rad. Sie kaufen sich kaltes Radler in einem kleinen Laden. Oder eine Flasche Weißwein. Setzen sich damit ans Wasser, ans Flussufer, ins Gras. Verbringen den Abend, um sie herum schwirren Mücken, um sie herum Gespräche, Gelächter, Menschen, die in Grüppchen zusammensitzen auf Decken, die picknicken, trinken, rauchen. Vela liegt in Marens Arm, Maren neigt ihren Kopf, um Vela zu küssen. Stirn, Nase, Lippen. Ganz langsam, ganz allmählich wird es dunkel, und dabei erzählen sie sich von ihrem Tag. Was macht Maren? Maren tanzt. Maren unterrichtet noch ein paar Kindergruppen. Aber ansonsten tanzt sie endlich selbst, steckt gerade in den Vorbereitungen für ein Projekt, eine Inszenierung, jeden Tag wird geprobt. Jeden Tag tut Maren, was sie liebt. Ihr Körper im Training, muskulöser als zuvor, sie fühlt sich ganz kraftvoll, ganz stark. Ausgeglichen. Maren erzählt von ihren Kolleginnen und Kollegen, davon, wie alle voll Vorfreude sind, hinfiebern auf den Tag der Premiere.

Später laufen sie ein paar Schritte, zwei, drei Häuserblocks weiter. Sie laufen auf verkehrsberuhigter Straße, weil auf den Gehwegen Tische und Stühle stehen. Dort sitzen Menschen bei Kerzenschein und Wein. Dort essen Menschen Antipasti. Tapas. Dort essen sie Hummus, tunken Zwiebelstücke und Essiggemüse in cremige Paste. Jemand ruft, da ruft wer ihre Namen: Vela? Maren? Das ist Darek, kauend, er hat noch ein Stück Brot im Mund. Er sitzt dort mit Freunden. Der Abend ist so schön warm, Maren schließt ihr Rad noch einmal an. Sie setzen sich dazu, naschen von den Tellern derjenigen, die sie gerade erst kennengelernt haben: Dareks Schauspielkollegen aus dem Theater. Und das? Vielsagende Blicke, und Vela und

Maren verstehen: Das ist Dareks Date. Er ist schön, er hat ganz strahlende dunkle Augen. Dann kommen noch andere Bekannte. Eine Freundin von Vela und Maren, ihr schlafendes Kind im Tragetuch, bloß kurz Küsschen links und rechts, dann muss sie weiterziehen, bevor es aufwacht. Das Kind. Sie muss es ins Bett bringen. Vela nagt Fleisch von Olivenkernen. Sie trinkt einen Schluck von Dareks Bier. Als Nächstes laufen die Nachbarin und ihr Freund an den Tischen vorbei, ach, hallo! Sie bleiben kurz stehen, sie fragen an, ob Maren und Vela morgen mitkommen wollen, es geht an den See. Frühmorgens schon wollen sie los, ein richtiger Urlaubstag soll es werden. Und Vela und Maren verwerfen lose bisherige Pläne, mit leuchtenden Augen sprechen sie von Wassermelone und Kirschen, von Himbeeren; Darek, in lässiger Pose, zurückgelehnt, die Beine ausgestreckt, zieht an einer Zigarette, kommuniziert mit ein paar Blicken mit seinem Date, was meinst du, hättest du Lust? Könntest du dir das vorstellen. Dann sagt er: Wir kommen mit! Wir würden mitkommen, wenn's passt.

So verabschieden sich die Bekannten, die Befreundeten, die Benachbarten. Auch für Vela und Maren geht's heim. Dreißig, fünfzig, siebzig Meter sind es bloß, dann stehen sie vor dem Haus, vor einem schönen Haus mit grünen Fensterrahmen. Mit Pflanzen auf den Fensterbänken davor. Maren bringt ihr Rad in den Innenhof und schließt es dort an, Schlüsselgeklimper hallt gegen Außenwände. Dann betreten sie ihre Wohnung, in der die Fenster offen stehen. Die Wohnung ist nicht riesig, ist kein übertriebener Luxus, sie ist alt, aber sehr gut in Schuss. Gar nichts Außergewöhnliches, aber schön. Schön ist sie. Es gibt einen kleinen Balkon, dort hängen Lampions und dort wachsen Tomaten. Dort frühstücken sie manchmal, dort trinkt Vela ihren Kaffee, trinkt Maren ihren Tee, Ostseite, in der Sonne. Nicht jetzt. Jetzt ist es spät, und sie laufen über knarzende Dielen, barfuß, sie trinken noch Wasser aus großen Gläsern in der Küche. Im Bett liegen sie nah beieinander unter den Laken, die duften, und von draußen plätschern so ein paar Geräusche herein: die Straßenbahn. Gelächter, Gerede von vorbeiziehenden Menschen. Die Lautstärke ist angenehm, nicht aufdringlich, nicht so, dass es stört. Vela und Maren küssen sich. Sie fassen sich an, umarmen sich, schmiegen sich aneinander. Ihre Augen gewöhnen sich an die Dunkelheit und erkennen dann, immer deutlicher, Umrisse, erkennen das jeweils andere Gesicht. Velas Hand streicht über Marens Schultern, über ihr Schlüsselbein, über ihre Brüste. Marens Augen dann geschlossen, Marens Finger an Velas Mund, an ihrer Lippe, ganz sanft.

Sie sind müde, erschöpft vom Tag und den Temperaturen. Bevor sie einschlafen, stellen sie trotzdem den Wecker: Morgen geht es ganz früh an den See. Morgen ein Tag draußen, außerhalb der Stadt. Sie werden noch Obst kaufen und gekühlte Getränke. Dann treffen sie Darek, sein Date. Die Nachbarin und ihren Freund. Sie steigen in ein Auto, einen kleinen Bus? Sie tragen Sonnenbrillen, die Musik wird aufgedreht. Die Fenster sind geöffnet, Fahrtwind wirbelt ihnen durchs Haar. Vela schaut raus, sieht ins Grüne, ins Blaue hinein. Spürt Marens Körper dicht neben ihrem, und dann wird ihr ganz warm. Nicht von außen, von innen: In ihrem Inneren prickelt es, heiß. Alles ist gut, alles ist so, wie es sein soll: ganz leicht.

Aber so ist es nicht. So ist es nicht. Das ist nicht, wie es ist. Das ist nicht, wie es sein wird. Und auch nicht so, wie es mal war.

*

Es ist Abend. In Zimmern Gespräche. Ein Mitbewohner hat gerade Besuch. Vela schaut auf die Uhr in der Küche, am Herd, ihr Telefon ist immer noch aus. Halb elf. Darek arbeitet noch mindestens eine Stunde. Muss dann aufräumen, Ordnung schaffen, abschließen. Am Ende. Am Ende schließt Darek die Tür.

Die Mitbewohnerin hat vor Stunden etwas gekocht. Sie hat Linsensuppe gemacht. Vela hat dafür Zitronen aufgeschnitten mit zittrigen Händen. Sie hat sie geviertelt und auf den Tisch gestellt, an dem sie dann saßen, zu zweit. Die Mitbewohnerin und sie. Die Mitbewohnerin ist eine alte Bekannte von Darek, sie kennen sich, woher kennen sie sich noch gleich. Aus dem Theater. Aus einer Schauspielgruppe. Darek ist jedenfalls hier zur Zwischenmiete, jetzt, er ersetzt jemanden, der gerade verreist ist. Drei Monate Südostasien, drei Monate Lateinamerika. Vielleicht macht er ein Auslandssemester. Oder sie? Die Mitbewohnerin hat davon berichtet, sie hat ihr das doch alles erzählt, aber Vela kriegt es nicht mehr zusammen. Das sind lauter Bruchstücke, lose Enden in Velas Kopf, der ganz heiß ist, noch immer, der glüht. Verknotet, so fühlt sich das an, alles in ihrem Gehirn, Schnüre, die so ineinander verdreht sind, unmöglich, einen Anfang zu finden.

Sie lässt schwirren. Die Gedanken, den Kopf, sie hängt ganz schief auf der Couch. Fühlt sich irgendwie fiebrig, sie räuspert sich und hat so ein Kratzen im Hals. Sie will, dass Darek zurückkommt. Dass jemand mit ihr spricht. Sie zählt nach, es sind jetzt sechzehn Stunden vergangen, so lange ist sie schon hier. Und keinen Schritt weitergekommen. Keinen Schritt, was macht sie denn jetzt? Sie denkt an Nat. An Ellen. Die anderen. An Theo, an Karsten, an Jo. Wie sie ihren Namen sagen, oder rufen. Ständig und überall. Immer ein Klopfen. Ein Fragen. Vela, bist du da drin? Vela, wo bist du? Keine Ruhe, kein Raum.

Das Klopfen im Bad. Selbst im Schlafzimmer klopft es. Es klopft auch so, von innen, gegen Velas Kopf. Sie denkt an Entzündungen. Denkt an Fieber. Sie hustet. Und registriert dann, es klopft. Tatsächlich und in der Realität. In dieser Wohnung. An der Wohnungstür aus dünnem Holz. Vela steht auf und taumelt. Hangelt sich an der Wand durch den Flur, um die Tür zu öffnen. Für Darek? Der früher von der Schicht kommt. Der seinen Schlüssel vergessen hat, vielleicht. Velas Hand an der Klinke, sie ist außer Atem. Hört ihr Herz schlagen und hat so ein Klingeln im Ohr. Sie öffnet.

Und da steht Maren. Da steht sie. Auf der Fußmatte, vor der Tür. Steht, hat gerötete Wangen. Hat so ein aufgelöstes Gesicht. Die Haare ganz wirr, sie greift sich hinein von der Seite. Wie sie das immer macht bei Nervosität. Wenn sie irgendwie durch den Wind ist. Sie steht da. Hebt dann die Hände. Hebt die Hand, Maren, und fragt, ob sie reinkommen kann. Sie fragt: Lässt du mich rein?

Danke an

Rainer Holl, Ann-Kathrin Canjé, Anne Korth, Alfio Furnari, Ninia Binias, Max Hillerzeder, Lea Wegner, Constantin Timm, Julia Wolf und Karen Köhler. Außerdem an Friede, Valu, Ronya, Eliana & Alec. Und an die Akademie der Künste Berlin.

Besuchen Sie uns im Internet:
www.ullstein-buchverlage.de

MIX
Papier aus verantwortungsvollen Quellen
FSC® C014496

Ullstein fünf ist ein Verlag der Ullstein Buchverlage GmbH, Berlin
www.ullstein-buchverlage.de

ISBN 978-3-96101-037-0

Umschlaggestaltung: Favoritbüro, München
Foto der Autorin: © Constantin Timm
Titelabbildung: © shutterstock
Satz: L42 AG, Berlin
Gesetzt aus der Kepler
Druck und Bindearbeiten: GGP Media GmbH, Pößneck
Printed in Germany